Diogenes Taschenbuch 212/1

G. K. Chesterton

Pater Brown und Das blaue Kreuz

Die besten
Geschichten aus
›Die Unschuld des Pater Brown‹
Aus dem Englischen
von Heinrich Fischer

Diogenes

»The Innocence of Father Brown« (London, 1911) erschien deutsch
zuerst unter dem Titel »Der Hammer Gottes, Detektivgeschichten« im Kösel Verlag, München, 1959.
Umschlagzeichnung von Tomi Ungerer

Veröffentlicht als Diogenes Taschenbuch, 1980
Alle deutschen Rechte vorbehalten
Copyright © 1980 by
Diogenes Verlag AG Zürich
100/80/8/1
ISBN 3 257 20731 X

Inhalt

Das blaue Kreuz 7
The Blue Cross

Der verschwiegene Garten 39
The Secret Garden

Die seltsamen Schritte 71
The Queer Feet

Die Sternschnuppen 102
The Flying Stars

Der Unsichtbare 124
The Invisible Man

Die Ehre des Israel Gow 150
The Honour of Israel Gow

Der Hammer Gottes 174
The Hammer of God

Das Auge des Apoll 200
The Eye of Apollo

Die Legende vom zerbrochenen Säbel 224
The Sign of the Broken Sword

Die drei Todeswerkzeuge 252
The Three Tools of Death

Das blaue Kreuz

Zwischen dem Silberstreifen des morgendlichen Himmels und dem grünen, glänzenden Streifen des Meeres legte der Dampfer in Harwich an. Wie Fliegen entschwebte ihm ein Schwarm von Menschen, unter denen der Mann, dem wir folgen müssen, keineswegs auffiel – was er auch durchaus nicht wollte. Nichts an ihm war bemerkenswert, außer einem leichten Gegensatz zwischen seiner fröhlichen Ferienkleidung und der ernsten Amtsmiene seines Gesichtes. Er trug eine hellgraue Jacke, eine weiße Weste und einen silberfarbigen Strohhut mit graublauem Band. Sein hageres Gesicht aber war dunkel und endete in einen kurzen schwarzen Bart, der spanisch aussah und irgendwie nach einer elisabethanischen Halskrause verlangte. Mit dem Ernste eines Müßiggängers rauchte er eine Zigarette. Nichts an ihm ließ vermuten, daß die graue Jacke einen geladenen Revolver in sich barg, die weiße Weste einen Polizeiausweis, und der Strohhut einen der klügsten Köpfe Europas. Denn dieser Mann war Valentin höchstpersönlich, der Chef der Pariser Polizei, der berühmteste Detektiv der Welt; und er war auf dem Weg von Brüssel nach London, um dort die aufsehenerregendste Verhaftung des Jahrhunderts vorzunehmen.

Flambeau war in England. Endlich war es der Polizei dreier Länder gelungen, dem großen Verbrecher auf die Spur zu kommen – von Gent nach Brüssel, von Brüssel nach Hoek van Holland; und man nahm an, daß er sich die verwirrende Besonderheit des Eucharistischen Kongresses zunutze machen werde, der soeben in London abgehalten wurde. Wahrscheinlich, so mutmaßte man, würde er in der Maske eines kleineren Würdenträgers oder Sekretärs am Kongreß teilnehmen; aber dessen konnte Valentin natürlich nicht sicher sein. Bei Flambeau konnte man nie sicher sein.

Es ist jetzt viele Jahre her, seit dieses Monstrum eines Verbrechers plötzlich aufhörte, die Welt in Aufregung zu versetzen; und als er aufhörte, legte sich, wie man nach dem Tode Rolands sagte, eine große Stille über die Erde. Doch in seinen besten Tagen (ich meine natürlich seine schlimmsten) war Flambeau eine so international bekannte Figur wie Kaiser Wilhelm. Fast jeden Morgen berichtete die Zeitung, wie er den Folgen eines erstaunlichen Verbrechens durch die Vollbringung eines anderen entgangen war. Er war ein Gascogner von riesenhafter Gestalt und höchst tollkühn. Die wildesten Geschichten erzählte man sich über die Ausbrüche seines athletischen Humors: etwa wie er den *juge d'instruction* auf den Kopf gestellt hatte, »um ihm den Verstand wachzurütteln«; oder wie er die rue de Rivoli hinunterlief, unter jedem Arm einen Polizisten. Um ihm Gerechtigkeit widerfahren zu lassen: er gebrauchte seine ungeheuren Körperkräfte im allgemeinen nur für solch unblutige, wenn auch würdelose Episoden, und seine Verbrechen bestanden hauptsächlich in genialen, großangelegten Raubzügen. Alle seine Diebstähle waren in ihrer Originalität fast eine neue Art von Sünde, und jeder gäbe Stoff für eine eigene Geschichte. Er war es, der die große Tiroler Molkerei-Gesellschaft in London betrieb, ohne Molkerei, ohne Kühe, ohne Milchwagen, ohne Milch, aber mit mehreren tausend

Kunden. Diese bediente er auf die einfachste Art dadurch, daß er die kleinen Milchflaschen, die vor den Haustüren der Leute standen, wegnehmen und vor die Haustüre seiner eigenen Kunden stellen ließ. Er war es, der auf unerklärliche Art mit einer jungen Dame korrespondieren konnte, obwohl ihre Post genau überwacht wurde – was ihm durch den einzigartigen Trick gelang, seine Botschaften in unendlicher Verkleinerung auf die Täfelchen eines Mikroskops zu photographieren. Viele seiner Ideen jedoch waren von einer erschütternden Einfachheit. So wird berichtet, daß er einmal im Dunkel der Nacht alle Hausnummern einer Straße ummalte, nur um einen Fremden in die Falle zu locken. Und es stimmt durchaus, daß er einen tragbaren Briefkasten erfand, den er an der Ecke irgendeiner stillen Vorstadt anbrachte, um Briefe mit Geldscheinen abzufangen. Zu all dem hatte er den Ruf eines erstaunlich behenden Akrobaten; trotz seiner mächtigen Gestalt konnte er wie eine Heuschrecke springen und in den Baumwipfeln wie ein Affe verschwinden. So wußte der berühmte Detektiv, als er auszog, Flambeau zu finden, sehr wohl: »Wenn ich ihn gefunden habe, sind meine Abenteuer noch keineswegs zu Ende.«

Wie aber konnte er ihn finden? Dieser Gedanke rumorte unablässig in Valentins Kopf.

Eines gab es, das Flambeau mit all seiner Verkleidungskunst nicht verbergen konnte, und das war seine ungewöhnliche Körpergröße. Hätte Valentins flinkes Auge irgendwo ein großes Apfelweib entdeckt, einen großen Grenadier oder auch nur eine einigermaßen große Herzogin, dann hätte er sie vielleicht auf der Stelle verhaftet. Aber kann sich eine Giraffe als Katze verkleiden? Im ganzen Eisenbahnzug war niemand, der ein verkappter Flambeau hätte sein können. Was die Leute auf dem Dampfer anlangt, so hatte er sich schon hinreichend vergewissert; und von Harwich an bestiegen, wie er mit Sicherheit feststellte, insgesamt nur sechs Neuankömmlinge den Zug. Da war ein kleiner Bahnbeamter, dessen Ziel die Endstation London war, drei ziemlich kleine Gemüsehändler, die zwei Stationen später einstiegen, eine sehr kleine verwitwete Dame aus einer Stadt in Essex, und ein besonders kleiner römisch-katholischer Priester aus einem Dorf der gleichen Grafschaft. Beim Anblick dieser Figur gab Valentin, fast mit einem Lachen, vorläufig die Suche auf. Der kleine Priester war so sehr der Inbegriff der Unschuld vom Lande: sein Gesicht war rund und öde wie ein Norfolk-Knödel und seine Augen so wasserfarben wie die Nordsee. Er hatte mehrere braune Papierpakete im Arm, deren er nur mühsam Herr werden konnte. Der Eucharistische Kongreß hatte offenbar viele solcher Geschöpfe aus der trägen Dumpfheit ihrer Dörfer hervorgescheucht, blind und hilflos wie Maulwürfe, die aus der Erde kommen. Valentin war ein Skeptiker im radikalen französischen Sinne, und so hatte er für Priester nicht viel übrig. Aber bemitleiden konnte er sie, und dieser hier hätte wohl in jedem Menschen Mitleid erregt. Er trug einen großen schäbigen Regenschirm, der ihm immer wieder zu Boden fiel. Er schien nicht zu wissen, welches der gültige Abschnitt seiner Rückfahrkarte war. Mit der Einfalt eines Mondkalbes erzählte er jedem im Abteil, er müsse sehr vorsichtig sein, denn in einem seiner braunen Pakete sei etwas aus echtem Silber »mit blauen Steinen«. Seine komische Mischung aus Plattheit und heiliger Naivität amüsierte den Franzosen sehr, bis der Priester schließlich mit all seinen Paketen in Stratford ausstieg, was ihm irgendwie gelang. Eine Minute später kam er zurück; er hatte seinen Regenschirm vergessen. Bei dieser Gelegenheit war Valentin sogar nett genug, ihn zu ermahnen, er möge doch seinen Wertgegenstand nicht dadurch behüten, daß er jedem davon erzählte. Doch mit wem Valentin auch ins Gespräch kam, immer suchte sein Blick jemanden andern: er hielt ständig Ausschau nach einem, der, reich oder arm, männlich oder weiblich, an die zwei Meter groß war; denn Flambeau war noch einige Zentimeter größer.

Als er jedoch in Liverpool Street ausstieg, war er ganz sicher, daß ihm der Verbrecher bisher nicht entgangen war. Er ging nach Scotland Yard zwecks amtlicher Beglaubigung seiner Jagd und um Hilfe zu erbitten, falls er sie brauchen sollte. Dann zündete er sich aufs neue eine Zigarette an und schlenderte lange durch die Straßen Londons. Im Gewirr der Gassen und Höfe jenseits des Victoria-Bahnhofs blieb er plötzlich stehen. Vor ihm lag, höchst typisch für London, ein altmodischer, friedlicher Platz, erfüllt von unerwarteter Stille. Die umrandenden Wohnhäuser sahen wohlhabend und gleichzeitig unbewohnt aus, das Gebüsch inmitten des Vierecks war verlassen wie eine grüne Südsee-Insel. Eine der vier Seiten war höher als die übrigen, fast wie eine Estrade; und in der Mitte dieser Seite, wunderbar überraschend, wie es das nur in London gibt, befand sich ein Restaurant, das aussah, als wäre es geradenwegs aus dem Ausländerviertel von Soho hierher gewandert. Es war seltsam anziehend mit seinen Zwergpflanzen und den gelb und weiß gestreiften Jalousien, lag besonders hoch über der Straße, und eine Stiege führte in der lässig improvisierten Art, die man in der Architektur Londons so oft findet, hinauf zum Eingang, fast wie eine Feuerleiter zu einem Fenster des ersten Stockwerks. Lange

Zeit stand Valentin, die Zigarette im Mund, vor den gelb-weißen Jalousien und starrte sie an.

Das Unglaublichste an jedem Wunder ist, daß es geschieht. Ein paar Wolken am Himmel ballen sich zusammen und haben plötzlich die phantastische Form eines menschlichen Auges. Auf einer Fahrt, deren Ausgang ungewiß ist, steht, mitten in der Landschaft, ein Baum vor einem, der bis ins kleinste die genaue Form eines Fragezeichens hat. Mir selbst ist beides in den letzten paar Tagen begegnet. Nelson stirbt in der Minute seines Sieges; und ein Mann namens Williams ermordet durch eine Kette von Zufällen einen Mann namens Williamson – es klingt wie Kindesmord. Kurz, überall im Leben findet sich ein Element zauberhaften Zufalls, das jenen, die das Leben prosaisch betrachten, ständig entgeht. Wie Poe es in einem Paradox so treffend ausdrückt: Wirkliche Weisheit denkt immer auch an das Unvorhergesehene.

Aristide Valentin war zutiefst französisch; und die französische Intelligenz ist eine Intelligenz besonderer Art, eine Intelligenz an sich. Er war nicht eine »Denkmaschine«, denn das ist ein gedankenloser Ausdruck, geprägt von modernen Fatalisten und Materialisten. Eine Maschine *ist* nur deshalb eine Maschine, weil sie nicht denken kann. Valentin aber war ein denkender Mensch, und dabei ein natürlicher Mensch. All seine erstaunlichen Erfolge, die wie Zauberei aussahen, hatte er nur durch beharrliche Logik errungen, durch klares, einfaches, französisches Denken. Die Franzosen versetzen die Welt nicht durch ein Paradox in Erregung, das sie sich ausdenken, sondern durch eine Banalität, die sie ausführen. Und sie treiben ihre Banalität bis zur Französischen Revolution. Aber gerade weil Valentin etwas von Vernunft wußte, kannte er auch die Grenzen der Vernunft. Nur jemand, der nichts von Autos versteht, spricht von »Autofahren ohne Benzin«; nur jemand, der nichts von Vernunft weiß, spricht von »Vernunft ohne feste Anhaltspunkte«. Valentin hatte im Augenblick keine festen Anhaltspunkte. Flambeau war in Harwich durchs Netz gegangen; und wenn er überhaupt jetzt in London war, dann konnte er überall und alles mögliche sein, von einem großen Landstreicher auf den Wiesen von Wimbledon bis zu einem riesigen Zeremonienmeister im Hotel Metropol. In solch nacktem Zustand des Nichtswissens hatte Valentin seine eigene Einstellung und Methode.

In einem solchen Falle rechnete er mit dem Unvorhergesehenen. Wenn keine vernünftige Spur da war, der er folgen konnte, folgte er kühl und exakt der Spur des Unvernünftigen. Statt an den richtigen Orten zu suchen – Banken, Polizeirevieren, Rummelplätzen –, suchte er systematisch an den falschen Orten, klopfte er an jedes leere Haus, ging er jede Sackgasse hinunter, jede Straße entlang, die mit Abfällen und Gerümpel blockiert war, schlich er um jede Ecke, die nutz- und sinnlos vom geraden Wege abwich. Er verteidigte diese irrsinnige Methode absolut logisch. Er sagte, habe man einen Anhaltspunkt, dann sei es die falscheste Methode; habe man jedoch keine einzige Voraussetzung, dann sei es die beste Methode, denn irgendeine Seltsamkeit, die das Auge des Jägers fesselte, konnte ebenso das Auge des Gejagten gefesselt haben. Irgendwo mußte man anfangen, und so am besten vielleicht gerade dort, wo jeder andere aufhören würde. Irgend etwas an der merkwürdigen Form der Stiege, die zum Restaurant hinaufführte, irgend etwas an der altmodischen Stille der Jalousien erweckte in dem Detektiv einen (sonst seltenen) romantischen Impuls. Er entschloß sich, aufs Geratewohl anzufangen, ging die Stiegen hinauf, ließ sich beim Fenster nieder und bestellte eine Tasse schwarzen Kaffee.

Es war schon spät am Vormittag, und er hatte noch nicht gefrühstückt. Auf dem Tisch standen ein paar gebrauchte Tassen und Teller, die ihm den eigenen Hunger zum Bewußtsein brachten; er bestellte noch ein Setzei und schüttete nachdenklich etwas weißen Zucker in seinen Kaffee. Dabei hatte er immer nur einen Gedanken: Flambeau. Er dachte daran, auf wieviele Arten Flambeau seiner Verhaftung entgangen war: einmal mit Hilfe einer Nagelschere, und ein anderes Mal durch ein brennendes Haus; einmal, weil er Strafporto für einen unfrankierten Brief zu zahlen hatte, und ein anderes Mal, indem er die Leute durch ein Fernrohr einen Kometen betrachten ließ, der die Welt zerstören werde. Valentin hielt sein Gehirn, mit Recht, für ebensogut wie das des Verbrechers. Doch er erkannte ganz klar den Nachteil, in dem er sich befand. »Der Verbrecher ist der schöpferische Künstler, der Detektiv nur der Kritiker«, sagte er mit einem sauren Lächeln. Langsam führte er die Kaffeetasse an seine Lippen – und sehr schnell setzte er sie wieder hin. Er hatte Salz hineingetan.

Er sah sich das Gefäß an, dem der Silberstaub entnommen war. Zweifellos eine Zuckerdose – so unzweideutig für Zucker bestimmt wie eine Sektflasche für Sekt. Er fragte sich, warum man Salz darin aufbewahrte. Dann sah er sich forschend um, ob irgendwo noch andere rechtgläubige Gefäße herumstanden. Ja, da waren zwei Salzschüsselchen, beide noch ziemlich voll. Vielleicht hatte auch das Salz in diesen Schüsseln seine besondere Würze. Er kostete es – es war Zucker. Mit einem Gefühl von neubelebtem Interesse ließ er den Blick durch das Restaurant wandern, um zu sehen, ob es noch andere Spuren dieses besonderen künstlerischen Geschmackes gab, der Zucker in Salzgefäße schüttet und Salz in Zuckerdosen. Abgesehen von einem seltsamen großen Schmutzflecken an der weißen Wand – offenbar verursacht durch eine dunkle Flüssigkeit – war der ganze Raum sauber, heiter, gewöhnlich. Valentin läutete nach dem Kellner.

Als dieser würdige Mann, ein Italiener mit gekräuseltem Haar und etwas unausgeschlafenen Augen, in der für ihn frühen Morgenstunde herbeigeeilt kam, ersuchte ihn der Detektiv (der für primitiven Humor einiges übrig hatte), den Zucker zu kosten und zu entscheiden, ob dieser dem hohen Ruf seines Etablissements angemessen war. Die Folge war, daß der Kellner mit einem riesigen Gähnen aufzuwachen schien.

»Treiben Sie diesen sinnigen Scherz jeden Morgen mit Ihren Gästen?« fragte Valentin. »Werden Sie den Spaß, Salz und Zucker zu vertauschen, nie leid?«

Sobald dem Kellner die Ironie der Frage aufdämmerte, versicherte er mit stotterndem Eifer, daß seinem Restaurant eine solche Absicht fern liege; es müsse sich um ein höchst merkwürdiges Versehen handeln. Er nahm die Zuckerdose in die Hand und betrachtete sie; er nahm das Salzschüsselchen in die Hand und betrachtete es; sein Gesicht wurde immer fassungsloser. Schließlich eilte er mit einer hastig hervorgestoßenen Entschuldigung davon und kam ein paar Sekunden später mit dem Besitzer des Restaurants wieder. Auch der Besitzer untersuchte Zuckerdose und Salzschüsselchen; auch der Besitzer sah fassungslos drein.

Plötzlich entströmte dem Mund des Kellners ein Schwall unartikulierter Worte.

»Ick denken«, stammelte er voll Eifer, »ick denken, es sind diese zwei Geistlichen.«

»Was für zwei Geistliche?«

»Die zwei Geistlichen«, sagte der Kellner, »was die Suppe an die Wand schmissen.«

»Suppe an die Wand schmissen?« wiederholte Valentin, überzeugt, daß dies offenbar eine italienische Metapher sei.

»Ja, ja«, rief der Kellner aufgeregt und deutete auf den dunklen Flecken auf der weißen Tapete, »schmeißen sie da drüben an die Wand.«

Valentin stand da wie ein lebendiges Fragezeichen. Der Besitzer kam ihm mit einem etwas klareren Bericht zu Hilfe.

»Jawohl, mein Herr«, sagte er, »es stimmt schon, was der Kellner sagt, obwohl ich nicht glaube, daß es etwas mit dem Zucker oder mit dem Salz zu tun hat. Zwei Geistliche kamen heute sehr früh – wir hatten eben erst geöffnet – ins Lokal und tranken eine Suppe. Beide waren ruhige, würdige Herren, der eine klein, der andere groß. Dann zahlte der eine die Rechnung und ging; der andere aber, der überhaupt langsamer von Begriff schien, brauchte ein paar Minuten, bis er all seine Sachen zusammen hatte. Dann ging auch er; doch grade bevor er zur Tür hinausging, nahm er bedächtig seine Tasse, die noch halb voll war, und schmiß die Suppe – klatsch! – an die Wand. Ich war im Hinterzimmer und der Kellner auch; als ich herausgestürzt kam, war der Flecken an der Wand, und das Lokal leer. Der Schaden ist ja nicht groß, aber es war eine unverschämte Frechheit, und so versuchte ich, die beiden noch auf der Straße zu erwischen. Aber sie waren schon zu weit. Ich sah gerade noch, wie sie in Carstairs Street einbogen.«

Der Detektiv war im Nu auf den Beinen, hatte den Hut auf dem Kopf und den Spazierstock in der Hand. Schon vorher hatte er sich ja entschlossen, in der undurchdringlichen Dunkelheit seiner Jagd dem ersten seltsamen Fingerzeig zu folgen, der sich ihm darbieten mochte; und dieser Fingerzeig war seltsam genug. Er zahlte seine Rechnung, schlug klirrend die Glastüre hinter sich zu und bog rasch um die Ecke der nächsten Straße.

Glücklicherweise bewahrte er sich selbst in solch fieberhaften Momenten ein kühles, flinkes Auge. Irgend etwas vor einem Laden hatte seinen Blick gestört, ganz leicht nur, wie fernes Wetterleuchten. Trotzdem ging er zurück und sah sich den Laden an. Es war ein kleines Grünzeug- und Obstgeschäft; einige der Waren lagen, zu Haufen geschichtet, draußen auf dem Pflaster, und in jedem steckte ein Schild mit Preis und Namen. Ein Haufen bestand aus Apfelsinen, ein anderer aus Nüssen. Der Haufen aus Nüssen trug ein Pappschild mit der kühn geschwungenen, blauen Kreideinschrift: »Beste Tanger-Apfelsinen, 2 für 1 Penny.« Und auf dem Apfelsinenhaufen war die nicht minder klare und exakte Bezeichnung zu lesen: »Feinste Brasilnüsse, 1 Pfund 4 Pence.« Monsieur Valentin betrachtete die beiden Aufschriften, und es war ihm, als hätte er diese höchst subtile Art von Humor schon einmal erlebt, und zwar vor gar nicht langer Zeit. Er lenkte die Aufmerksamkeit des zornroten Obsthändlers, der finster die Straße hinauf und hinunter sah, auf die Ungenauigkeit seiner Anzeigen. Der Obsthändler sagte kein Wort, sondern steckte nur jede Karte wieder an ihre richtige Stelle. Der Detektiv, elegant an seinen Spazierstock gelehnt, musterte aufmerksam den Laden. Schließlich sagte er: »Verzeihen Sie bitte die scheinbare Irrelevanz meiner Einstellung, verehrter Herr, aber ich möchte Ihnen gern eine Frage aus dem Gebiet der Experimental-Psychologie und Ideenassoziation stellen.«

Der zornrote Händler maß ihn mit gefährlich drohendem Blick. Valentin aber schwang sein Stöckchen und fuhr frohgemut fort. »Warum«, sagte er, »warum sind zwei Täfelchen im Laden eines Grünzeughändlers so fehl am Platz wie ein Schaufelhut, der zu Besuch nach London kommt? Oder, falls ich mich nicht ganz verständlich mache, welches ist die geheimnisvolle Verbindung zwischen Nüssen, die als Apfelsinen bezeichnet sind, und zwei Geistlichen, der eine groß, der andere klein?«

Dem Händler quollen, wie einer Schnecke, die Augen aus dem Kopf; einen Augenblick sah es wirklich so aus, als wollte er sich auf den Fremden stürzen. Schließlich brachte er wütend die Worte hervor: »Ich weiß nicht, was Sie damit zu tun haben, aber wenn Sie einer von ihren Freunden sind, dann können Sie ihnen von mir ausrichten, daß ich ihnen, Pfarrer hin, Pfarrer her, eins über die idiotischen Schädel hauen werde, wenn sie noch einmal meine Äpfel durcheinanderbringen.«

»Wahrhaftig?« fragte der Detektiv mit einiger Anteilnahme. »Haben sie Ihnen die Äpfel durcheinandergebracht?«

»Einer von den zweien«, sagte der erboste Händler, »hat sie über die ganze Straße verstreut. Ich hätte den albernen Kerl ja erwischt, aber ich hab die Äpfel zusammenklauben müssen.«

»In welcher Richtung sind die zwei Geistlichen gegangen?« fragte Valentin.

»Zweite Straße links und dann quer über den Platz«, war die prompte Antwort.

»Danke«, rief Valentin und verschwand wie eine Fee. Drüben, jenseits des Platzes, stand ein Polizist, und Valentin sprach ihn an: »Dringende Sache, Schutzmann! Haben Sie zwei Geistliche in Schaufelhüten gesehen?«

Der Schutzmann begann heftig zu kichern: »Hab' ich, Herr. Und wenn Sie mich fragen – einer davon war betrunken. Er stand mitten auf der Straße und sah so gottverlassen aus, daß ich . . .«

»Wohin sind die beiden gegangen?« herrschte ihn Valentin an.

»Sie haben da drüben einen der gelben Autobusse genommen«, war die Antwort, »die nach Hampstead gehen.«

Valentin zückte seinen amtlichen Ausweis, sagte rasch und bestimmt: »Holen Sie zwei Ihrer Leute, damit sie mit mir die Verfolgung aufnehmen!« und überquerte die Straße mit solch ansteckender Energie, daß der schwerfällige Schutzmann den Auftrag beinahe hurtig ausführte. Anderthalb Minuten später schlossen sich dem französischen Detektiv auf der anderen Straßenseite ein Polizeiinspektor und ein Beamter in Zivil an.

»Well«, begann der Inspektor mit wichtig lächelnder Miene, »well, und was kann ich für Sie . . .?«

Valentin unterbrach ihn mit einer raschen Geste seines Stockes. »Das werde ich Ihnen auf dem Verdeck jenes Omnibusses sagen«, erwiderte er und schlängelte sich wie ein Pfeil durch das Gewirr des Straßenverkehrs. Als alle drei keuchend hoch oben auf dem gelben Fahrzeug gelandet waren, sagte der Inspektor: »In einem Taxi könnten wir viermal so rasch vorwärts kommen.«

»Stimmt«, erwiderte ihr Anführer ruhig, »wenn wir nur eine Ahnung hätten, wohin wir fahren.«

»Well, *wohin* fahren wir?« sagte der andere und starrte ihn an. Valentin kaute ein paar Sekunden lang stirnrunzelnd an seiner Zigarette; dann nahm er sie aus dem Mund und sagte: »Wenn Sie *wissen*, was ein Mann vorhat, dann müssen Sie ihn überholen; wenn Sie aber *erraten* wollen, was er vorhat, dann müssen Sie sich hinter ihm halten; müssen schlendern, wenn er schlendert; stehenbleiben, wenn er stehenbleibt – kurz, sich so langsam vorwärts bewegen, wie er es getan hat. Dann sehen Sie möglicherweise, was er gesehen hat, und können das tun, was er getan hat. Das einzige, was uns im Augenblick übrig bleibt, ist: haarscharf Ausschau zu halten nach einer seltsamen Sache.«

»Nach was für einer seltsamen Sache?« fragte der Inspektor.

»Nach jeder seltsamen Sache«, antwortete Valentin und verfiel wieder in hartnäckiges Schweigen.

Der gelbe Omnibus kroch die Straßen Nordlondons entlang. Die Stunden der Fahrt schienen nie mehr enden zu wollen. Der große Detektiv ließ sich zu keiner weiteren Erklärung herbei; und in seinen Begleitern stieg vielleicht ein wachsender leiser Zweifel über den Sinn seines Vorhabens auf. Vielleicht stieg in ihnen auch ein wachsendes leises Verlangen nach Essen auf, denn die übliche Lunchzeit war längst vorbei, und immer noch entfalteten sich die langen Straßen dieser nördlichen Vororte Londons, eine nach der anderen, wie ein teuflisches Teleskop. Es war eine jener Fahrten, wo man immer wieder fühlt, jetzt, ja jetzt müsse man endlich das Ende des Universums erreicht haben, nur um zu entdecken, daß man erst den Anfang von Tufnell Park erreicht hat. London starb dahin in schmutzigfeuchten Kneipen und ödem Gestrüpp, um dann rätselhaft wiedergeboren zu werden in breiten, lohenden Straßen und grelleuchtenden Hotels. Man hatte das Gefühl, durch dreizehn verschiedene vulgäre Städte zu reisen, die einander nur grade berührten. Doch obgleich die Dämmerung sich schon drohend über ihren Weg legte, hielt der Pariser Detektiv immer noch schweigend Ausschau, das Auge fest auf die Fassaden der Straßen gerichtet, die zu beiden Seiten vorüberglitten. Nun befanden sie sich schon jenseits des Vororts Camden Town, und die Polizisten waren fast eingeschlafen; jedenfalls gab es ihnen einen Ruck, als Valentin plötzlich aufsprang, ihnen erregt auf die Schulter klopfte und dem Fahrer mit lautem Kommando befahl anzuhalten.

Sie stolperten die Stufen hinunter und standen auf der Straße, ohne zu wissen, warum man sie ausquartiert hatte. Während sie sich verdutzt ansahen, zeigte Valentins Finger triumphierend auf eine Fensterscheibe an der linken Straßenwand – eine breite Fensterscheibe in der Vorderfront eines prächtigen, goldverzierten Gasthauses. Dieses Fenster erglänzte, wie alle anderen in der würdigen Fassade, mit der stolzen Aufschrift: »Restaurant« in schön gemustertem Mattglas; doch in seiner Mitte war, wie ein Stern im Eis, ein riesiger schwarzer Sprung.

»Endlich!« rief Valentin und schwang seinen Spazierstock . . . »Endlich unsere Spur – das zerbrochene Fenster!«

»Fenster? Spur?« fragte der Inspektor. »Ja, wo haben wir den Beweis, daß dies etwas mit den zwei Geistlichen zu tun hat?«

Valentin zerbrach vor Zorn fast sein Bambusröhrchen.

»Beweis!« schrie er. »Du lieber Himmel, der Mann sucht nach einem Beweis! Gewiß, die Chancen sind natürlich zwanzig zu eins, daß die Sache *nichts* mit den beiden zu tun hat. Aber was können wir andres tun? Verstehen Sie denn nicht? Wir müssen entweder den unwahrscheinlichsten Möglichkeiten nachgehen – oder uns zu Hause ins Bett legen!« Und damit stürmte er ins Restaurant, gefolgt von seinen Begleitern. Dann saßen sie bei einem verspäteten Mittagessen an einem kleinen Tisch und starrten den Stern aus zertrümmertem Glas von innen an. Nicht etwa, daß dieser ihnen jetzt sehr viel mehr verraten hätte.

»Ihr Fenster ist kaputt, wie ich sehe«, sagte Valentin zum Kellner, als er seine Rechnung bezahlte.

»Jawohl, Sir«, antwortete dieser und beugte sich mit kühler Geschäftigkeit über das Wechselgeld, das Valentin jetzt schweigend durch ein enormes Trinkgeld ergänzte. Der Kellner erhob den Blick; sein Auge hatte zweifellos einen leichten, neubelebten Glanz.

»Jawohl, Sir, jawohl«, sagte er. »Sehr komische Sache das, Sir.«

»Wahrhaftig? Erzählen Sie«, bemerkte der Detektiv mit gelassener Neugier.

»Es war so, Sir«, berichtete der Kellner. »Zwei Herren in Schwarz kamen herein, zwei von diesen fremden Pfarrern, die jetzt überall hier herumlaufen. Sie haben, ohne viel miteinander zu reden, ein billiges Mittagessen eingenommen. Dann hat der eine bezahlt und ist rausgegangen. Der andre war grade dabei, ihm zu folgen, da schau' ich doch auf mein Geld und sehe, daß man mir dreimal zu viel bezahlt hat. ›Heh‹, sag' ich zu dem Burschen an der Tür, er war schon fast draußen, ›Sie haben zuviel bezahlt.‹ – ›Oh‹, sagt er ganz kühl, ›haben wir das?‹ - ›Jawohl‹, sag' ich und nehm' die Rechnung, um sie ihm zu zeigen. Well, ich glaub', mich trifft der Schlag.«

»Was war los?« fragte der Detektiv.

»Nun, ich hätte auf sieben Bibeln geschworen, daß ich 4 Shilling auf die Rechnung geschrieben hatte. Aber wie ich mir sie jetzt ansehe, steht da – 14 Shilling, so klar wie gedruckt.«

»Und«, schrie Valentin und kam langsam, aber mit brennenden Augen näher. »Und dann?«

»Der kleine Pfarrer an der Tür sagt ganz gemütlich: ›Tut mir leid, Ihre Rechnung durcheinanderzubringen, aber der Überschuß soll für das Fenster bezahlen.‹ – ›Was für ein Fenster?‹ sag' ich. ›Das Fenster, welches ich jetzt einschlagen werde‹, sagt er, und damit haut er auch schon mit seinem Regenschirm dieses verdammte Fenster ein.«

Keiner der drei Polizisten konnte einen leisen Aufschrei unterdrücken, und der Inspektor flüsterte mit stockendem Atem: »Sind wir hinter entsprungenen Irren her?« Der Kellner fuhr mit einigem Ergötzen an der komischen Geschichte fort:

»Eine Sekunde lang war ich so verdattert, daß ich mich nicht rühren konnte. Der Mann marschierte zur Tür hinaus und holte seinen Freund grade an der Ecke ein. Dann gingen sie so rasch die Bulloch Street hinauf, daß ich sie nicht mehr erwischen konnte, obwohl ich durch den Ausschank rannte.«

»Bulloch Street«, rief der Detektiv und schoß so schnell durch die genannte Straße wie jenes seltsame Paar, das er verfolgte.

Ihr Weg führte sie jetzt zwischen kahlen Ziegelwänden hindurch, die wie Tunnels aussahen, durch Straßen mit nur wenigen Lichtern, ja mit nur wenigen Fenstern, Straßen, die aus den kalten Überbleibseln von Irgendwas und Irgendwo erbaut schienen. Es wurde immer dunkler, und selbst die Londoner Polizisten konnten nur mit Mühe erraten, in welche Richtung sie ihr Weg eigentlich führte; doch war der Inspektor ziemlich sicher, daß sie schließlich auf irgendeinen Teil der Hampsteader Heide stoßen mußten. Plötzlich durchbrach ein bauchiges, gasbeleuchtetes Schaufenster das blaue Zwielicht wie eine Blendlaterne, und Valentin blieb einen Augenblick vor diesem grellen Zuckerbäckerladen stehen. Er zögerte eine Sekunde, dann ging er hinein. Nun stand er mit gewichtigem Ernst zwischen den fröhlichen Farben der Konditorei und kaufte, nicht ohne eine gewisse Sorgfalt, dreizehn Schokoladezigarren. Offensichtlich suchte er nach einem Anknüpfungspunkt. Aber dessen bedurfte es nicht.

Eine eckige, ältliche Jungfer hinter dem Ladentisch hatte seine elegante Erscheinung nur mit einem automatischen, fragenden Lächeln gemustert; doch als sie die Tür hinter ihm von der blauen Polizeiuniform des Inspektors verstellt sah, schien ihr Auge zu erwachen.

»Oh«, sagte sie, »wenn Sie wegen des Pakets gekommen sind, das habe ich schon abgeschickt.«

»Paket?« wiederholte Valentin, und jetzt war es an ihm, fragend zu schauen.

»Ich meine das Paket, das der Herr dagelassen hat – der geistliche Herr.«

»Um Gottes willen!« rief Valentin und beugte sich über den Ladentisch, wobei er zum ersten Male seinen brennenden Eifer offen zeigte, »um Himmels willen, sagen Sie uns genau, wie die Sache war!«

»Nun«, sagte die Frau ein bißchen zurückhaltend, »die beiden Geistlichen kamen vor etwa einer halben Stunde und kauften ein paar Pfefferminzpastillen. Sie plauderten ein wenig und dann gingen sie weiter, nach der Heide zu. Knapp nachher aber kommt der eine zurück in den Laden gelaufen und fragt: ›Habe ich ein Paket hier vergessen?‹ Nun, ich schaue überall nach, aber ich kann nichts finden. Drauf sagt er: ›Es macht nichts; aber wenn es noch auftauchen sollte, dann schicken Sie es doch bitte sofort an diese Adresse‹, und er ließ mir die Adresse da und einen Shilling für meine Mühe. Und tatsächlich, obwohl ich dachte, ich hätte überall gesucht, fand ich dann doch ein Paket aus braunem Papier. So hab' ich's an den Ort geschickt, den er mir angegeben hat. An die genaue Adresse kann ich mich jetzt nicht mehr erinnern, es war irgendwo in Westminster. Aber da dem Mann die Sache so wichtig war, ist jetzt wohl die Polizei deshalb gekommen?«

»Das ist sie«, erwiderte Valentin kurz. »Ist die Hampsteader Heide nah von hier?«

»Fünfzehn Minuten gradeaus«, sagte die Frau, »und Sie kommen mitten auf die Heide.« Valentin eilte aus dem Laden und begann zu rennen. Die beiden anderen Detektive folgten ihm in zögerndem Trab. Die Straße war so eng und so tief von Schatten umhüllt, daß sie überrascht stehen blieben, als ganz unerwartet die große, offene Heide, der unermeßliche Himmel vor ihnen lagen und sie sahen, wie hell und klar der Abend noch war. Eine vollendete Kuppel aus Pfauengrün, die sich zwischen den langsam erdunkelnden Bäumen und dem schwarzen Violett der Ferne in Gold auflöste. Die leuchtend grüne Tönung war grade tief genug, um ein, zwei Sterne wie kristallene Punkte herauszuheben. Die letzten Reste des Tageslichts überstrahlten mit goldenem Schimmer den äußersten Rand von Hampstead und jene beliebte Mulde, die im

Volksmund das »Tal des Heiles« heißt. Die Ausflügler, welche in diesem Teil der Heide so gern umherstreifen, hatten sich noch nicht alle verloren: einige Paare saßen, in unbestimmten Konturen, auf Bänken; und hier und dort hörte man in der Ferne aus einer Schaukel Mädchengekreisch.

Die Glorie des Himmels wölbte sich tiefer und düsterer um die erhabene Pöbelhaftigkeit des Menschen. Valentin stand auf dem Abhang, er blickte quer durch das Tal – und jetzt sah er, was er gesucht hatte.

Unter den dunklen Gruppen, die sich in der Ferne auflösten, war eine besonders dunkle, die sich nicht auflöste – eine Gruppe von zwei Gestalten in geistlicher Tracht. Obwohl sie von weitem so klein wie Insekten erschienen, konnte Valentin doch erkennen, daß eine der Figuren viel kleiner war als die andere. Und obwohl dieser andere den Rücken gebeugt hielt wie ein beflissener Student und sich ganz unauffällig benahm, konnte er erkennen, daß der Mann an die zwei Meter groß war. Valentin biß die Zähne zusammen, schwang ungeduldig seinen Stock und eilte weiter. Als er die Distanz erheblich verringert hatte und die beiden schwarzen Gestalten wie unter einem gewaltigen Mikroskop immer größer wurden, entdeckte er etwas anderes, etwas, das ihn überraschte und das er doch irgendwie erwartet hatte. Wer immer der hochgewachsene Priester war, über den Kleinen konnte kein Zweifel bestehen: es war sein Freund aus dem Zug, der plumpe, kleine *curé* von Essex, dem er so freundliche Warnung wegen seiner Papierpakete erteilt hatte.

Soweit fügten sich alle Steine des Geduldspiels zu einem klaren, logischen Schlußbild. Valentin hatte bei seinen Erkundigungen am Morgen erfahren, daß ein gewisser Pater

Brown aus Essex ein Silberkreuz mit Saphiren nach London brachte, eine Reliquie von beträchtlichem Wert, die er einigen ausländischen Priestern auf dem Kongreß zeigen wollte. Zweifellos war dies »das Ding aus Silber mit blauen Steinen«; und zweifellos war Pater Brown jenes kleine Greenhorn auf der Fahrt nach London. Nun war es nicht im geringsten erstaunlich, daß eine interessante Tatsache, die Valentin entdeckt hatte, genauso Flambeau entdeckt haben konnte. Flambeau konnte alles und jedes entdecken. Noch war es im geringsten erstaunlich, daß Flambeau, wenn er etwas von einem Saphirkreuz hörte, versuchen sollte, es zu stehlen; im Gegenteil, das war die natürlichste Sache der Naturgeschichte. Am allerwenigsten aber war es erstaunlich, daß Flambeau ein solch einfältiges Schaf wie diesen Mann mit Schirm und Paketen nach jeder beliebigen Weide führen konnte. Wer hätte einen solchen Menschen nicht an einem Bindfaden zum Nordpol bugsieren können? War es da erstaunlich, daß ein Schauspieler wie Flambeau, als Priester verkleidet, ihn zur Hampsteader Heide bugsieren konnte? Insoweit also war das Verbrechen keineswegs rätselhaft; und während der Detektiv für die Hilflosigkeit des kleinen Priesters Mitleid empfand, hatte er für Flambeau beinahe ein Gefühl der Verachtung, weil er sich so weit degradiert hatte, dieses leichtgläubige Opferlamm zu berauben. Doch wenn Valentin an all das dachte, was dazwischen geschehen war, daran, was ihn zu diesem Triumph geführt hatte, dann zermarterte er vergeblich sein Gehirn, um auch nur den leisesten Sinn und Verstand in den Ereignissen zu entdecken. Was hatte der Diebstahl eines Silberkreuzes mit einem Suppenflecken an der Tapete zu tun? Was damit, daß Nüsse als Apfelsinen bezeichnet werden oder daß jemand für eine Fensterscheibe bezahlt und sie dann erst einschlägt? Er war am Ende seiner Jagd angelangt; aber irgendwie hatte er den Mittelteil verfehlt. Wenn ihm sonst ein Mißerfolg begegnet war (was nur selten vorkam), dann hatte er gewöhnlich den Ablauf der Geschehnisse klar erkannt und nur den Verbrecher nicht erwischt. Hier hatte er den Verbrecher erwischt, doch immer noch war ihm der Ablauf der Geschehnisse unklar.

Die beiden Gestalten, denen sie folgten, krochen wie schwarze Fliegen die großen grünen Umrisse eines Hügels entlang. Sie waren offensichtlich in ihr Gespräch vertieft und merkten wohl nicht, wohin ihr Weg sie führte; denn sicher führte er sie zu den sehr verwilderten, einsamen Anhöhen der Heide. Jetzt, da die Verfolger Boden gewannen, mußten sie sich zu der würdelosen Methode bequemen, die man beim Pirschen auf Rotwild annimmt, mußten sich hinter Baumstämme ducken oder, der Länge nach ausgestreckt, im tiefen Gras vorwärtskriechen. Durch so seltsame Schliche kamen die Jäger nahe genug an ihr Wild heran, um das Gemurmel der diskutierenden Stimmen zu vernehmen, aber noch konnten sie nichts verstehen, außer dem einen Wort »Vernunft«, das, von einer hohen, fast kindlichen Stimme gesprochen, immer wiederkehrte. Einmal, als plötzlich ein Abhang und gleich darauf ein wildes Gewebe von Dickicht sie von den beiden Gestalten trennte, verloren sie völlig die Spur. Erst nach zehn herzbeklemmenden Minuten fanden sie sie wieder, und dann führte sie zum Rande einer großen Hügelkuppel. Vor ihnen erstreckte sich ein Amphitheater der Natur mit den prächtigen, verlassenen Kulissen des Sonnenuntergangs. Unter einem Baum dieser eindrucksvollen, doch verwahrlosten Landschaft stand eine alte, halbzerfallene

Holzbank, und auf dieser Bank saßen die zwei Priester, wie vorher in ernstes Gespräch versunken. Das schimmernde Grün und Gold hing immer noch am verdunkelten Horizont; aber die Kuppel über ihm verwandelte ihr Pfauengrün langsam in Pfauenblau, und die Sterne traten, wie festumrissene Juwelen, immer klarer hervor. Nach einem stummen Wink in Richtung auf seine Begleiter brachte Valentin es fertig, sich an den großen, weitverzweigten Baum heranzuschleichen. Da stand er nun in tödlichem Schweigen. Und zum ersten Male vernahm er die Worte der seltsamen Priester.

Nachdem er eineinhalb Minuten lang gelauscht hatte, schnürte ihm ein höllischer Zweifel die Kehle zusammen. Hatte er vielleicht die zwei englischen Polizisten nur deshalb zu diesem Ödland einer nächtlichen Heide geschleppt, um zu erkennen, daß ihr Unternehmen irrsinnig war, so irrsinnig, als wollte man Feigen von Disteln pflücken? Denn die beiden Priester sprachen haargenau wie Priester, andächtig, gelehrt, gelassen, sprachen über die geheimnisvollen Spinngewebe der Theologie. Der kleine Geistliche aus Essex redete einfacher, und sein rundes Gesicht war auf die kraftspendenden Sterne gerichtet; der andere sprach mit gesenktem Haupt, als wäre er nicht würdig, zu ihnen aufzublicken. Doch in keinem weißen italienischen Kloster, in keiner schwarzen spanischen Kathedrale hätte man ein unschuldigeres geistliches Gespräch vernehmen können.

Die ersten Worte, die an Valentins Ohr drangen, waren die letzten eines Satzes von Pater Brown: » . . . was das Mittelalter in Wirklichkeit meinte, wenn es die Himmel ›unbestechlich‹ nannte.« Der große Priester nickte mit gebeugtem Haupt und sagte: »Ja, ja, diese modernen Ungläubigen wenden sich an ihre Vernunft; doch wer könnte auf die Millionen Welten über uns blicken, ohne zu fühlen, daß es dort sehr wohl manch wunderbares Universum geben kann, in welchem Vernunft etwas völlig Unvernünftiges ist?«

»Nein«, erwiderte der andere Priester, »Vernunft ist immer vernünftig, selbst in der letzten Vorhölle, in dem verlorenen Grenzland der Dinge. Ich weiß wohl, daß viele Leute der Kirche vorwerfen, sie erniedrige die Vernunft, aber in Wahrheit ist es gerade umgekehrt. Die Kirche, sie allein auf Erden, gibt der Vernunft ihre wirkliche Hoheit. Die Kirche, sie allein auf Erden, erklärt, daß selbst Gott an Vernunft gebunden ist.«

Der andere Priester erhob sein strenges Gesicht zum funkelnden Himmel und erwiderte: »Und doch, wer weiß, ob in jenem unendlichen Universum –?«

»Nur physisch unendlich«, erklärte der kleine Priester und wandte sich mit einer heftigen Bewegung dem anderen zu, »nicht unendlich in dem Sinn, daß man den Gesetzen der Wahrheit entrinnen könnte.«

Valentin, hinter seinem Baum, riß sich in stummer Wut fast die Fingernägel aus. Es war ihm, als hörte er schon das Kichern der englischen Detektive, die er, auf einen phantastischen Einfall hin, den langen Weg hierhergeführt hatte, um jetzt dem metaphysischen Geschwätz zweier sanfter Pfarrer zu lauschen. In seiner Ungeduld überhörte er die nicht minder gelehrte Antwort des großen Priesters, und als er die Worte aufs neue aufnahm, sprach grade wieder Pater Brown:

»Vernunft und Gerechtigkeit beherrschen noch das fernste und einsamste Gestirn. Blicken Sie nur auf diese Sterne. Sehen sie nicht aus, als wäre jeder einzelne ein

Diamant oder Saphir? Gut. Sie können sich die irrsinnigste Botanik oder Geologie vorstellen, die Ihnen beliebt. Denken Sie meinetwegen an diamantene Wälder mit Blättern aus Brillanten. Denken Sie, der Mond sei ein blauer Mond, ein einziger riesenhafter Saphir. Aber geben Sie sich nicht der Täuschung hin, daß all diese tolle Astronomie auch nur im geringsten die Vernunft und Rechtlichkeit unseres Handelns ändern könnte. Auf Plateaus von Opal, unter Klippen, aus Perlen geschnitten, würden Sie immer noch eine Tafel finden mit den Worten: Du sollst nicht stehlen.«

Valentin wollte sich grade aus seiner steifen, kauernden Lage aufrichten und so leise wie möglich wegschleichen, zerschmettert von der einen großen Dummheit seines Lebens; aber irgend etwas in dem langen Schweigen des anderen Priesters bestimmte ihn, noch zu warten, bis dieser sprach. Freilich, als er es endlich tat, sagte er nur, mit gebeugtem Haupt und die Hände auf den Knien: »Nun, ich bin nach wie vor überzeugt, daß andere Welten sehr wohl die Grenzen unserer Vernunft übersteigen könnten. Das Geheimnis der Himmel ist unergründlich, und ich für mein Teil kann nur das Haupt neigen.«

Dann sagte er, immer noch mit gesenkter Stirn und ohne auch im leisesten Haltung oder Stimme zu wechseln: »Und jetzt rücken Sie mit diesem Saphirkreuz heraus, verstanden? Wir sind hier ganz allein, und ich könnte Sie in Stücke reißen wie eine Strohpuppe.«

Grade die völlig unveränderte Stimme und Haltung des Sprechers verlieh der bestürzenden Wendung des Gesprächs merkwürdigerweise etwas besonders Gefährliches. Doch der Hüter der Reliquie schien den Kopf nur um eine winzige Nadelspur zu bewegen. Immer noch war sein etwas törichtes Gesicht offenbar auf die Sterne gerichtet. Vielleicht hatte er nicht verstanden. Oder vielleicht hatte er verstanden und war nun starr vor Entsetzen. »Ja«, sagte der große Priester mit der gleichen leisen Stimme und in der gleichen ruhigen Haltung, »ja, ich bin Flambeau.« Und dann, nach einer Pause, fügte er hinzu: »Also, werden Sie mir jetzt das Kreuz geben?«

»Nein«, erwiderte der andere, und die Silbe hatte einen seltsamen Klang.

Flambeau warf plötzlich alles priesterliche Getue über Bord. Der große Räuber lehnte sich auf seinem Sitz zurück und lachte – leise, aber lang.

»Nein«, rief er, »Sie werden mir das Kreuz auch nicht geben, Sie stolzer Prälat! Sie werden es mir nicht geben, Sie weltfremder Tropf! Und soll ich Ihnen sagen, warum nicht? Weil ich es schon hier in meiner Brusttasche habe!«

Das Männchen aus Essex wandte im Dämmerschein sein etwas verdutztes Gesicht und fragte mit dem ängstlichen Eifer einer naiven Schwankfigur: »Sind – sind Sie sicher?«

Flambeau jauchzte vor Vergnügen.

»Wahrhaftig«, rief er, »Sie sind so gut wie eine abendfüllende Posse! Jawohl, Sie Kohlkopf, ich bin ganz sicher. Ich war nämlich so vorsichtig, ein Duplikat Ihres Paketes zu machen, und jetzt, lieber Freund, haben Sie das Duplikat und ich hab' die Juwelen. Ein alter Trick, Pater Brown – ein sehr alter Trick!«

»Ja«, sagte Pater Brown und strich sich, wieder in seiner seltsam unbestimmten Art, übers Haar. »Ja, ich habe davon gehört.«

Der gigantische Verbrecher beugte sich mit plötzlichem Interesse zu dem kleinen Landpfarrer.

»*Sie* haben davon gehört?« fragte er. »Wie haben denn *Sie* davon gehört?«

»Nun, ich darf Ihnen seinen Namen natürlich nicht nennen«, erwiderte der kleine Mann einfach. »Er war ein Beichtkind, Sie verstehen. Er hat zwanzig Jahre lang auskömmlich nur von Duplikaten brauner Pakete gelebt. Und so, Sie verstehen, habe ich gleich, als Sie mir verdächtig vorkamen, an die Methode jenes armen Burschen gedacht.«

»Ich Ihnen verdächtig vorkam?« wiederholte der Verbrecher mit gesteigerter Neugier. »Hatten Sie wirklich genug Grütze, Argwohn zu schöpfen, nur weil ich Sie zu diesem verlassenen Teil der Heide führte?«

»Nein, nein«, sagte Brown mit leiser Entschuldigung. »Sehen Sie, ich schöpfte sofort Argwohn, als wir uns trafen. Sie verstehen – wegen dieser kleinen Ausbuchtung oben am Ärmel, wo Leute Ihres Berufs das Stachelarmband tragen.«

»Ja wie, beim Tartarus«, schrie Flambeau, »haben denn Sie jemals vom Stachelarmband gehört?«

»Oh, Sie verstehen – unsere kleine Herde!« sagte Pater Brown und zog die Augenbrauen hoch. »Als Kurat in Hartlepool hatte ich drei mit Stachelarmbändern. Und da Sie mir nun von Anfang an verdächtig waren – Sie verstehen doch –, habe ich dafür gesorgt, daß das Kreuz auf keinen Fall in Gefahr gerät. Ich habe Sie beobachtet – Sie verstehen –, und so sah ich dann, wie Sie die Pakete vertauschten. Und dann – Sie verstehen – habe ich sie zurückgetauscht. Und schließlich habe ich das richtige im Laden gelassen.«

»Im Laden gelassen?« wiederholte Flambeau, und zum erstenmal klang aus seiner Stimme nicht nur Triumph.

»Nun, es war so«, erklärte der kleine Priester in der gleichen natürlichen Art. »Ich ging zurück in jenen Zuckerbäckerladen und fragte, ob ich nicht ein Paket dagelassen hätte, und dann gab ich der Frau eine bestimmte Adresse an, für den Fall, daß es noch auftauchen sollte. Ich wußte natürlich, ich hatte das Paket nicht dort gelassen, aber jetzt, beim zweiten Mal, ließ ich es dort. Und so hat die Frau, statt mit dem wertvollen Paket hinter mir herzurennen, es an einen meiner Freunde in Westminster geschickt ... Das habe ich auch«, fügte er etwas betrübt hinzu, »von einem armen Gesellen in Hartlepool gelernt. Er pflegte das so mit Handkoffern zu machen, die er auf Bahnhöfen stahl – aber er ist jetzt in einem Kloster. Oh, man erfährt das so, Sie verstehen«, sagte er und strich sich wieder mit dieser verzweifelt-entschuldigenden Geste übers Haar. »Es geht nicht anders, wir sind nun einmal Priester. Die Leute kommen und erzählen uns diese Sachen.«

Flambeau holte rasch ein braunes Paket aus seiner Innentasche und riß es in Stücke. Nichts befand sich darin als Papier und etliche Bleiklumpen. Mit einem Riesensprung war er auf den Beinen und schrie:

»Ich glaube es nicht! Ich glaube nicht, daß ein Tölpel wie Sie all das fertigbringt! Ich bin sicher, Sie tragen das Ding noch bei sich, und wenn Sie mir's nicht geben – nun, wir sind ganz allein, und ich werde es mit Gewalt nehmen!«

»Nein«, entgegnete Pater Brown und stand gleichfalls auf. »Sie werden es nicht mit Gewalt nehmen. Erstens, weil ich es wirklich nicht mehr habe. Und zweitens, weil wir nicht allein sind.«

Flambeau hielt in seinem Panthersprung inne.

»Hinter jenem Baum«, sagte Pater Brown mit einer Handbewegung, »stehen zwei kräftige Polizisten und der größte Detektiv unserer Zeit. Wie die hierhergekommen sind, fragen Sie? Nun, ich habe sie natürlich hergebracht. Wie ich das gemacht habe, möchten Sie wissen? Das will ich Ihnen gerne sagen – mein Gott, wir müssen zwanzigmalsoviele Schliche kennen, wenn wir unter Verbrechern arbeiten wollen. Also, ich war nicht sicher, ob Sie ein Dieb seien, und ich durfte natürlich nicht riskieren, gegen jemanden aus unserem eigenen Klerus Skandal zu machen. Deshalb stellte ich Sie auf die Probe, um zu sehen, ob Sie sich vielleicht durch irgend etwas selbst verrieten. Nun, für gewöhnlich macht man etwas Krach, wenn man Salz in seinem Kaffee findet; tut man es nicht, dann hat man guten Grund, sich still zu verhalten. Ich vertauschte Salz und Zucker – *Sie* verhielten sich still. Für gewöhnlich erhebt man Einspruch, wenn die Rechnung dreimal zu hoch ist; zahlt man trotzdem, dann hat man sicher den Wunsch, unbemerkt zu bleiben. Ich änderte Ihre Rechnung – *Sie* zahlten.« Das Universum schien auf Flambeaus Tigersprung zu warten. Er stand wie verzaubert; eine unermeßliche Neugier betäubte ihn. »Nun«, fuhr Pater Brown mit schwerfälliger Klarheit fort, »nun, da Sie keine Spur für die Polizei zurücklassen wollten, mußte das natürlich wer andrer machen. Überall, wohin wir kamen, sorgte ich dafür, daß man für den Rest des Tages von uns sprach. Ich habe nicht viel Schaden angerichtet: ein Flecken an der Wand, verstreute Äpfel, eine zerbrochene Scheibe. Aber so habe ich das Kreuz behütet – wie eben das Kreuz immer behütet sein wird. Jetzt ist es schon in Westminster. Ich war etwas überrascht, daß Sie nicht versucht haben, mich durch die ›Eselspfeife‹ zu Fall zu bringen.«

»Durch die – was?« fragte Flambeau.

»Ich bin so froh, daß Sie nie davon gehört haben!« sagte der Priester und sein Gesicht verklärte sich. »Es ist eine faule Sache. Nein, Sie sind sicher ein zu guter Mensch, um ein ›Pfeifer‹ zu sein. Ich hätte freilich die ›Eselspfeife‹ nicht einmal durch den ›Hartsprung‹ verhindern können; meine Beine sind nicht stark genug.«

»Ja, wovon in aller Welt reden Sie denn?« fragte der andere.

»Wahrhaftig, ich glaube, Sie wissen gar nichts vom ›Hartsprung‹«, sagte Pater Brown, angenehm überrascht. »Oh, das ist gut – dann sind Sie noch nicht sehr tief gesunken!«

»Aber woher, beim Tartarus, wissen denn Sie von all diesen gräßlichen Dingen?« rief Flambeau.

Der Schatten eines Lächelns umspielte das runde, simple Gesicht seines geistlichen Widersachers.

»Oh«, sagte er, »vermutlich, weil ich ein weltfremder Tropf bin. Haben Sie nie daran gedacht, daß ein Mann, der sich immer wieder von Berufs wegen andrer Leute Sünden anhört, das Böse im Menschen wahrscheinlich einigermaßen kennt? Übrigens, noch eine andere Seite meines Berufs gab mir die Gewißheit, daß Sie kein Priester waren.«

»Was?« fragte der Dieb mit offenem Munde.

»Sie griffen die Vernunft an«, sagte Pater Brown. »Das tut kein echter Theologe.«

Und als er sich nun abwandte, um seine Sachen zusammenzuklauben, kamen die drei Polizisten aus dem Zwielicht der Bäume hervor. Flambeau war Künstler und Sportsmann. Er trat einen Schritt zurück und machte eine tiefe Verbeugung vor Valentin. »Verneigen Sie sich nicht vor mir, mon ami«, sagte Valentin mit silberklarer Stimme. »Verneigen wir uns beide vor unserem Meister!«

So standen sie einen Augenblick entblößten Hauptes, während der kleine Priester aus Essex blinzelnd nach seinem Regenschirm suchte.

Der verschwiegene Garten

Aristide Valentin, der Chef der Pariser Polizei, hatte sich verspätet, und einige seiner Gäste trafen bereits vor ihm zum Diner ein. Sie wurden von Valentins altem Faktotum Ivan empfangen, einem bejahrten Mann mit einer Narbe und einem Gesicht, das fast ebenso grau war wie sein Schnurrbart; er saß wie gewöhnlich an einem Tisch in der großen Eingangshalle des Hauses, die voller Waffen hing. Valentins Haus war vielleicht genau so eigenartig und berühmt wie der Hausherr. Es war ein alter Bau mit dicken Mauern und hohen, über die Seine hängenden Pappeln; aber das Seltsamste – und für einen Polizeimann vielleicht Wertvollste – seiner Architektur bestand darin, daß es keinen anderen Ausgang als den durch die Vordertür gab, die von Ivan und dem Waffensaal bewacht wurde. Der große Garten war sorgfältig angelegt, und in ihn führten viele Türen des Hauses. Aus ihm jedoch gab es kein Tor zur Außenwelt; er war ringsum von einer hohen, glatten und unübersteigbaren Mauer umgeben, deren oberer Rand mit ausgesucht scharfen Eisenstacheln besät war; sicher kein schlechter Platz zum Nachdenken für einen Mann, dem ein paar hundert Verbrecher den Tod geschworen hatten.

Wie Ivan den Gästen erklärte, war sein Herr noch für etwa zehn Minuten dienstlich aufgehalten. »Dienstlich« – das hieß in diesem Falle, daß Valentin ein paar letzte Maßnahmen für Hinrichtungen und ähnliche unerquickliche

Dinge treffen mußte. Diese Pflichten vollzog er stets auf das gründlichste, obwohl sie ihm von Grund auf verhaßt waren. So unbarmherzig er nämlich in der Verfolgung von Verbrechern war, so milde Ansichten hatte er über ihre Bestrafung. Und seitdem er als der bedeutendste Mann des französischen, ja beinahe des europäischen Polizeisystems anerkannt war, hatte er seinen großen Einfluß höchst ehrenvoll zur Milderung von Urteilen und zur Säuberung von Gefängnissen verwandt. Er war einer der erhabenen, menschenfreundlichen Freidenker Frankreichs, die nur einen Fehler haben: unter ihren Händen wird Barmherzigkeit noch kälter als Gerechtigkeit.

Als Valentin schließlich kam, trug er schon den dunklen Abendanzug mit der roten Rosette – ein eleganter Herr, dessen schwarzer Bart von ein paar grauen Strähnen durchwirkt war. Er ging durch die Halle geradenwegs in sein Arbeitszimmer, dessen Tür in den Garten führte; sie war weit geöffnet, und nachdem er, wie immer, sein Aktenköfferchen sorgfältig im Schrank eingeschlossen hatte, stand er ein paar Sekunden lang an der offenen Tür und schaute in den Garten hinaus. Ein greller Mond kämpfte mit den fliegenden Wolkenfetzen eines nahenden Gewitters, und Valentin betrachtete das Bild mit einer melancholischen Nachdenklichkeit, die für einen so wissenschaftlichen Mann etwas ungewöhnlich war. Aber vielleicht haben gerade solch rein wissenschaftliche Naturen geisterhafte Vorahnungen der gewaltigsten Probleme ihres Lebens. Doch rasch verjagte er diese übersinnliche Anwandlung, denn er wußte, daß er sich verspätet hatte und seine Gäste schon da waren. Ein Blick in den Salon freilich beruhigte ihn; sein wichtigster Gast war jedenfalls noch nicht gekommen. Er umfing mit dem nächsten all die andern Stützen seiner kleinen Gesellschaft: er sah den englischen Botschafter Lord Galloway, einen cholerischen Mann mit rotbraunem Apfelgesicht, der das blaue Band des Hosenbandordens trug; er sah Lady Galloway, dünn wie ein Faden, mit weißem Haar und einem sensitiv vornehmen Antlitz; er sah ihre Tochter, Lady Margaret Graham, ein blasses, hübsches Mädchen mit kupferrotem Haar und elfenhaften Augen; er sah die üppige, schwarzäugige Herzogin von Mont St. Michel mit ihren beiden ebenso üppigen und schwarzäugigen Töchtern; er sah Dr. Simon, den typischen französischen Gelehrten, mit Brille, braunem Spitzbart und jenen waagrechten Stirnfalten, welche die Strafe für Überheblichkeit sind, da sie ja durch dauerndes Hochziehen der Augenbrauen verursacht werden; er sah Pater Brown aus Cobhole in Essex, den er kürzlich in England getroffen hatte. Und er sah – vielleicht mit mehr Interesse als all diese – einen großen Mann in Uniform, der sich vor den Galloways verbeugt hatte, ohne ausgesprochen herzlich empfangen zu werden, und der nun als einziger herantrat, um seinen Gastgeber zu begrüßen. Das war Kommandant O'Brien von der französischen Fremdenlegion, eine schlanke, etwas prahlerische Erscheinung, glatt rasiert, mit dunklem Haar und blauen Augen. Und wie es sich für einen Offizier dieses berühmten Regiments der siegreichen Versager und erfolgreichen Selbstmörder gehört, wirkte er schneidig und gleichzeitig melancholisch. Seiner Herkunft nach war er ein irischer Gentleman, und in seiner Jugend hatte er die Galloways, besonders Margaret Graham, gut gekannt. Später mußte er seiner Schulden wegen seine Heimat verlassen, und zum Beweis seiner absoluten Unabhängigkeit von britischer Seite stolzierte er nun in französischer Uniform, mit Säbel und Sporen einher. Als er sich vor der Familie des Botschafters verbeugte, neigten Lord und Lady Galloway nur steif den Kopf und Lady Margaret wandte den Blick ab.

Doch aus welch lang zurückliegenden Gründen sich diese Leute auch füreinander interessieren mochten, ihr vornehmer Gastgeber nahm keinen besonderen Anteil an ihnen. Jedenfalls war in seinen Augen keiner von ihnen der Gast des Abends. Valentin erwartete, aus ganz bestimmten Gründen, einen Mann von Weltruf, dessen Freundschaft er sich während seiner großen Triumphe als Detektiv in den Vereinigten Staaten gesichert hatte. Er erwartete Julius K. Brayne, dessen ungeheure, ja überwältigende Geldsubventionen für kleine religiöse Sekten den amerikanischen und englischen Zeitungen so viel Anlaß zu billigem Scherz und noch billigerem Pathos gegeben hatten. Niemand konnte herausfinden, ob Mr. Brayne nun eigentlich ein Atheist, ein Mormone oder ein Gesundbeter war. Jedenfalls aber war er bereit, Geld in jedes intellektuelle Gefäß zu gießen, solange es nur ein unerprobtes Gefäß war. Eines seiner Steckenpferde bestand darin, auf den amerikanischen Shakespeare zu warten, ein Steckenpferd, das mehr Geduld erfordert als Angeln. Er bewunderte Walt Whitman, hielt aber Luke P. Tanner aus Paris, Pa., »im kleinen Finger für fortschrittlicher« als Whitman. Er bewunderte alles, was ihm »fortschrittlich« vorkam. Auch Valentin hielt er für »fortschrittlich«, womit er ihm schweres Unrecht tat.

Als die mächtige Gestalt Julius K. Braynes im Zimmer erschien, wirkte das wie ein Gong. Er besaß jene seltene Eigenschaft, die wenigen von uns gegeben ist: seine Gegenwart war genauso stark fühlbar wie seine Abwesenheit. Er war ein riesenhafter Kerl, ebenso breit wie hoch, und das eintönige Schwarz seines Abendanzugs war nicht einmal von dem Gold einer Uhrkette oder eines Ringes durchbrochen. Sein weißes Haar war glatt zurückgebürstet wie bei einem Deutschen, sein feuerrotes, dabei engelhaftes Gesicht trug ein dunkles Bartbüschel auf dem Kinn, das den sonst eher kindlichen Zügen eine theatralische, ja mephistophelische Wirkung verlieh. Aber der berühmte Amerikaner stand nicht lange im Brennpunkt aller Blicke; seine Verspätung hatte sich bereits zu einem häuslichen Problem ausgewachsen, und er wurde schnellstens, mit Lady Galloway am Arm, ins Eßzimmer transportiert. Die Galloways waren freundliche und nette Leute, die nur einen wunden Punkt hatten. Solange Lady Margaret nicht den Arm jenes Abenteurers O'Brien nahm, war ihr Vater völlig zufrieden; und das hatte sie auch nicht getan, sie hatte ganz sittsam Dr. Simons Arm genommen. Trotzdem verhielt sich der alte Lord Galloway unruhig und beinahe grob. Während des Essens war er noch einigermaßen diplomatisch. Aber als die Zigarren gereicht wurden und drei der jüngeren Herren – Simon, der Arzt, Brown, der Priester, und jener fatale O'Brien, der Verbannte in fremder Uniform – verschwanden, um sich unter die Damen zu mischen oder im Gewächshaus zu rauchen, da wurde der englische Diplomat ausgesprochen undiplomatisch. Alle sechzig Sekunden peinigte ihn der Gedanke, jener Taugenichts O'Brien könne sich heimlich mit Margaret verständigen – wie, versuchte er sich gar nicht auszumalen. Er saß bei seinem schwarzen Kaffee, zusammen mit dem schneeweißen Yankee Brayne, der an jede Religion, und dem leichtergrauten Franzosen Valentin, der an überhaupt keine glaubte. Mochten die zwei miteinander diskutieren, so viel sie wollten, ihm konnte keiner der beiden gefallen.

Und als die »fortschrittliche« Wortklauberei schließlich ein entschieden langweiliges Stadium erreicht hatte, stand Lord Galloway auf, um den Salon aufzusuchen. Ein paar Minuten lang verirrte er sich in den langen Gängen, bis er plötzlich die schrille, belehrende Stimme des Arztes und die farblose des Priesters hörte und danach ein allgemeines Gelächter. Die stritten also offenbar auch über »Wissenschaft und Religion«, dachte er fluchend. Doch sobald er die Salontür geöffnet hatte, sah er nur noch eines: etwas, das nicht da war. Kommandant O'Brien war nicht da und Lady Margaret auch nicht. Genau so ungeduldig, wie er das Eßzimmer verlassen hatte, verließ er nun den Salon und stapfte wieder den Gang entlang. Die Vorstellung, seine Tochter vor dem irisch-algerischen Tunichtgut beschützen zu müssen, war nun fast zur fixen Idee geworden. Als er zum hinteren Teil des Hauses kam, wo Valentins Arbeitszimmer lag, stieß er überraschenderweise auf seine Tochter, die mit blassem, zornigem Gesicht an ihm vorbeistürmte. Ein neues Rätsel! War sie mit O'Brien zusammengewesen, wo war O'Brien? Wenn nicht, wo hatte sie gesteckt? Besessen von einer Art greisenhaftem Verdacht tappte er im Dunkeln weiter und fand schließlich einen Dienstbotenausgang zum Garten. Der Türkensäbel des Mondes hatte inzwischen alle Gewitterwolken in Fetzen gerissen und vertrieben. Sein silbernes Licht erhellte jeden Winkel des Gartens. Eine große, blaugekleidete Gestalt überquerte den Rasen in Richtung auf das Arbeitszimmer; ein silberner Mondstrahl traf das Gesicht – es war Kommandant O'Brien.

Er verschwand durch die Glastür im Haus. Lord Galloway sah ihm nach, in einer Aufwallung, die sich kaum beschreiben läßt, er war wütend und dabei unsicher. Der bläulich-silberne Garten glich einem Bühnenbild und schien ihn mit all der übermächtigen Zärtlichkeit zu verhöhnen, gegen die seine weltliche Autorität vergebens ankämpfte. Die langen, eleganten Schritte des Irländers erfüllten ihn mit solchem Zorn, als wäre er, Lord Galloway, ein Nebenbuhler und nicht der Vater. Das Mondlicht machte ihn toll. Wie durch Zauberkraft war er in einem Garten der Minnesänger gefangen, in einem Watteauschen Feenreich. Und entschlossen, solch amouröse Geistesschwäche durch ein offenes Wort abzuschütteln, eilte er seinem Feinde nach. Dabei stolperte er über einen Baumstumpf oder Stein im Gras. Er warf einen irritierten Blick auf das Ding, dann einen neugierigen. Im nächsten Augenblick bot sich dem Mond und den hohen Pappeln ein ungewöhnliches Schauspiel: ein englischer Diplomat von würdigem Alter, der aus Leibeskräften rannte und dabei schrie, ja brüllte.

Auf seine heiseren Rufe hin erschien ein blasses Gesicht in der Tür des Arbeitszimmers: die glänzenden Brillengläser unter der zerquälten Stirn Dr. Simons, der als erster deutlich die Worte des Edelmanns hörte. »Eine Leiche im Garten – eine blutüberströmte Leiche!« rief Lord Galloway. O'Brien war seinem Gedankenkreis jetzt offenbar völlig entschwunden.

»Wir müssen sofort Valentin verständigen«, sagte der Arzt, nachdem der andere mit brüchiger Stimme alles geschildert hatte, was sein entsetztes Auge hatte aufnehmen können.

»Welch ein Glück, daß er hier ist!« Noch während er sprach, betrat der große Detektiv, von den Schreien veranlaßt, das Zimmer. Es war fast ergötzlich, den typischen Umschwung in seinem Wesen zu sehen; er war mit der normalen Besorgnis eines Gastgebers und Gentleman hereingekommen, der befürchtet, ein Gast oder Diener sei plötzlich erkrankt. Doch sobald er die blutigen Tatsachen erfuhr, wurde er mit aller Entschiedenheit auf der Stelle forschend und sachlich; denn so unerwartet und furchtbar all dies sein mochte, es war sein Beruf.

»Wie seltsam, meine Herren«, sagte er, als sie hinaus in den Garten eilten, »daß ich überall in der Welt rätselhaften Fällen nachgejagt bin, bis sich nun einer in meinem eigenen Hinterhof abspielt. Aber wo ist die Stelle?« Sie überquerten den Rasen, was nicht ganz so einfach war, weil ein leichter Nebel vom Fluß her aufzusteigen begann; doch geführt von dem zitternden Galloway, fanden sie den ins tiefe Gras gesunkenen Körper – den Körper eines sehr großen und breitschultrigen Mannes. Er lag mit dem Gesicht zum Boden; so konnten sie nur erkennen, daß die mächtigen Schultern in schwarzer Kleidung steckten und daß der dicke Kopf kahl war, bis auf ein, zwei Büschel braunen Haares, das ihm wie nasses Seegras am Schädel klebte. Ein rotes Blutgerinnsel schlängelte sich unter dem Gesicht hervor.

»Wenigstens ein Trost«, sagte Simon mit seltsam dunkler Stimme, »er gehört nicht zu unserem Kreis.«

»Untersuchen Sie ihn, Doktor«, rief Valentin scharf, »vielleicht ist er noch nicht tot.«

»Er ist noch nicht ganz kalt, aber ich fürchte, tot ist er bestimmt«, antwortete er. »Helfen Sie mir, ihn hochzuheben.« Sie hoben ihn vorsichtig einen Zoll vom Boden auf, und sofort war jeder Zweifel an seinem Tod aufs schrecklichste beseitigt. Der Kopf fiel herunter. Er war völlig vom Körper abgetrennt worden; wer immer seine Kehle durchschnitten haben mochte, hatte gleich den ganzen

Hals abgetrennt. Selbst Valentin war etwas erschüttert.

»Er muß stark wie ein Gorilla gewesen sein«, murmelte er.

Obwohl er an anatomische Untersuchungen gewöhnt war, ergriff Dr. Simon den Kopf nicht ohne Schaudern: er war am Nacken und Kiefer ein wenig verletzt, aber das Gesicht war im wesentlichen unversehrt. Es war ein mächtiges, gelbes Gesicht, eingefallen und dabei angeschwollen, mit einer Hakennase und schweren Augenlidern – das Gesicht eines bösen römischen Kaisers, aber ein wenig auch mit den Zügen eines chinesischen Herrschers. Alle Anwesenden starrten das Haupt mit dem Auge absoluter Verblüffung an. Nichts Besonderes war an dem Mann zu bemerken; aber beim Aufheben des Körpers hatten sie den weißen Schimmer der Hemdbrust gesehen, die mit einem roten Blutschimmer beschmutzt war. Dr. Simon hatte recht: dieser Mann hatte nie zu ihrer Gesellschaft gehört. Aber er mochte versucht haben, daran teilzunehmen, denn er war ganz danach gekleidet.

Valentin kniete nieder und untersuchte mit der Genauigkeit seiner beruflichen Routine Gras und Boden im Umkreis von etwa fünfzehn Metern um den Körper, worin ihn der Arzt nicht allzu geschickt und der englische Lord nur andeutungsweise unterstützten. Ihr Umherkriechen trug keine andere Frucht als ein paar Zweige, die in kleine Stücke zerbrochen oder zerhackt waren. Valentin untersuchte sie einen Augenblick und warf sie dann weg.

»Zweige«, sagte er ernst, »Zweige, und ein völlig fremder Mann mit abgehauenem Kopf; sonst liegt nichts auf diesem Rasen.«

Eine fast gruselige Stille trat ein, und dann schrie der entnervte Galloway laut auf:

»Wer ist das? Wer ist das da drüben an der Gartenmauer?«

Eine schmale Gestalt mit töricht großem Kopf schwankte durch den Dunst des Mondlichts auf sie zu, schaute einen Augenblick wie ein Kobold aus, entpuppte sich aber dann als der harmlose kleine Priester, den sie im Salon gelassen hatten.

»Hören Sie bitte«, sagte er sanft, »dieser Garten hat keine Tore, nicht wahr.«

Valentins schwarze Augenbrauen zogen sich ärgerlich zusammen, wie sie es grundsätzlich beim Anblick eines Priesterrocks taten. Aber er war zu fair, um die Wichtigkeit dieser Bemerkung zu leugnen.

»Sie haben recht«, sagte er, »ehe wir herausfinden, wie er getötet wurde, müssen wir herausfinden, wie er überhaupt hergekommen ist. Und nun hören Sie mir bitte zu, meine Herren.

Wenn es ohne Beeinträchtigung meiner Position und Pflicht möglich ist, wollen wir gewisse vornehme Namen besser von all dem fernhalten! Es sind angesehene Damen hier, angesehene Herren und ein ausländischer Botschafter. Sobald wir es ein Verbrechen nennen, muß es auch als Verbrechen verfolgt werden. Aber bis dahin kann ich nach eigenem Ermessen verschwiegen sein. Ich bin der Kopf der Polizei; ich bin so bekannt, daß ich es mir leisten kann, privat zu sein. Beim Himmel, ich werde jeden meiner Gäste von jedem Verdacht reinigen, ehe ich meine Leute hereinrufe, um nach jemand anderem zu suchen. Versprechen Sie mir bei Ihrer Ehre, meine Herren, das Haus nicht vor morgen mittag zu verlassen; ich habe genügend Schlafzimmer für Sie alle. Sie, Dr. Simon, werden wohl meinen Diener Ivan in der Empfangshalle finden können; er ist absolut vertrauenswürdig. Er soll einen anderen Diener als Wache dort lassen und sofort zu mir kommen. Sie, Lord Galloway, sind sicher am geeignetsten, die Damen über das Vorgefallene zu unterrichten und einer Panik vorzubeugen. Sie dürfen natürlich auch nicht gehen. Pater Brown und ich werden bei dem Leichnam bleiben.«

Wenn aus Valentin derart der Geist eines Anführers sprach, gehorchte man ihm wie einem Signalhorn. Dr. Simon ging zur Rüstkammer und stöberte dort Ivan auf, den Privatdetektiv des offiziellen Detektivs. Galloway begab sich in den Salon und überbrachte die schreckliche Nachricht so taktvoll, daß die Damen erschrocken und bereits wieder beruhigt waren, als sich die übrige Gesellschaft dort versammelte. Mittlerweile standen der gute Priester und der gute Atheist bewegungslos im Mondlicht zu Häupten und Füßen des toten Mannes, gleich zwei symbolischen Statuen ihrer Todesphilosophien.

Ivan, der vertraute Diener mit der Narbe und dem Schnurrbart, schoß wie eine Kanonenkugel aus dem Haus und rannte quer über den Rasen zu Valentin, wie ein Hund zu seinem Herrn. Sein fahles Gesicht war erleuchtet von der Glut dieses häuslichen Detektivromans, und mit fast peinlichem Eifer bat er seinen Herrn um Erlaubnis, die sterblichen Überreste untersuchen zu dürfen.

»Ja, schau es dir an, wenn du magst, Ivan«, sagte Valentin, »aber beeil dich. Wir müssen hineingehen und drinnen alles gründlich besprechen.«

Ivan hob den Kopf auf und ließ ihn beinah wieder fallen.

»Ja«, keuchte er, »das ist doch – nein, er kann es nicht sein, es ist unmöglich. Kennen Sie diesen Mann, Herr?«

»Nein«, sagte Valentin gleichgültig; »wir sollten lieber hineingehen.«

Gemeinsam trugen sie den Körper zu einem Sofa im Arbeitszimmer und begaben sich dann alle in den Salon.

Der Detektiv setzte sich ruhig und fast zögernd an einen kleinen Schreibtisch; aber sein Auge war das stählerne Auge eines Richters bei der Verhandlung. Er warf ein paar rasche Notizen auf ein Blatt Papier, das vor ihm lag, und fragte dann kurz:

»Sind alle hier?«

»Nicht Mr. Brayne«, sagte die Herzogin von Mont St. Michel und sah sich um.

»Nein«, sagte Lord Galloway mit rauher, harter Stimme, »und mich dünkt, auch Mr. Neil O'Brien nicht. Ich sah diesen Herrn im Garten spazierengehn, als der Leichnam noch warm war.«

»Ivan«, sagte der Detektiv, »hol Kommandant O'Brien und Mr. Brayne. Mr. Brayne raucht, wie ich weiß, seine Zigarre im Eßzimmer fertig; Kommandant O'Brien wird im Gewächshaus sein. Aber ich weiß nicht genau.«

Der treue Diener verschwand wie der Blitz, und bevor sich noch jemand rühren oder ein Wort sagen konnte, fuhr Valentin mit dem gleichen soldatischen Tempo in seiner Erklärung fort.

»Jeder von Ihnen weiß, daß im Garten ein toter Mann gefunden wurde, dessen Kopf glatt vom Rumpf getrennt war. Sie haben ihn untersucht, Dr. Simon. Glauben Sie, daß große Kraft nötig wäre, um die Kehle eines Mannes derartig zu durchschneiden? Oder vielleicht nur ein scharfes Messer?«

»Ich würde sagen, daß es mit einem Messer überhaupt nicht möglich ist«, sagte der bleiche Arzt.

»Können Sie sich irgendein Werkzeug vorstellen«, begann Valentin wieder, »mit dem es möglich wäre?«

»Wenn ich die modernen Möglichkeiten in Betracht ziehe, kann ich mir tatsächlich keins vorstellen«, sagte der Arzt stirnrunzelnd. »Es ist nicht leicht, einen Hals auch nur ungeschickt abzuhacken, und dies war ein sehr glatter Hieb. Er könnte mit einer Streitaxt geführt sein oder mit einem alten Henkerbeil oder mit einem zweihändigen Schwert.«

»Aber um Himmels willen«, rief die Herzogin fast hysterisch, »hier liegen doch keine zweihändigen Schwerter oder Streitäxte herum.«

Valentin beschäftigte sich noch immer mit dem Papier, das vor ihm lag.

»Könnte es«, sagte er, während er eifrig schrieb, »könnte es mit einem langen französischen Kavalleriesäbel getan werden?«

Ein leises Klopfen war zu hören, das aus irgendeinem unvernünftigen Grund jedermanns Blut gerinnen ließ, gleich dem Klopfen in »Macbeth«. Mitten in das erstarrte Schweigen hinein sagte Dr. Simon:

»Ein Säbel – ja, ich glaube, das wäre möglich.«

»Danke«, sagte Valentin. »Komm herein, Ivan.«

Das Faktotum Ivan kam herein und meldete Kommandant Neil O'Brien an, den er im Garten wandernd entdeckt hatte.

Der irische Offizier stand verwirrt und herausfordernd an der Schwelle.

»Was wollen Sie von mir?« rief er.

»Bitte, setzen Sie sich«, sagte Valentin mit freundlicher Ruhe. »Sie sind ja ohne Ihren Säbel! Wo ist er denn?«

»Ich ließ ihn auf dem Tisch in der Bibliothek liegen«,

sagte O'Brien, dessen irische Mundart durch seine Verwirrung noch stärker wurde. »Er war lästig, er wurde –«

»Ivan«, sagte Valentin, »hol bitte den Säbel des Kommandanten aus der Bibliothek.« Dann, als der Diener verschwunden war: »Lord Galloway sagt, er habe Sie den Garten verlassen sehn, kurz bevor er den Leichnam fand. Was haben Sie dort getan?«

Der Kommandant warf sich unbekümmert in einen Stuhl.

»Oh«, rief er in reinstem Irisch; »den Mond bewundert. Mich mit der Natur unterhalten, mein Junge!«

Tiefe Stille senkte sich herab. Sie dauerte an, bis schließlich wieder jenes alltägliche und doch schreckliche Klopfen zu hören war. Ivan erschien und brachte eine leere stählerne Säbelscheide mit.

»Mehr konnte ich nicht finden«, sagte er.

Unmenschliches Schweigen herrschte im Zimmer, gleich jenem Meer unmenschlichen Schweigens, das die Anklagebank des verurteilten Mörders umgibt. Längst waren die schwachen Rufe der Herzogin dahingestorben. Lord Galloways Haß war befriedigt, ja sogar ernüchtert, als eine völlig unerwartete Stimme erklang.

»Ich glaube, ich kann Ihnen sagen«, rief Lady Margaret in jenem klaren, bebenden Ton, in dem eine tapfere Frau öffentlich spricht, »ich kann Ihnen sagen, was Mr. O'Brien im Garten getan hat, da er selbst zum Schweigen verpflichtet ist. Er bat mich, ihn zu heiraten. Ich wies ihn ab; ich sagte, in meinen familiären Verhältnissen könnte ich ihm nichts als meine Achtung schenken. Darüber war er etwas verstimmt; er schien von meiner Achtung nicht viel zu halten. Ich möchte wissen«, setzte sie mit etwas bleichem Lächeln hinzu, »ob er sie jetzt noch möchte.

Denn ich biete sie ihm nun wieder an. Ich will überall beschwören, daß er so etwas nie getan hat.«

Lord Galloway hatte sich an seine Tochter herangedrängt und versuchte, sie in einem Ton einzuschüchtern, den er für leise hielt. »Hüte deine Zunge, Maggie«, sagte er mit dröhnendem Flüstern. »Warum willst du diesen Burschen in Schutz nehmen? Wo ist sein Säbel? Wo ist sein verwünschter Kavallerie –«

Der sonderbare, starre Blick, mit dem seine Tochter ihn ansah, ließ ihn verstummen, ein Blick, der die ganze Gruppe wie ein düsterer Magnet anzog.

»Du alter Narr«, sagte sie leise, ohne irgendwelche Rücksicht vorzutäuschen. »Was glaubst du beweisen zu können? Ich sage dir, dieser Mann ist unschuldig, während er mit mir zusammen war. Aber selbst wenn er schuldig ist, war er mit mir zusammen. Wenn er im Garten einen Mann ermordet hat, wer muß es gesehen – wer muß es zumindest gewußt haben? Hassest du Neil so sehr, daß du deine eigene Tochter –« Lady Galloway schrie auf. Alle übrigen fühlten ein leises Gruseln durch den Kontakt mit einer jener teuflischen Tragödien, wie es sie schon immer zwischen Liebenden gegeben hat. Das stolze, blasse Gesicht der schottischen Aristokratin und ihr Liebhaber, der irische Abenteurer, glichen alten Gemälden in einem dunklen Haus. Das lange Schweigen war voll von unbestimmten historischen Erinnerungen an ermordete Ehemänner und giftmischende Mätressen.

Inmitten dieser morbiden Stille fragte eine harmlose Stimme:

»War es eine sehr lange Zigarre?«

Der Gedankensprung war so ungeheuer, daß alle sich umblickten, um zu sehen, wer gesprochen habe.

»Ich meine«, sagte der kleine Pater Brown in einer Zimmerecke, »ich meine jene Zigarre, die Mr. Brayne fertigraucht. Sie scheint fast so lang wie ein Spazierstock.«

Trotz der Belanglosigkeit dieser Bemerkung verriet Valentins Gesicht Zustimmung und Gereiztheit, als er den Kopf hob.

»Ganz richtig«, bemerkte er scharf. »Ivan, sieh dich noch einmal nach Mr. Brayne um und bring ihn sofort hierher.«

Sobald das Faktotum die Tür geschlossen hatte, wandte sich Valentin mit einem neuen Ton der Hochachtung an das Mädchen.

»Lady Margaret«, sagte er, »sicher fühlen wir alle Dankbarkeit und Bewunderung für die Art, mit der Sie Ihre sogenannte Würde überwunden und das Benehmen des Kommandanten erklärt haben. Aber es bleibt immer noch eine Lücke. Wenn ich recht verstanden habe, traf Lord Galloway Sie auf dem Weg vom Arbeitszimmer zum Salon; und nur ein paar Minuten später war er im Garten, und der Kommandant ging immer noch dort spazieren.«

»Sie dürfen nicht vergessen«, erwiderte Margaret mit leichter Ironie, »daß ich ihm gerade einen Korb gegeben hatte; wir konnten also kaum Arm in Arm zurückkommen. Er ist ein Gentleman; so schlenderte er draußen umher – und geriet in Mordverdacht.«

»In diesen wenigen Augenblicken«, sagte Valentin feierlich, »könnte er freilich –«

Wieder klopfte es, und Ivan steckte sein narbiges Gesicht zur Tür herein.

»Verzeihung, gnädiger Herr«, sagte er, »aber Mr. Brayne hat das Haus verlassen.«

»Verlassen!« rief Valentin und stand zum erstenmal auf.

»Gegangen. Verschwunden. Verdunstet«, antwortete Ivan in komischem Französisch. »Sein Hut und Mantel sind auch gegangen; und um das Maß voll zu machen, will ich Ihnen noch etwas erzählen. Ich lief aus dem Haus, um irgendwelche Spuren von ihm zu finden, und ich fand tatsächlich eine Spur, eine ziemlich große Spur.«

»Was soll das heißen?« fragte Valentin.

»Ich werde es Ihnen zeigen«, sagte der Diener und erschien wieder mit einem glänzenden, bloßen Kavalleriesäbel, dessen Spitze und Schneide mit Blut bedeckt waren. Jeder im Zimmer starrte darauf, als ob es ein Donnerkeil wäre; aber der abgebrühte Ivan erzählte ganz ruhig weiter.

»Dies fand ich«, sagte er, »etwa fünfzig Meter weiter, auf der Straße nach Paris hin, zwischen den Büschen. Mit andern Worten, ich fand es genau da, wo euer ehrenwerter Mr. Brayne es hingeworfen hatte, als er davonlief.«

Wieder herrschte Schweigen, aber diesmal eines anderer Art. Valentin nahm den Säbel, untersuchte ihn, dachte mit scharfer Konzentration nach und wandte sich dann mit höflichem Gesicht an O'Brien.

»Kommandant«, sagte er, »wir vertrauen darauf, daß Sie diese Waffe jederzeit für eine polizeiliche Untersuchung zur Verfügung stellen werden. Bis dahin«, fügte er hinzu und ließ den Stahl in die klingende Scheide zurückfallen, »lassen Sie mich Ihnen Ihren Säbel wiedergeben.«

Bei der militärischen Symbolik dieser Handlung konnten sich die Zuhörer kaum zurückhalten, Beifall zu klatschen.

Für Neil O'Brien war diese Geste in der Tat ein Wendepunkt des Lebens. Als er kurze Zeit später, im frühen Morgenlicht, wieder in dem geheimnisvollen Garten umherging, war der übliche Ausdruck tragischer Unzulänglichkeit von seinem Gesicht gewichen. Er war ein Mann, der mancherlei Grund hatte, glücklich zu sein. Lord Galloway war ein Gentleman und hatte sich bei ihm entschuldigt. Lady Margaret war etwas Besseres als eine Lady, sie war eine Frau, und hatte ihm etwas Besseres als eine Entschuldigung angeboten, als sie vor dem Frühstück zwischen den Blumenbeeten dahingeschlendert waren. Die ganze Gesellschaft war plötzlich leichtherziger und menschlicher; denn obwohl das Rätsel des toten Mannes bestehen blieb, war die Last des Verdachtes von ihnen allen genommen und mit jenem fremden Millionär nach Paris geflohen, einem Mann, den sie kaum kannten. Der Teufel war aus dem Haus vertrieben – er hatte sich selbst vertrieben.

Immerhin, das Rätsel blieb bestehen. Und als sich O'Brien auf eine Gartenbank neben Dr. Simon warf, nahm jener streng wissenschaftliche Mann es sofort wieder auf. Viel bekam er freilich von O'Brien, dessen Gedanken bei angenehmeren Dingen weilten, nicht zu hören.

»Ich kann nicht behaupten, daß es mich sehr interessiert«, sagte der Ire ganz offen, »besonders da alles jetzt ziemlich klar zu sein scheint. Offenbar haßte Brayne den Fremden aus irgendeinem Grund, lauerte ihm im Garten auf und tötete ihn mit meinem Säbel. Dann floh er zur Stadt und warf unterwegs den Säbel weg. Übrigens erzählte mir Ivan, der tote Mann habe einen Yankee-Dollar in der Tasche gehabt. Er war also ein Landsmann von Brayne, und das bringt die Sache zum Klappen. Ich sehe keinerlei Schwierigkeiten mehr.«

»Es gibt fünf ungeheure Schwierigkeiten«, sagte der Arzt ruhig, »gleich hohen Mauern innerhalb von Mauern. Verstehen Sie mich nicht falsch. Ich zweifle nicht, daß

Brayne es getan hat; seine Flucht beweist es wohl. Aber wie hat er es getan? Erstes Rätsel: Warum sollte ein Mann einen anderen mit einem großen, unhandlichen Säbel töten, wenn er ihn beinah mit einem Taschenmesser töten und dieses wieder in die Tasche stecken kann? Zweites Rätsel: Warum war keinerlei Lärm, kein Aufschrei zu hören? Sieht ein Mann für gewöhnlich ruhig zu, wie ein anderer mit geschwungenem Säbel auf ihn zukommt, ohne auch nur ein Wort zu sagen? Drittes Rätsel: Ein Diener bewachte den ganzen Abend lang die Vordertür; und auf einem anderen Weg kann nicht einmal eine Ratte in Valentins Garten gelangen. Wie kam also der tote Mann in den Garten? Viertes Rätsel: Wie kam Brayne – unter den gleichen Umständen – aus dem Garten heraus?«

»Und das fünfte?« fragte Neil, die Augen auf den englischen Priester gerichtet, der langsam den Weg heraufgekommen war.

»Ist an sich eine Lappalie«, sagte der Arzt, »aber eine recht sonderbare, finde ich. Als ich zuerst sah, wie der Mörder den Kopf abgehauen hatte, nahm ich an, er hätte mehr als einmal zugeschlagen. Aber bei der Untersuchung fand ich viele Hiebe, die *über* dem tödlichen Schnitt gelagert waren. Mit anderen Worten, sie wurden geführt, nachdem der Kopf bereits ab war. Haßte Brayne seinen Feind so teuflisch, daß er im Mondschein an seinem Körper herumsäbelte?«

»Grauenhaft«, sagte O'Brien und schauderte.

Der kleine Priester Brown war unterdessen herangekommen und hatte mit charakteristischer Scheu gewartet, bis sie fertig waren. Dann sagte er unbeholfen:

»Es tut mir leid, Sie zu unterbrechen. Aber ich wurde hergeschickt, um Ihnen das Neueste mitzuteilen.«

»Das Neueste?« wiederholte Simon und starrte ihn etwas gequält durch seine Augengläser an.

»Ja, leider«, sagte Pater Brown sanft. »Wissen Sie, es hat noch einen Mord gegeben.« Beide Männer sprangen von ihrem Sitz auf.

»Und was noch seltsamer ist«, fuhr der Priester fort, die matten Augen auf den Rhododendron gerichtet, » es ist die gleiche gräßliche Art: wieder eine Enthauptung. Man fand den zweiten Kopf, noch blutend, im Fluß, nur ein paar Meter von hier auf Braynes Weg nach Paris; deshalb vermutet man, daß er –«

»Um Himmels willen«, rief O'Brien. »Ist Brayne ein Besessener?«

»Es gibt amerikanische Blutrachen«, sagte der Priester unbewegt. Dann fügte er hinzu: »Sie möchten bitte in die Bibliothek kommen und es sich ansehen.«

Kommandant O'Brien folgte den andern zur Untersuchung; ihm war ausgesprochen übel. Als Soldat verabscheute er all dies versteckte Blutvergießen. Wann würden diese phantastischen Hackereien endlich aufhören? Zuerst wird ein Kopf abgehackt, und dann noch einer; und in diesem Fall (sagte er bitter zu sich selbst) stimmte es nicht, daß zwei Köpfe besser sind als einer. Als er durch das Arbeitszimmer ging, ließ ihn ein schrecklicher Zufall fast zurücktaumeln. Auf Valentins Tisch lag das farbige Bild eines dritten blutigen Kopfes; und es war Valentins eigener Kopf. Ein zweiter Blick zeigte ihm, daß es sich nur um die »*Guillotine*« handelte, eine nationalistische Zeitung, die jede Woche einen ihrer politischen Gegner direkt nach der Hinrichtung zeigte, mit rollenden Augen und verzerrten Zügen; und Valentin war ein Antiklerikaler von besonderer Bedeutung. Aber O'Brien war Ire und selbst in seinen

Sünden von einer gewissen Keuschheit; deshalb drehte sich ihm der Magen um bei dieser ungeheuren Brutalität des Verstandes, die Frankreich allein vorbehalten ist. Er sah Paris plötzlich als Ganzes, von den Grotesken an den gotischen Kirchen bis zu den großen Karikaturen in den Zeitungen. Er erinnerte sich an die gigantischen Scherze der Revolution. Er sah die große Stadt als eine einzige häßliche Kraft, von der blutdürstigen Skizze auf Valentins Tisch bis dorthin, wo über einem Gebirge und Wald von Kaulquappen der große Teufel von Notre-Dame herabgrinst. Die Bibliothek war langgestreckt, niedrig und dunkel; das einzige Licht im Raum kam unter den herabgelassenen Jalousien herein; es hatte noch ein wenig die rötliche Färbung des Morgens. Valentin und sein Diener Ivan erwarteten sie am oberen Ende eines langen, leicht schrägen Tisches, auf dem die sterblichen Überreste lagen, die im Zwielicht riesenhaft wirkten.

Die mächtige schwarze Gestalt und das gelbe Gesicht des im Garten gefundenen Mannes traten ihnen im wesentlichen unverändert entgegen. Der zweite Kopf, der diesen Morgen aus dem Schilf gefischt worden war, lag triefend und tropfend daneben; Valentins Leute suchten noch weiter, um den dazugehörigen Körper zu entdecken, von dem sie annahmen, er schwämme irgendwo auf dem Wasser. Pater Brown, der O'Briens Sensibilität nicht im geringsten zu teilen schien, ging zu dem zweiten Kopf hin und untersuchte ihn mit blinzelnder Sorgfalt. Es war nicht viel mehr als ein nasser, weißer Haarwust zu erkennen, durch das rote, schwebende Morgenlicht mit silbernem Feuer umrandet. Das Gesicht schien einem häßlichen, geröteten und vielleicht verbrecherischen Typus anzugehören; es hatte heftig gegen Bäume oder Steine angeschlagen, als es im Wasser hin und her geworfen wurde.

»Guten Morgen, Kommandant O'Brien«, sagte Valentin mit freundlicher Ruhe. »Sie haben wohl schon von Braynes letztem Schlächtereiversuch gehört?«

Pater Brown stand noch über den weißhaarigen Kopf gebeugt und sagte, ohne aufzublicken:

»Es ist also ganz sicher, daß Brayne auch diesen Kopf abgeschnitten hat?«

»Nun, es scheint nur logisch«, sagte Valentin, mit den Händen in den Taschen. »Auf die gleiche Art getötet wie der andere. Nur ein paar Meter von dem andern entfernt gefunden. Und mit derselben Waffe abgehauen, die er, wie wir wissen, mit sich nahm.«

»Ja, ja, ich weiß«, erwiderte Pater Brown nachgiebig. »Dennoch, wissen Sie, bezweifle ich, daß Brayne diesen Kopf abgehauen haben kann.«

»Warum nicht?« fragte Dr. Simon und sah den Priester forschend an.

»Nun, Doktor«, erwiderte dieser und sah blinzelnd auf, »kann ein Mann seinen eigenen Kopf abschneiden? Ich weiß nicht.«

O'Brien hatte das Gefühl, daß ein wahnsinniges Weltall um seine Ohren zusammenkrachte. Der Arzt aber, mit seinem ungestümen Drang nach Realität, sprang vor und schob das nasse weiße Haar zurück.

»Oh, das ist zweifellos Brayne«, sagte der Priester ruhig. »Er hatte genau diese kleine Narbe am linken Ohr.«

Der Detektiv hatte den Priester mit starr leuchtenden Augen betrachtet; nun öffnete er den zusammengepreßten Mund und sagte scharf:

»Sie scheinen eine Menge über Brayne zu wissen, Pater Brown.«

»Ja«, sagte der kleine Mann einfach. »Ich habe mich mehrere Wochen mit ihm beschäftigt. Er hatte die Absicht, unserer Kirche beizutreten.«

Der Stern des Fanatismus erglühte in Valentins Auge. Mit verkrampften Händen ging er auf den Priester zu. »Und vielleicht«, rief er mit vernichtendem Hohn, »vielleicht dachte er auch daran, all sein Geld Ihrer Kirche zu vermachen.«

»Vielleicht«, sagte Brown gelassen, »es ist möglich.«

»In diesem Fall«, rief Valentin mit einem bösen Lächeln, »wissen Sie vielleicht in der Tat eine Menge über ihn! Über sein Leben und über seinen –«

Kommandant O'Brien legte Valentin die Hand auf die Schulter. »Hören Sie mit diesem verleumderischen Unsinn auf, Valentin«, sagte er, »oder es könnte noch mehr Säbel geben.«

Aber Valentin hatte sich unter dem stillen, bescheidenen Blick des Priesters bereits wiedergefunden. »Nun«, sagte er kurz, »persönliche Ansichten können warten. Sie, meine Herren, sind immer noch durch Ihr Versprechen zum Bleiben verpflichtet. Sie müssen sich und einander daran halten. Ivan hier wird Ihnen alles erzählen, was Sie vielleicht noch zu wissen wünschen; ich muß mich an die Arbeit begeben und meinen amtlichen Bericht schreiben. Wir können dies nicht länger geheimhalten. Ich werde in meinem Arbeitszimmer sein, falls es irgend etwas Neues gibt.«

»Gibt es irgend etwas Neues, Ivan?« fragte Dr. Simon, als der Polizeichef das Zimmer verlassen hatte.

»Nur eines, gnädiger Herr«, sagte Ivan und runzelte

seine alte, graue Stirn; »aber auch das ist in seiner Art wichtig. Es handelt sich um jenen alten Knaben, den Sie auf dem Rasen gefunden haben«, und dabei zeigte er ohne jede Spur von Pietät auf den mächtigen schwarzen Leichnam mit dem gelben Kopf. »Jedenfalls haben wir herausgekriegt, wer er ist.«

»Wirklich!« rief der erstaunte Arzt; »und wer ist er?«

»Sein Name war Arnold Becker«, sagte der Unterdetektiv, »aber er hatte eine Menge Namen. Er war eine Art wandernder Taugenichts und ist auch in Amerika gewesen; dort hat Brayne ihn wohl kennengelernt. Wir selbst hatten nicht viel mit ihm zu tun, denn er arbeitete meistens in Deutschland; und wir haben uns natürlich mit der deutschen Polizei jetzt in Verbindung gesetzt. Aber merkwürdigerweise hatte er einen Zwillingsbruder, Louis Becker, der uns eine Menge zu schaffen machte. Rund herausgesagt, erst gestern hielten wir es für nötig, ihn zu guillotinieren. Nun, es ist sonderbar, meine Herren, aber als ich jenen Burschen dort flach auf dem Rasen liegen sah, hatte ich den größten Schreck meines Lebens. Wenn ich nicht mit eigenen Augen gesehen hätte, wie Louis Becker guillotiniert wurde, hätte ich geschworen, Louis Becker läge dort im Gras. Dann erinnerte ich mich natürlich an seinen Zwillingsbruder in Deutschland und verfolgte den Faden –«

Ivan hielt in seiner Erklärung inne – aus dem zwingenden Grund, weil ihm keiner zuhörte. Beide, der Kommandant und der Arzt, starrten Pater Brown an, der mit einem Ruck aufgesprungen war und seine Hände an die Schläfen preßte, wie einer, der plötzlich von heftigen Qualen geschüttelt wird.

» Halt, halt, halt!« rief er; »hör eine Minute auf zu reden, denn ich sehe zur Hälfte! Wird Gott mir Kraft geben? Wird mein Verstand den einen Sprung machen und alles sehen? Hilf mir, Himmel! Ich konnte doch sonst leidlich gut denken. Ich konnte seinerzeit jede Seite im Aquinus paraphrasieren. Wird mein Kopf bersten – oder wird er erkennen? Ich sehe zur Hälfte – zur Hälfte!« Er vergrub den Kopf in den Händen und stand in einer Art erstarrter Qual des Gedankens oder Gebetes da, während die anderen drei nur fassungslos auf dies letzte Wunder ihrer zwölf wilden Stunden starren konnten.

Als Pater Brown die Hände senkte, war da ein ganz neues und ernsthaftes Gesicht, das Gesicht eines Kindes. Der Priester stieß einen tiefen Seufzer aus und sagte: »Lassen Sie uns das so rasch wie möglich hinter uns bringen. Ich glaube, dies wird der schnellste Weg sein, Sie alle von der Wahrheit zu überzeugen.« Er wandte sich an den Arzt. »Dr. Simon«, sagte er, »Sie haben einen scharfen Verstand, und ich hörte, wie Sie heute morgen über die fünf schwersten Rätsel in dieser Angelegenheit sprachen. Nun, ich will sie jetzt beantworten.«

Simon fiel vor zweifelndem Erstaunen fast das Pincenez von seiner Nase, aber er antwortete sofort.

»Die erste Frage ist: warum sollte ein Mann einen anderen überhaupt mit einem plumpen Säbel töten, wenn er ihn mit einer Haarnadel töten könnte.«

»Mit einer Haarnadel kann man einen Mann nicht enthaupten«, sagte Pater Brown ruhig, »und für *diesen* Mord war Enthaupten unbedingt notwendig.«

»Warum?« fragte O'Brien interessiert.

»Und die nächste Frage?« bat Pater Brown.

»Nun, warum schrie der Mann nicht auf?« fragte der Arzt; »Säbel in Gärten sind doch etwas ungewöhnlich.«

»Zweige«, sagte der Priester düster und wandte sich zum Fenster, das auf den Schauplatz der Tat hinaussah. »Keiner erkannte den Zweck der Zweige. Warum sollten Zweige auf jenem Rasen liegen, schauen Sie hin, so weit von jedem Baum entfernt? Sie waren nicht zerbrochen; sie waren zerhackt. Der Mörder fesselte die Aufmerksamkeit seines Feindes mit ein paar Säbeltricks, zeigte ihm, wie man einen Zweig mitten in der Luft durchschneiden konnte oder so etwas Ähnliches. Dann, während sich der Feind niederbeugte, um das Ergebnis zu sehen, ein unhörbarer Schlag, und der Kopf fiel.«

»Ja«, sagte der Arzt langsam, »das klingt ganz überzeugend. Aber meine nächsten beiden Fragen werden jeden verblüffen.«

Der Priester sah noch immer prüfend zum Fenster hinaus und wartete.

»Sie wissen, daß der Garten wie eine luftdichte Kammer abgeschlossen war«, fuhr der Arzt fort. »Nun, wie gelangte der Fremde in den Garten?«

Ohne sich umzudrehen, antwortete der kleine Priester: »Es war kein fremder Mann im Garten.«

Alle schwiegen, und dann löste ein plötzliches Gegacker von fast kindischem Lachen die Spannung. Die Ungereimtheit von Browns Bemerkung reizte Ivan zu offenem Spott.

»Oh!« rief er; »dann schleppten wir also letzte Nacht keinen großen, fetten Körper zum Sofa? Er war wohl nicht in den Garten hineingekommen?«

»In den Garten hineingekommen?« wiederholte Brown nachdenklich. »Nein, nicht vollständig.«

»Zum Henker!« rief Simon, »entweder ein Mann kommt in einen Garten hinein oder er kommt nicht.«

»Nicht unbedingt«, sagte der Priester mit einem schwachen Lächeln. »Was ist die nächste Frage, Doktor?«

»Ich nehme an, Sie sind krank«, rief Doktor Simon scharf; »aber wenn Sie durchaus wollen, werde ich die nächste Frage stellen. Wie kam Brayne aus dem Garten heraus?«

»Er kam nicht aus dem Garten heraus«, sagte der Priester und blickte immer noch aus dem Fenster.

»Kam nicht aus dem Garten heraus?« donnerte Simon.

»Nicht vollständig«, sagte Pater Brown.

Simon schüttelte die Fäuste in einem rasenden Anfall französischer Logik. »Entweder kommt ein Mann aus einem Garten heraus oder nicht«, schrie er.

»Nicht immer«, sagte Pater Brown.

Dr. Simon sprang ungeduldig auf. »Für solch sinnloses Geschwätz habe ich keine Zeit«, rief er ärgerlich. »Wenn Sie nicht begreifen können, daß ein Mann entweder auf der einen oder auf der anderen Seite der Mauer ist, will ich Sie nicht weiter belästigen.«

»Doktor«, sagte der Geistliche sanft, »wir sind immer sehr gut miteinander ausgekommen. Haben Sie Geduld um unserer alten Freundschaft willen und stellen Sie mir Ihre fünfte Frage.«

Der gereizte Doktor sank in einen Stuhl an der Tür und sagte kurz:

»Kopf und Schultern waren auf seltsame Art zerschnitten. Es schien nach dem Tode geschehen zu sein.«

»Ja«, sagte der Priester, ohne sich zu rühren, »das war die Absicht; um Sie eben in den einen, einfachen Irrtum verfallen zu lassen, den Sie dann auch begangen haben. Es geschah, damit Sie als erwiesen annehmen sollten, daß der Kopf zum Körper gehörte.«

Jenes Grenzgebiet des Gehirns, in welchem alle Ungeheuer entstehen, regte sich in dem keltischen O'Brien aufs gräßlichste. Er fühlte die chaotische Gegenwart aller Zentauren und Frauen mit Fischleibern, welche die unnatürliche Einbildungskraft der Menschen erzeugt hat. Eine Stimme, die älter war als die seiner frühesten Ahnen, schien ihm ins Ohr zu flüstern: »Halte dich fern von dem schrecklichen Garten, wo der Baum mit der doppelten Frucht wächst. Vermeide den bösen Garten, wo der Mann mit den zwei Köpfen starb.« Doch während diese schlimmen symbolischen Gestalten über den alten Spiegel seiner irischen Seele glitten, war sein in Frankreich geschulter Verstand ganz wach und beobachtete den seltsamen Priester genauso scharf und skeptisch, wie das die anderen taten. Pater Brown hatte sich endlich umgedreht und stand gegen das Fenster gelehnt, das Gesicht in tiefem Schatten; aber selbst in jenem Schatten konnten sie sehen, wie aschgrau es war. Trotzdem sprach er ganz vernünftig, als gäbe es keine keltischen Seelen in der Welt.

»Meine Herren«, sagte er, »Sie fanden nicht Beckers fremden Körper im Garten. Sie fanden überhaupt keinen fremden Körper im Garten. Trotz Dr. Simons Logik behaupte ich weiterhin, daß Becker nur teilweise anwesend war. Sehen Sie her!« Und bei diesen Worten zeigte er auf die schwarze Masse des geheimnisvollen Leichnams, »nie im Leben haben Sie jenen Mann erblickt. Haben Sie vielleicht diesen Mann schon einmal gesehen?«

Schnell rollte er den gelben Kahlkopf des Unbekannten zur Seite und legte den Kopf mit der weißen Mähne an seine Stelle. Und da lag – vollständig, vereint, unverkennbar: Julius K. Brayne. »Der Mörder«, erzählte Brown ruhig weiter, »hackte den Kopf seines Feindes ab und warf das Schwert weit über die Mauer. Aber er war zu klug, um nur das Schwert wegzuwerfen. Er warf auch den Kopf über die Mauer. Dann brauchte er dem Leichnam nur einen anderen Kopf aufzusetzen, und da er auf einer privaten Untersuchung bestand, konnte er Ihnen allen einreden, daß Sie einen völlig neuen Mann vor sich hatten.«

»Einen anderen Kopf aufsetzen!« sagte O'Brien starr.

»Welchen anderen Kopf? Köpfe wachsen nicht auf Gartenbüschen, oder doch?«

»Nein«, sagte Pater Brown trocken und sah auf seine Stiefel; »es gibt nur einen Ort, an dem sie wachsen. Sie wachsen im Korb der Guillotine, neben der der Polizeichef Aristide Valentin eine knappe Stunde vor dem Mord stand. Oh, meine Freunde, hört mich noch eine Minute an, bevor ihr mich in Stücke reißt! Valentin ist ein ehrlicher Mann, wenn es ehrlich ist, für eine vertretbare Sache bis zum Irrsinn einzutreten. Habt ihr nie in seinen kalten grauen Augen gesehen, daß er wahnsinnig ist? Er würde alles tun, *alles*, um das zu brechen, was er den Aberglauben des Kreuzes nennt. Dafür hat er gekämpft und gehungert, und jetzt hat er dafür gemordet. Braynes verrückte Millionen waren bisher auf so viele Sekten verstreut worden, daß sie das Gleichgewicht der Lage nur wenig verändern konnten. Aber Valentin vernahm das Gerücht, Brayne werde, gleich so vielen verwirrten Skeptikern, uns zugetrieben; und das war eine ganz andere Sache. Braynes Reichtümer sollten von nun an der verarmten und kampflustigen Kirche Frankreichs zufließen; er wollte sechs nationalistische Zeitungen wie die »*Guillotine*« finanzieren. Der Kampf stand auf Messers Schneide, und der Fanatiker fing Feuer an der Gefahr. Er beschloß, den Millionär zu töten, und er tat es so, wie man von dem größten Detektiv erwarten kann, daß er das einzige Verbrechen seines Lebens begeht. Er entwendete unter irgendeinem kriminologischen Vorwand den abgetrennten Kopf Beckers und nahm ihn in seinem Amtskoffer mit nach Haus. Dann hatte er jene letzte Auseinandersetzung mit Brayne, deren Ende Lord Galloway nicht mehr hörte; als alle Argumente fehlschlugen, führte er Brayne in den von Mauern umschlossenen Garten, sprach über Fechtkunst, benützte zur Erläuterung Zweige und einen Säbel und –«

Ivan mit der Narbe sprang auf. »Sie Wahnsinniger«, schrie er; »Sie werden sofort zu meinem Herrn gehn, und wenn ich Sie mit Gewalt –«

»Nun, ich wollte sowieso hingehen«, sagte Brown ernst, »ich muß ihn auffordern zu beichten, und all das.«

Sie trieben den armen Brown wie eine Geisel oder ein Opfer vor sich her und stürmten alle in die plötzliche Stille von Valentins Arbeitszimmer.

Der große Detektiv saß an seinem Schreibtisch, offenbar zu beschäftigt, um ihren lärmenden Eintritt zu hören. Sie hielten einen Augenblick inne, und dann ließ etwas in der Haltung dieses aufrechten, eleganten Rückens den Arzt plötzlich vorwärtsspringen. Ein flüchtiger Blick verriet ihm, daß eine kleine Pillenschachtel neben Valentins Arm lag und daß er selbst tot auf seinem Stuhle saß. Und auf dem erloschenen Gesicht des Selbstmörders stand mehr geschrieben als nur der Stolz eines Cato.

Die seltsamen Schritte

Solltest du einmal einen Herrn jenes exklusiven Klubs »Die zwölf wahren Fischer« treffen, wie er anläßlich des alljährlichen Klubdiners das Hotel Vernon betritt, so wirst du, sobald er seinen Mantel ablegt, bemerken, daß er keinen schwarzen Frack trägt, sondern einen grünen. Und wenn du ihn nach dem Grund fragst (einmal angenommen, du besäßest die Tollkühnheit, ein so überirdisch vornehmes Wesen überhaupt anzusprechen), dann wird er dir wahrscheinlich antworten, er tue das, um eine Verwechslung mit dem Kellner zu vermeiden. Worauf du völlig zerschmettert von dannen gingest. Aber was du zurückließest, wäre ein bisher unenthülltes Geheimnis und eine Geschichte, die des Erzählens wert ist. Solltest du dann – um den gleichen Faden unwahrscheinlicher Mutmaßung weiterzuspinnen – einen freundlichen, schwer arbeitenden kleinen Priester namens Pater Brown treffen und ihn fragen, was er für den ungewöhnlichsten Glücksfall seines Lebens halte, so würde er dir wahrscheinlich antworten, daß er alles in allem sein bestes Stück im Hotel Vernon vollbracht habe, wo er ein Verbrechen verhindert und vielleicht sogar eine Seele gerettet habe, nur dadurch, daß er ein paar Schritten in einem Gang lauschte. Vielleicht ist er ein wenig stolz auf die kühne und wunderbare Ahnung, die ihn dazu gebracht hat, und deshalb wäre es möglich, daß er die Sache erwähnt. Da es aber ziemlich unwahrscheinlich ist, daß du jemals in der Gesellschaft hoch genug steigen wirst, um die »Zwölf wahren Fischer« kennenzulernen, oder je so tief bis zu den verrufenen Vierteln und Verbrechern sinken wirst, um auf Pater Brown zu stoßen, so wirst du die Geschichte wohl nie zu hören bekommen, wenn ich sie dir nicht erzähle.

Das Hotel Vernon, in dem die »Zwölf wahren Fischer« ihr jährliches Festmahl hielten, war eine Einrichtung, wie sie nur in einer oligarchischen Gesellschaft bestehen kann, die den Snobismus fast bis zur Verrücktheit treibt. Dieses Hotel war die paradoxe Einrichtung einer verkehrten Welt: ein »exklusives« kaufmännisches Unternehmen. Das heißt, es machte sich nicht dadurch bezahlt, daß es die Leute anzog, sondern buchstäblich dadurch, daß es sie abwies. Inmitten einer Plutokratie werden die Kaufleute bald schlau genug, ihre Kundschaft an Zurückhaltung zu übertreffen. Sie schaffen geradezu Schwierigkeiten, damit ihre reichen, gelangweilten Kunden Geld und Geschicklichkeit aufwenden müssen, um sie zu überwinden. Falls es in London ein modernes Hotel gäbe, das keiner betreten dürfte, der unter sechs Fuß groß wäre, so würde die Gesellschaft demütig Gruppen von sechs Fuß großen Leuten bilden, nur um dort essen zu dürfen. Falls es ein teures Lokal gäbe, das aus einer bloßen Laune seines Besitzers nur Donnerstagnachmittags geöffnet hätte, so wäre es am Donnerstag nachmittag überfüllt. Das Hotel Vernon stand wie durch Zufall an einer Ecke des vornehmen Viertels Belgravia. Es war ein kleines Hotel; und außerdem sehr unbequem. Aber gerade seine Unbequemlichkeit wurde von einer bestimmten Klasse als Schutzwall betrachtet. Besonders ein lästiger Punkt besaß fast lebenswichtige Bedeutung: es konnten dort nämlich nie mehr als vierundzwanzig Personen gleichzeitig essen. Der einzige große Eßtisch war die berühmte Terrassentafel, die auf einer Art Veranda im Freien stand, mit dem Blick auf einen der herrlichsten alten Gärten Londons. So kam es, daß man sich selbst der vierundzwanzig Plätze an diesem Tisch nur bei warmem Wetter erfreuen konnte; und da dies den Genuß noch erschwerte, machte es ihn um so begehrenswerter. Der augenblickliche Besitzer des Hotels war ein Jude namens Lever; und er hatte fast eine Million herausgeholt, indem er den Gästen Hindernisse in den Weg legte, hineinzukommen. Natürlich verband er diese Raumbeschränkung seines Unternehmens mit der sorgfältigsten Qualität seiner Leistung. Weine und Speisen waren zweifellos so gut wie nur irgendwo in Europa, und das Benehmen der Dienerschaft spiegelte genau die festen Gewohnheiten der englischen Herrenklasse wider. Der Besitzer kannte alle seine Kellner wie die Finger seiner Hand; es gab nie mehr als fünfzehn von ihnen. Eher konnte man Mitglied des Parlaments werden als Kellner in diesem Hotel. Jeder Kellner war Meister im furchterregenden Schweigen und in unaufdringlicher Zuvorkommenheit, ganz als wäre er der Kammerdiener eines vornehmen Herrn. Und tatsächlich stand meistens jedem Herrn, der dort speiste, wenigstens ein Kellner zur Verfügung.

Der Klub der »Zwölf wahren Fischer« wäre nie darauf eingegangen, anderswo als an einem solchen Ort zu speisen, denn er bestand auf luxuriöser Abgeschlossenheit; der bloße Gedanke, daß ein anderer Klub im gleichen Gebäude auch nur speiste, hätte die Mitglieder sehr aus der Fassung gebracht. Aus Anlaß ihres jährlichen Klubessens pflegten die Fischer all ihre Schätze zur Schau zu stellen, nicht anders, als ob sie sich in einem Privathaus befänden. Dazu gehörte vor allem das berühmte Gedeck von

Fischmessern und Gabeln, die nun einmal das Wahrzeichen des Vereins bildeten und von denen jedes einzelne Stück eine auserlesene Silberschmiedarbeit in Gestalt eines Fischers darstellte und am Griff mit einer großen Perle verziert war. Sie wurden jedesmal für den Fischgang aufgelegt, und dieser Gang war seit jeher das Herrlichste bei diesem herrlichen Mahl. Der Verein verfügte über eine Unmenge von Zeremonien und Gebräuchen, besaß aber weder eine Geschichte noch einen Zweck; und gerade dadurch war er so ungemein aristokratisch. Man mußte nichts Besonderes sein, um einer der Zwölf Fischer werden zu dürfen, aber wenn man nicht bereits zu einem gewissen Personenkreis gehörte, dann wußte man nicht einmal von seiner Existenz. Der Klub bestand seit zwölf Jahren. Mr. Audley war der Vorsitzende und der Herzog von Chester sein Stellvertreter.

Wenn ich die Atmosphäre dieses erstaunlichen Hotels nur einigermaßen klar gemacht habe, wird sich der Leser mit Recht wundern, wie ich überhaupt etwas von seinem Dasein wissen konnte; und er wird sich vielleicht sogar fragen, wie so eine alltägliche Persönlichkeit wie mein Freund Pater Brown dazu kam, in solch einer funkelnden Porträtgalerie zu erscheinen. Was dies anbelangt, ist meine Geschichte einfach, ja beinahe vulgär. Es gibt in der Welt einen sehr alten Aufrührer und Demagogen, der auch in die vornehmsten Zufluchtsorte mit der schrecklichen Nachricht einbricht, daß alle Menschen Brüder sind, und wo immer dieser Verräter aller Rangunterschiede auf seinem fahlen Roß erschien, war es Pater Browns Beruf, ihm zu folgen.

Einer der Kellner, ein Italiener, hatte an diesem Nachmittag einen Schlaganfall erlitten, und obwohl sein jüdischer Arbeitgeber solchen Aberglauben mit leichtem Staunen betrachtete, hatte er eingewilligt, nach dem nächsten katholischen Priester zu schicken. Was der Kellner Pater Brown beichtete, geht uns nichts an, und zwar aus dem vortrefflichen Grund, weil der Geistliche es für sich behielt; doch anscheinend veranlaßte es ihn zur Niederschrift von ein paar Notizen oder Bemerkungen, wohl um eine Botschaft zu übermitteln oder irgend etwas Krummes geradezubiegen. Mit der bescheidenen Unverschämtheit, die er auch im Buckingham-Palast gezeigt hätte, bat Pater Brown deshalb um ein Zimmer und um Schreibzeug. Mr. Lever wußte nicht, was er tun sollte. Er war ein zuvorkommender Mann und verfügte auch über jene Pseudoart von Güte, die eigentlich nur eine Abneigung gegen jede Schwierigkeit oder jeden peinlichen Auftritt ist. Andererseits glich die Anwesenheit eines unpassenden Fremden in seinem Hotel an diesem Abend einem Schmutzflecken auf einem eben gereinigten Gegenstand. Nie hatte es im Hotel Vernon irgend etwas Überflüssiges wie etwa ein Vorzimmer gegeben; kein Mensch wartete je in der Halle, und kein Zufallsgast betrat sie. Es gab fünfzehn Kellner. Und es gab zwölf Gäste. In dieser Nacht einen neuen Gast im Hotel anzutreffen wäre ebenso unerhört gewesen wie in der eigenen Familie einen neuen Bruder am Frühstückstisch vorzufinden. Außerdem war die Erscheinung des Priesters zweitklassig und seine schäbige Kleidung ebenfalls; schon sein flüchtiger Anblick aus der Ferne hätte eine Krisis im Klub heraufbeschwören können. Schließlich verfiel Mr. Lever auf den Ausweg, diesen Schandfleck wenigstens zu verdecken, da er ihn schon nicht auslöschen konnte.

Wenn du jemals – was nie geschehen wird – das Hotel

Vernon betrittst, so kommst du durch einen kurzen, mit einigen vergilbten, aber bedeutenden Gemälden geschmückten Korridor in die Hauptvorhalle, in die zu deiner Rechten verschiedene Gänge münden, welche in die Gasträume führen; und links bemerkst du einen ähnlichen Gang zur Küche und zum Hotelbüro hin. Unmittelbar zu deiner Linken befindet sich die Ecke eines Glasgehäuses, das in die Vorhalle hineinragt – gewissermaßen ein Haus innerhalb eines Hauses, wie das alte Hotelbüffet, das diesen Platz wahrscheinlich früher einmal eingenommen hatte. In diesem Büro saß der Vertreter des Besitzers (keiner in dem Hotel wurde jemals persönlich sichtbar, wenn er es vermeiden konnte), und genau dahinter auf dem Weg zu den Personalräumen befand sich die Garderobe, die letzte Grenze des Herrenreiches. Aber zwischen dem Büro und der Garderobe lag noch ein kleines Privatzimmer ohne anderen Ausgang, das manchmal von dem Besitzer für heikle und wichtige Angelegenheiten verwendet wurde, zum Beispiel um einem Herzog tausend Pfund zu leihen oder ihm einen halben Schilling zu verweigern. Es spricht für die ungeheure Duldsamkeit von Mr. Lever, daß er diesen heiligen Ort für etwa eine halbe Stunde durch einen gewöhnlichen Priester entweihen ließ, der ein Stück Papier bekritzelte. Die Geschichte, die Pater Brown niederschrieb, war sicherlich viel besser als diese, leider wird sie nie veröffentlicht werden. Ich kann nur soviel sagen, daß sie beinah ebenso lang war und daß die zwei oder drei letzten Abschnitte am wenigsten aufregend und fesselnd waren. Denn als er so weit gekommen war, erlaubte der Priester seinen Gedanken, ein wenig abzuschweifen, und seine ungewöhnlich scharfen Sinne erwachten. Die Zeit der Dämmerung und des Abendessens rückte heran; sein eigenes, kleines, vergessenes Zimmer war ohne Beleuchtung, und vielleicht schärfte die zunehmende Dunkelheit sein Gehör, wie das ja manchmal vorkommt. Als Pater Brown den letzten und unwesentlichsten Teil seines Dokumentes abfaßte, ertappte er sich dabei, wie er im Rhythmus eines von außen kommenden Geräusches schrieb, genau wie man manchmal im Rhythmus eines fahrenden Zuges denkt. Als er sich dessen bewußt wurde, erkannte er auch, was es war: nur das gewöhnliche Trippeln von Füßen, die an der Tür vorbeigingen, was ja in einem Hotel nichts Ungewöhnliches ist. Trotzdem starrte Pater Brown zu der immer dunkler werdenden Decke hinauf und lauschte. Nachdem er ein paar Sekunden lang träumerisch zugehört hatte, sprang er auf und war nun, mit etwas schiefgelegtem Kopf, ganz ins Hören versunken. Dann setzte er sich wieder hin und vergrub die Stirn in den Händen, wobei er nicht nur lauschte, sondern auch nachdachte.

Die unentwegten Schritte draußen waren in ihren einzelnen Etappen so, wie man sie in jedem Hotel hören mochte; und doch hatten sie, im Ganzen genommen, etwas sehr Seltsames an sich. Sie waren die einzigen vernehmbaren Schritte. Das Hotel war immer sehr still, denn die wenigen Hausgäste gingen sofort in ihre eigenen Zimmer, und die gut geschulten Kellner waren gewohnt, nahezu unsichtbar zu sein, bis man nach ihnen verlangte. Man konnte sich kaum einen Ort vorstellen, wo es weniger Veranlassung gab, etwas Unregelmäßiges zu erwarten. Doch diese Schritte hier waren so eigenartig, daß man gar nicht entscheiden konnte, ob sie regelmäßig oder unregelmäßig waren. Pater Brown folgte ihnen mit dem Finger auf der Tischkante wie ein Mann, der auf dem Klavier eine

Melodie ausprobiert. Zuerst kam eine lange Reihe rascher, kurzer Schritte, wie sie etwa ein leichter Mann machen würde, um ein Wettgehen zu gewinnen. An einer bestimmten Stelle hielten sie plötzlich an und verwandelten sich in eine Art von langsam dahinschlenderndem Gang, der zahlenmäßig kein Viertel der bisherigen Schritte ausmachte, aber ungefähr die gleiche Zeit einnahm. Im Augenblick, da das letzte laute Auftreten verhallte, kam wieder das Laufen oder Trippeln von leichten, eiligen Füßen, und dann wieder das Dröhnen der schweren Schritte. Ohne Zweifel war es das gleiche Paar Schuhe, teils weil (wie schon gesagt) keine anderen Schuhe unterwegs waren, und teils weil sie leicht, aber unmißverständlich knarrten. Pater Browns Kopf war so geartet, daß er nicht umhin konnte, Fragen zu stellen, und über dieser offenbar unbedeutenden Frage barst beinahe sein Kopf. Er hatte Männer laufen gesehen, die im Begriff waren zu springen. Er hatte Männer einen Anlauf zum Gleiten nehmen sehen. Aber warum in aller Welt sollte ein Mann einen Anlauf nehmen, um zu gehen? Oder andersherum betrachtet, weshalb sollte er gehen, um dann zu laufen? Und doch wollte sich keine andere Erklärung mit dem Possenspiel dieses unsichtbaren Beinpaares decken. Entweder lief der Mann sehr rasch die eine Hälfte des Ganges entlang, um sehr langsam die andere Hälfte entlang zu schreiten, oder er schritt an dem einen Ende sehr langsam aus, um an dem anderen das Vergnügen des Laufens zu haben. Keine dieser Vermutungen schien viel Sinn zu ergeben. In dem Geist des Priesters wurde es immer dunkler und dunkler, wie im Zimmer. Doch als er gründlicher nachzudenken begann, schien gerade das Dunkel seiner Zelle seine Gedanken lebendiger zu machen; wie in einer Vision erschienen die phantastischen Füße vor seinen Blicken, die in unnatürlicher und symbolischer Pose den Gang entlanghüpften. War es ein heidnischer religiöser Tanz? Oder eine völlig neuartige wissenschaftliche Übung? Pater Brown begann sich eingehend zu befragen, was die Schritte bedeuten konnten. Zuerst dachte er an den langsamen Schritt; es war keineswegs der Schritt des Besitzers. Männer dieses Schlages haben einen raschen Watschelgang, oder sie sitzen still. Es konnte auch kein Diener oder Bote sein, der auf einen Auftrag wartete. Es klang nicht danach. Die niederen Klassen taumeln zwar manchmal umher, wenn sie leicht betrunken sind, doch für gewöhnlich und vor allem in so glanzvoller Umgebung stehen oder sitzen sie in gezwungener Haltung. Nein; dieser schwere und doch elastische Schritt, in seiner nonchalanten Wichtigkeit nicht besonders laut und doch unbekümmert um den Lärm, den er verursachte, konnte nur einem Lebewesen dieser Erde gehören. Das war ein Herr aus dem westlichen Europa, und wahrscheinlich einer, der nie für seinen Lebensunterhalt gearbeitet hatte.

Gerade als Pater Brown zu dieser festen Gewißheit gelangt war, veränderte sich der Schritt, wurde schneller und rannte flink wie eine Ratte an der Tür vorbei. Wie der Lauscher feststellte, war dieser Schritt nicht nur viel rascher, sondern auch wesentlich geräuschloser, beinah als ob der Mann auf Zehenspitzen ginge. Und doch verband sein Geist diese Art Schritt nicht mit Heimlichtuerei, wohl aber mit irgend etwas anderem, das ihm aber nicht und nicht einfallen wollte. Er war wütend über dies halbe Sicherinnern, das einem ein Gefühl von leichter Blödigkeit gibt. Bestimmt hatte er diesen merkwürdigen, schnellen Gang schon irgendwo gehört. Plötzlich sprang er mit einem neuen Gedanken im Kopf auf und ging zur Tür. Das Zimmer hatte keinen direkten Ausgang zum Korridor, sondern führte auf der einen Seite in das gläserne Büro und auf der anderen in die Garderobe dahinter. Er versuchte, die Bürotür zu öffnen und fand sie verschlossen. Dann schaute er zum Fenster hinauf, einer viereckigen Scheibe voll purpurner Wolken, die durch den fahlen Sonnenuntergang zerteilt wurden, und für einen Augenblick witterte er Böses, wie ein Hund Ratten wittert.

Der vernünftige Teil seines Ich (ob es nun der weisere war oder nicht) gewann die Oberhand. Pater Brown erinnerte sich, daß der Besitzer ihm gesagt hatte, er würde die Tür verschließen und ihn später herauslassen. Er sagte sich selbst, daß zwanzig Dinge, die er nicht bedacht hatte, die exzentrischen Laute draußen erklären könnten; er erinnerte sich, daß es gerade noch hell genug war, um seine Arbeit zu beenden. Er trug sein Papier zum Fenster, um das letzte Abendlicht auszunutzen, und machte sich noch einmal fest entschlossen über die beinahe fertige Arbeit her. An die zwanzig Minuten hatte er so geschrieben, wobei er sich in dem schwächer werdenden Licht immer tiefer über sein Papier beugte; dann richtete er sich plötzlich auf. Er hatte die seltsamen Schritte wieder gehört.

Diesmal zeigten sie eine dritte Eigentümlichkeit. Bisher war der Unbekannte gegangen, zwar flüchtig und mit blitzartiger Behendigkeit, aber er war gegangen. Jetzt lief er. Man konnte die schnellen, weichen, springenden Schritte den Gang entlangkommen hören, gleich den Pfoten eines fliehenden und springenden Panthers. Wer immer da kommen mochte, war ein sehr kräftiger, lebhafter Mann, in stummer, aber heftiger Erregung. Doch als der Laut wie eine Art flüsternder Wirbelwind zum Büro hingestürmt war, verwandelte er sich wieder in das alte, langsame Schlendern.

Pater Brown warf sein Papier hin, und da er die Bürotür geschlossen wußte, ging er gleich in die Garderobe hinüber. Der Garderobier war gerade abwesend, wahrscheinlich weil sich alle Gäste beim Essen befanden und sein Amt vorläufig ein Ruheposten war. Nachdem Pater Brown sich durch einen grauen Wald von Mänteln durchgetastet hatte, stellte er fest, daß sich die dunkle Garderobe nach dem erleuchteten Gang hin zu einer Art Ladentisch öffnete, ähnlich den meisten solchen Tischen, über die wir schon alle Mäntel und Schirme gereicht und Marken dafür empfangen haben. Unmittelbar über dem halbkreisförmigen Bogen dieser Öffnung brannte eine Lampe. Sie warf nur ein schwaches Licht auf Pater Brown, der sich wie ein dunkler Umriß von dem Sonnenuntergangsfenster abhob. Doch eine nahezu theatralische Beleuchtung fiel auf den Mann, der vor der Garderobe im Gang stand. Es war ein eleganter Mann in sehr unauffälligem Abendanzug; ein hochgewachsener Mann, der aber trotz seiner Größe nicht viel Raum einzunehmen schien. Man spürte, daß er wie ein Schatten dahingleiten konnte, wo wesentlich kleinere Männer aufgefallen wären und gestört hätten. Sein Gesicht, das jetzt im Lampenlicht in scharfen Konturen erschien, sah gebräunt und lebhaft aus, es war das Gesicht eines Ausländers. Er war gut gewachsen, heiter und selbstbewußt; der einzige Einwand eines Kritikers hätte sich gegen den Sitz seines schwarzen Fracks richten können: dieser paßte nicht ganz zu seiner Figur und seinen Manieren, ja er war sogar auf seltsame Weise geschwollen und gebauscht.

In dem Augenblick, da er Browns schwarze Gestalt im

Sonnenuntergang erblickte, warf er ihm ein Stück Papier mit einer Nummer hin und rief mit leutseliger Autorität: »Ich möchte bitte meinen Hut und meinen Mantel; ich muß sofort weggehen.«

Pater Brown nahm wortlos das Papier und begann gehorsam den Mantel zu suchen; es war nicht die erste niedrige Arbeit, die er in seinem Leben verrichtet hatte. Er fand ihn und legte ihn auf den Tisch, inzwischen hatte der fremde Herr seine Westentasche durchsucht und sagte lachend: »Ich habe grade kein Silber an mir; Sie können dies behalten.« Und er warf ihm einen halben Sovereign hin und nahm seinen Mantel.

Pater Browns Gestalt blieb ganz dunkel und ruhig; aber in jenem Moment hatte er plötzlich den Kopf verloren. Und immer, wenn er ihn verloren hatte, war sein Kopf am wertvollsten. In solchen Augenblicken zählte er zwei und zwei zusammen, und das Ergebnis war vier Millionen. Oft war die katholische Kirche, die mit dem gesunden Menschenverstand verheiratet ist, mit dieser Methode nicht einverstanden. Oft war er selbst nicht damit einverstanden. Aber es war eine echte Eingebung – wie sie in seltenen Krisen von großer Wichtigkeit ist –, die Eingebung, daß er, der seinen Kopf verlöre, ihn eben dadurch retten könne. »Ich glaube, mein Herr«, sagte er höflich, »Sie haben doch Silber an sich.« Der hochgewachsene Gentleman starrte ihn an. »Zum Teufel«, rief er. »Warum beschweren Sie sich darüber, daß ich Ihnen Gold gebe?«

»Weil Silber manchmal wertvoller ist als Gold«, sagte der Priester freundlich; »jedenfalls in größeren Mengen.«

Der Fremde betrachtete ihn neugierig. Danach blickte er noch neugieriger zum Haupteingang hin. Schließlich kehrte sein Blick zu Brown zurück und wandte sich dann sehr eingehend dem Fenster über Browns Kopf zu, das noch vom Nachglühen des Gewitters gefärbt war. Nun schien er einen Entschluß zu fassen. Er legte eine Hand auf den Garderobetisch, schwang sich leicht wie ein Akrobat hinüber und warf sich auf den Priester, indem er ihn mit mächtiger Hand beim Kragen packte.

»Keinen Laut!« stieß er flüsternd hervor. »Ich möchte Ihnen nicht drohen, aber –«

»Ich will Ihnen drohen«, sagte Pater Brown mit einer Stimme wie ein Trommelwirbel. »Ich will Ihnen mit dem Wurm drohen, der nie stirbt, und mit dem Feuer, das nie verlöscht.«

»Sie sind ein sonderbarer Garderobier«, sagte der andere.

»Ich bin Priester, Monsieur Flambeau«, sagte Brown, »und ich bin bereit, Ihre Beichte zu hören.«

Der andere schnappte ein paar Augenblicke nach Luft und taumelte dann in einen Stuhl.

Die ersten beiden Gänge des Mahles der »Zwölf wahren Fischer« waren erfolgreich beendet. Ich besitze keine Abschrift des Menus; und wenn ich sie besäße, würde sie niemandem das geringste verraten. Es war in einer Art Über-Französisch geschrieben, wie es die Köche gebrauchen, das aber für Franzosen völlig unverständlich wäre. Im Sinne der Klubtradition mußten die hors d'œuvres bis zur Verücktheit mannigfaltig sein. Sie wurden mit großem Ernst verspeist, da sie zugegebenermaßen eine völlig nutzlose Zugabe darstellten, wie die gesamte Mahlzeit und der ganze Klub. Es war ferner Tradition, daß die Suppe leicht und anspruchslos zu sein hatte – gewissermaßen ein einfaches und strenges Fasten vor dem bevorstehenden

Fischfest. Die Unterhaltung bestand aus jenem eigenartigen, seichten Gerede, welches das britische Weltreich zusammenhält, es im geheimen regiert, und das dennoch ein gewöhnlicher Engländer kaum begreifen würde, selbst wenn er es belauschen könnte. Kabinettminister beider Parteien wurden beim Taufnamen genannt und mit leicht gelangweilter Freundlichkeit verspottet. Der radikale Schatzkanzler, den alle Konservativen sonst seiner Erpressungen wegen zu verfluchen pflegten, wurde seiner minderwertigen Gedichte oder seines guten Reitens wegen gelobt. Der Führer der Konservativen, den sonst alle Liberalen als Tyrannen haßten, wurde gründlich diskutiert und im ganzen genommen als Liberaler gerühmt. Man gewann den Eindruck, daß Politiker etwas sehr Wichtiges seien. Und doch schien alles an ihnen wichtig zu sein, außer Politik.

Mr. Audley, der Vorsitzende, war ein liebenswürdiger, älterer Herr, der noch immer einen Gladstonekragen trug; er war eine Art Symbol dieser ganzen verworrenen und doch sehr starren Gesellschaft. Noch nie hatte er irgend etwas getan, nicht einmal etwas Falsches. Er war nicht aristokratisch, er war nicht einmal besonders reich. Er gehörte einfach dazu; und mehr war auch nicht nötig. Keine Partei konnte ihn ignorieren, und wenn er gewünscht hätte, Minister zu sein, würde man ihn bestimmt dazu gemacht haben. Der Herzog von Chester, sein Stellvertreter, war ein junger, aufsteigender Politiker. Das heißt, er war ein sympathischer Jüngling mit glattem, blondem Haar und sommersprossigem Gesicht, von bescheidenen Geistesgaben und ungemein wohlhabend. Sein Auftreten in der Öffentlichkeit war stets erfolgreich, und er erreichte das mit den einfachsten Mitteln. Wenn ihm ein Witz einfiel, machte er ihn und geriet dadurch in den Ruf, geistreich zu sein. Wenn ihm kein Witz einfiel, sagte er, jetzt sei keine Zeit für Scherze, und das wurde »fähig« genannt. Im Privatleben, in einem Klub seiner eigenen Gesellschaftsschicht, war er recht nett, freimütig und albern wie ein Schuljunge. Mr. Audley, der sich nie mit Politik beschäftigt hatte, behandelte sie etwas ernsthafter. Manchmal verwirrte er die Gesellschaft sogar durch Redensarten, in denen er einen gewissen Unterschied zwischen einem Liberalen und einem Konservativen andeutete. Er selbst war auch im Privatleben konservativ. Eine graue Haarrolle hing rückwärts über seinen Kragen wie bei gewissen altmodischen Staatsmännern, und von hinten gesehen bot er den Anblick eines Mannes, den das Empire brauchte. Von vorn betrachtet sah er wie ein gutmütiger, ein bißchen vernachlässigter Junggeselle aus, der im Albanyklub wohnte – und das war er auch.

Wie schon bemerkt, gab es vierundzwanzig Sitze an dem Terrassentisch und nur zwölf Klubmitglieder. Somit stand ihnen die Terrasse in ihrer ganzen Ausdehnung zur Verfügung. Alle saßen an der inneren Tischseite nebeneinander, ohne Gegenüber, und konnten ungehindert über den Garten blicken, dessen Farben noch lebhaft leuchteten, obwohl der Abend für die Jahreszeit etwas zu düster angebrochen war. Der Vorsitzende saß in der Mitte der Reihe, am rechten Ende der Vize-Präsident. Bevor sich die zwölf Gäste auf ihre Sitze niederließen, war es aus irgendeinem unbekannten Grund üblich, daß alle fünfzehn Kellner in einer Reihe die Wand entlang standen, wie Truppen, die vor dem König die Waffen präsentieren, während sich der fette Besitzer mit strahlender Überraschung vor den Klubmitgliedern verbeugte, als hätte er nie zuvor von ihnen gehört. Doch beim ersten Messer- und Gabelklirren war diese Dienerarmee verschwunden, nur einer oder zwei, die zum Wegnehmen oder Austeilen der Teller gebraucht wurden, schossen in tödlichem Schweigen umher. Mr. Lever, der Besitzer, war unter Höflichkeitskrämpfen natürlich lange vorher verschwunden. Es wäre übertrieben, ja unehrerbietig, zu behaupten, daß er je wieder persönlich erschien. Wenn jedoch der wichtigste Gang, der Fisch, aufgetragen wurde, spürte man – wie soll ich es ausdrücken – einen lebendigen Schatten, einen Schimmer seiner Persönlichkeit, der besagte, daß er in der Nähe weilte. Der heilige Fischgang bestand (für das Auge eines gewöhnlich Sterblichen) in einem ungeheuren Pudding, etwa in der Größe und Form eines Hochzeitskuchens, in dem eine beträchtliche Anzahl interessanter Fische ihre ursprüngliche Gestalt völlig verloren hatten. Die zwölf wahren Fischer ergriffen ihre berühmten Fischmesser und Fischgabeln und rückten ihm mit so feierlichem Ernst zu Leibe, als koste jeder Zoll des Puddings soviel wie die Silbergabel, mit der er verspeist wurde. Und soviel ich weiß, kostete er auch so viel. Dieser Gang wurde mit Eifer und absolutem Schweigen behandelt; und erst nachdem er seinen Teller fast völlig geleert hatte, machte der junge Herzog die feierliche Bemerkung: »Das kann man nirgends so gut wie hier.«

»Nirgends«, bestätigte Mr. Audley in tiefem Baß, wandte sich an den Sprecher und nickte mehrmals mit dem ehrwürdigen Kopf. »Bestimmt nirgends als hier. Irgend jemand hat mir einzureden versucht, daß im Café Anglais –«

Hier wurde er durch das Abräumen seines Tellers unterbrochen und vorübergehend sogar in seinen Betrachtungen gestört, doch konnte er den kostbaren Faden seiner Gedanken wieder anknüpfen. »Man hat mir erzählt, daß der Fisch im Café Anglais genau so gut zubereitet würde. Keine Spur davon«, rief er und schüttelte unbarmherzig den Kopf, wie ein Richter, der ein Todesurteil ausspricht. »Keine Spur davon.«

»Überschätztes Lokal, das Café Anglais«, verkündete ein gewisser Oberst Pound, der seinem Aussehen nach seit Monaten zum erstenmal den Mund aufmachte.

»Oh, ich weiß nicht«, sagte der Herzog von Chester, der Optimist war, »für gewisse Dinge ist es recht hübsch. Nicht zu überbieten in –« Ein Kellner kam eilig hereingelaufen und blieb dann plötzlich stehen. Sein Anhalten war geräuschlos wie sein Schritt; doch all jene bestimmungslosen und liebenswürdigen Herren waren so an den glatten Ablauf des unsichtbaren Mechanismus gewöhnt, der ihr Leben umgab und erhielt, daß ein Kellner, der etwas Unerwartetes tat, sie wie ein Mißton erschreckte. Wie unsereiner ihn empfinden würde, wenn die leblose Welt den Gehorsam verweigerte – wenn ein Stuhl vor uns davonliefe.

Der Kellner stand ein paar Sekunden lang starr da, während sich auf jedem Gesicht am Tisch eine eigentümliche Scham abzeichnete, ein vollendetes Erzeugnis unserer Zeit: jene Mischung aus moderner Gefühlsduselei und dem schrecklichen, modernen Abgrund zwischen den Seelen der Reichen und denen der Armen. Ein echter historischer Aristokrat hätte dem Kellner alles mögliche an den Kopf geworfen, zuerst leere Flaschen und zum Schluß höchstwahrscheinlich Geld. Ein echter Demokrat hätte ihn mit kameradschaftlicher Offenheit im Ton gefragt, was zum Teufel denn passiert sei. Aber diese modernen

Plutokraten konnten die Anwesenheit eines Armen nicht ertragen, weder als Sklaven noch als Freund. Daß irgend etwas mit der Bedienung nicht stimmte, setzte sie nur in peinliche Verlegenheit. Sie wollten nicht brutal sein, aber sie schreckten davor zurück, gütig sein zu müssen. Sie wünschten, die Sache, was immer sie sei, wäre vorüber. Und sie war vorüber. Nachdem der Kellner ein paar Sekunden lang leblos, wie zur Salzsäule erstarrt, dagestanden hatte, drehte er sich um und schoß wie verrückt hinaus.

Als er wieder im Zimmer oder vielmehr in der Türöffnung erschien, hatte er einen anderen Kellner dabei, mit dem er in südländischer Lebhaftigkeit tuschelte und gestikulierte. Dann ging der erste Kellner weg, ließ den zweiten zurück und erschien wieder mit einem dritten. Zu der Zeit, als sich ein vierter Kellner dieser übereilten Synode angeschlossen hatte, hielt Mr. Audley es im Interesse des Taktes für nötig, das Schweigen zu brechen. Das tat er, anstatt mit einer Präsidentenglocke, mit einem sehr lauten Räuspern und sagte: »Prächtige Arbeit, die der junge Moocher in Birma leistet. Kein anderes Volk in der Welt besitzt –«

Ein fünfter Kellner war wie ein Pfeil auf ihn zugeschwirrt und flüsterte ihm ins Ohr: »Tut mir leid, wichtig! Könnte der Besitzer Sie sprechen?«

Der Vorsitzende wandte sich verwirrt um und starrte wie betäubt Mr. Lever an, der sich mit einiger Schnelligkeit auf sie zuwälzte. Die Haltung des braven Besitzers wich von seiner gewöhnlichen Haltung nicht ab, doch sein Gesicht war ziemlich ungewöhnlich. Sonst pflegte es von einem frischen Kupferbraun zu sein; jetzt zeigte es ein kränkliches Gelb. »Sie werden mir verzeihen, Mr. Audley«, sagte er und schnappte asthmatisch nach Luft. »Ich bin sehr besorgt. Ihre Fischteller sind mitsamt den Messern und Gabeln weggeräumt worden.«

»Das will ich hoffen«, sagte der Vorsitzende mit einiger Wärme.

»Sahen Sie ihn?« keuchte der aufgeregte Hotelier; »sahen Sie den Kellner, der sie wegnahm? Kennen Sie ihn?«

»Den Kellner?« antwortete Mr. Audley unwillig. »Gewiß nicht.«

Mr. Lever rang gequält die Hände. »Ich habe ihn niemals hergeschickt«, sagte er. »Ich weiß nicht, wann oder warum er kommt. Ich schicke meinen Kellner, damit er die Teller abräumt, und er findet sie bereits weggeräumt.«

Mr. Audley blickte so verwirrt drein, daß man hätte zweifeln können, ob er wirklich der Mann war, den das Empire braucht; keiner der Gesellschaft brachte ein Wort heraus außer dem Mann aus Holz – Oberst Pound –, der zu unnatürlicher Lebendigkeit galvanisiert schien. Steif erhob er sich aus seinem Stuhl, während die übrigen sitzen blieben, klemmte sich das Monokel ins Auge und sprach mit rauher, leiser Stimme, als hätte er das Sprechen halb verlernt. »Meinen Sie«, fragte er, »daß jemand unser silbernes Fischbesteck gestohlen hat?«

Der Besitzer wiederholte seine Handbewegung mit noch größerer Hilflosigkeit; und im Nu waren alle Männer am Tisch auf den Beinen. »Sind all Ihre Kellner hier?« fragte der Oberst in seinem leisen, rauhen Tonfall.

»Ja, alle sind hier. Ich habe das selbst festgestellt«, rief der junge Herzog und drängte sein knabenhaftes Gesicht in die Mitte. »Jedesmal, wenn ich hereinkomme, zähle ich sie; sie sehen so komisch aus, wenn sie sich an der Wand entlang aufstellen.«

»Aber so genau kann man sich doch nicht daran erinnern«, meinte schwerfällig zögernd Mr. Audley.

»Und ich sage Ihnen, daß ich mich ganz genau erinnere«, rief der Herzog aufgeregt. »Noch nie waren mehr als fünfzehn Kellner hier, und auch heute abend waren es nicht mehr als fünfzehn, das kann ich beschwören; nicht mehr und nicht weniger.«

Zitternd, vor Überraschung fast gelähmt, wandte sich der Besitzer an ihn. »Sie sagen – Sie sagen«, stotterte er, »Sie sahen alle meine fünfzehn Kellner?«

»Ja, wie immer«, bestätigte der Herzog. »Was ist los?«

»Nichts«, sagte Lever mit tiefem Nachdruck, »nur, es ist nicht möglich. Denn einer von ihnen liegt oben tot in seinem Zimmer.«

Für einen Augenblick herrschte beängstigendes Schweigen im Zimmer. Es mag sein (so übernatürlich wirkt das Wort tot), daß jeder dieser Tagediebe eine Sekunde lang seine Seele betrachtete und feststellte, daß sie einer kleinen, vertrockneten Erbse glich. Einer von ihnen – ich glaube, es war der Herzog – fragte sogar mit der blödsinnigen Liebenswürdigkeit der Reichen: »Können wir etwas für ihn tun?«

»Er hat einen Priester gehabt«, antwortete der Jude nicht ohne Rührung. Nun erwachten sie, wie beim Schall des Jüngsten Gerichts, zu ihrer eigenen Situation. Ein paar unheimliche Sekunden lang hatten sie wirklich das Gefühl gehabt, der fünfzehnte Kellner könnte der Geist des Toten von oben gewesen sein. Dieser Druck hatte ihnen die Sprache geraubt, denn Geister brachten sie in die gleiche Verlegenheit wie Bettler. Aber der Gedanke an das Silber brach den Zauber des Übernatürlichen, brach ihn unvermittelt und bewirkte eine heftige Reaktion. Der Oberst warf seinen Stuhl um und schritt zur Tür. »Wenn ein fünfzehnter Mann hier war, Freunde«, sagte er, »so war dieser fünfzehnte Kerl ein Dieb. Sofort an die Eingangs- und Hintertür und alles besetzt; dann können wir weiterreden. Die vierundzwanzig Perlen sind es wert, daß wir sie zurückerobern.«

Mr. Audley schien zunächst unsicher, ob es schicklich sei, sich aus irgendeinem Grund derartig zu beeilen, aber als er den Herzog in jugendlicher Kraft die Treppe hinunterstürzen sah, folgte er ihm, wenn auch mit etwas gesetzteren Bewegungen.

Im gleichen Augenblick rannte ein sechster Kellner ins Zimmer und erklärte, er habe den Stoß Fischteller auf einem Anrichtetisch gefunden, aber keine Spur des Silbers.

Der Haufen Gäste und Diener, der Hals über Kopf die Gänge entlangstolperte, teilte sich in zwei Gruppen. Die meisten Fischer folgten dem Besitzer zu dem vorderen Zimmer, um zu hören, ob irgend jemand hinausgegangen sei. Oberst Pound stürmte mit dem Vorsitzenden, dem Vize und ein oder zwei anderen den Gang zu den Dienstbotenräumen hinunter, der den wahrscheinlicheren Fluchtweg darstellte. Dabei kamen sie an der dunklen Nische oder Höhle der Garderobe vorbei und erblickten dort eine untersetzte schwarzgekleidete Gestalt, offenbar einen Diener, der hinten im Schatten stand.

»He! Sie dort!« rief der Herzog. »Haben Sie jemanden vorbeikommen sehen?« Die untersetzte Gestalt beantwortete die Frage nicht direkt, sondern sagte nur: »Vielleicht habe ich das, was Sie suchen, meine Herren.«

Unschlüssig und neugierig blieben sie stehen, während er ruhig nach hinten in die Garderobe ging, mit beiden Händen voll Silber zurückkam und es mit der Ruhe eines

Verkäufers auf dem Tisch vor sich ausbreitete. Schließlich nahm es die Gestalt von einem Dutzend merkwürdig geformter Gabeln und Messer an.

»Sie – Sie«, stotterte der Oberst völlig außer Fassung. Dann warf er einen verstohlenen Blick in den kleinen, dunklen Raum und bemerkte zwei Dinge: erstens, daß der untersetzte, schwarzgekleidete Mann wie ein Geistlicher aussah; und zweitens, daß das Fenster des Zimmers dahinter zerbrochen war, wie wenn jemand gewaltsam durchgestiegen wäre.

»Wertvolle Sachen zum Aufbewahren in einer Garderobe, nicht wahr?« stellte der Geistliche voll heiterer Gelassenheit fest.

»Haben Sie – haben Sie diese Gegenstände gestohlen?« stotterte Mr. Audley mit starrem Blick.

»Selbst wenn«, sagte der Priester vergnügt, »hätte ich sie hiermit jedenfalls wieder zurückgebracht.«

»Aber Sie waren es nicht«, rief der Oberst, der immer noch das zerbrochene Fenster anstarrte.

»Offen gestanden, nein«, gab jener gutgelaunt zurück. Und er setzte sich feierlich auf einen Stuhl.

»Doch Sie wissen, wer es war?« forschte der Oberst weiter.

»Seinen wirklichen Namen kenne ich nicht«, sagte der Priester sanft; »aber ich weiß einiges über seine Kampfkraft und ziemlich viel über seine geistigen Nöte. Seine körperlichen Qualitäten lernte ich schätzen, als er mich zu erwürgen versuchte, und seine moralischen, als er bereute.«

»Oh, wahrhaftig – bereute!« rief der junge Chester mit schallendem Gelächter.

Pater Brown stand auf und sagte, mit den Händen auf

dem Rücken: »Komisch, nicht, daß ein Dieb und Landstreicher bereuen sollte, wenn so viele Reiche und Sorglose hart und leichtsinnig bleiben und vor Gott und den Menschen keine Früchte tragen? Aber damit, entschuldigen Sie bitte, überschreiten Sie ein wenig die Grenzen meines Gebietes. Wenn Sie die Reue als wirkliche Tatsache bezweifeln, bitte, hier sind Ihre Messer und Gabeln. Sie sind die ›Zwölf wahren Fischer‹, und hier sind all Ihre Silberfische. Er aber hat mich zum Menschenfischer gemacht.«

»Haben Sie den Mann gefangen?« fragte der Oberst scharf in sein stirnrunzelndes Gesicht. »Ja«, sagte er, »ich habe ihn gefangen, mit einer unsichtbaren Angel und einer unsichtbaren Leine; lang genug, ihn bis ans Ende der Welt laufen zu lassen und ihn doch mit einem einzigen Fadendruck zurückzubringen.«

Alle schwiegen. Langsam verzogen sich die Männer, um den Gefährten das wiedergewonnene Silber zu bringen oder den Besitzer über diese seltsame Angelegenheit auszufragen. Nur der Oberst mit dem grimmigen Gesicht saß noch immer auf dem Tisch, baumelte mit den langen, dürren Beinen und kaute an seinem schwarzen Schnurrbart. Endlich sagte er ruhig zu dem Priester: »Muß ein schlauer Bursche gewesen sein, aber ich glaube, ich kenne einen noch schlaueren.«

»Das war er auch«, antwortete Brown, »aber ich verstehe nicht recht, welchen andern Sie meinen.«

»Sie meine ich«, sagte der Oberst mit kurzem Lachen. »Ich verlange nicht, daß der Bursche eingesperrt wird; da können Sie ganz unbesorgt sein. Aber ich würde es mich einige Silbergabeln kosten lassen, um genau herauszukriegen, wie Sie in diese Geschichte verwickelt wurden und wie Sie das Zeug von ihm herausbekamen. Ich schätze, Sie sind der klügste Teufel unter uns allen.«

Pater Brown schien die treuherzige Aufrichtigkeit des alten Soldaten zu gefallen.

»Nun«, sagte er lächelnd, »über die Identität und die Geschichte dieses Mannes darf ich Ihnen natürlich nichts erzählen; aber ich sehe nicht ein, warum Sie nicht die reinen Tatsachen, die ich selbst herausgefunden habe, erfahren sollten.«

Mit unerwarteter Behendigkeit schwang er sich über die Schranke, setzte sich neben den Oberst und ließ die kurzen Beine baumeln wie ein kleiner Junge auf einem Zaun. Und dann begann er seine Geschichte so unbefangen zu erzählen, wie er etwa mit einem alten Freund am Kaminfeuer gesprochen hätte.

»Sehen Sie, Oberst«, fing er an, »ich war in der kleinen Kammer dort eingeschlossen und hatte etwas zu schreiben, als ich im Gang ein Paar Füße einen Tanz vollführen hörte, der so seltsam klang wie der Totentanz. Zuerst kamen schnelle, spaßige, kurze Schritte, wie von einem Mann, der auf Zehenspitzen ein Wettgehen veranstaltet; dann folgten langsame, sorglose, knarrende Schritte wie von einem schweren Mann, der mit einer Zigarre im Mund herumschlendert. Aber ich schwöre Ihnen, beide wurden von den gleichen Füßen verursacht, und sie wechselten sich ab; zuerst kam das Laufen und dann das Gehen; und dann wieder das Laufen. Anfangs dachte ich mir nicht viel dabei, doch dann wurde ich immer neugieriger, warum ein Mann gleichzeitig diese beiden Rollen spielen sollte. Den einen Schritt kannte ich; er glich genau dem Ihren, Oberst. Es war der Gang eines gutgenährten Herrn, der auf etwas wartet, der umherschlendert, mehr weil er körperlich fit als geistig ungeduldig ist. Ich wußte, daß ich auch den anderen Schritt kannte, aber mir fiel nicht ein, was es war. Welches abenteuerliche Geschöpf hatte ich auf meinen Wegen getroffen, das in solch ungewöhnlicher Art auf den Zehenspitzen dahinraste? Dann hörte ich irgendwo Teller klirren; und die Antwort stand so deutlich wie die Peterskirche vor mir. Es war der Schritt eines Kellners – jenes Laufen mit vorgebeugtem Oberkörper und gesenkten Augen, Füße, die sich mit den Zehenballen vom Boden abstießen, ein Mann mit fliegenden Frackschößen und wehender Serviette. Dann dachte ich eine Minute nach und noch eine halbe. Und ich glaube, ich sah die Art des Verbrechens so deutlich vor mir, als ob ich es in der nächsten Minute selbst begehen würde.«

Oberst Pound blickte ihn erwartungsvoll an, doch die sanften, grauen Augen des Sprechers waren mit fast leerer Nachdenklichkeit zur Decke gerichtet. »Ein Verbrechen«, erklärte er langsam, »gleicht jedem anderen Kunstwerk. Sehen Sie mich nicht so erstaunt an; Verbrechen sind keineswegs die einzigen Kunstwerke, die aus einer höllischen Werkstätte hervorgehen. Aber jedes echte Kunstwerk, ob göttlich oder teuflisch, weist ein untrügliches Kennzeichen auf – sein Kern ist nämlich einfach, wie kompliziert auch immer die Ausführung sein mag. So sind zum Beispiel im ›Hamlet‹ die Groteske des Totengräbers, die Blumen der Wahnsinnigen, der wunderliche Putz Osrics, die Blässe des Geistes und der grinsende Schädel alles nur seltsame Ornamente eines Gewindes um die einfache, tragische Gestalt eines Mannes in Schwarz. Nun«, sagte er lächelnd und rutschte langsam von seinem Sitz herunter, »auch dies ist die einfache Tragödie eines Mannes in Schwarz. Ja«, fuhr er fort, als der Oberst verwundert aufblickte, »diese ganze Geschichte dreht sich um einen schwarzen Frack. Genau wie im ›Hamlet‹ haben wir die Rokokoschnörkel – Sie selbst, zum Beispiel. Da haben wir den toten Kellner, der zur Stelle war, als er gar nicht zur Stelle sein konnte. Wir haben die unsichtbare Hand, die das Silber von Ihrem Tisch entfernte und dann ins Nichts verschwand. Aber jedes geschickte Verbrechen beruht im Grunde auf irgendeiner ganz einfachen Tatsache – einer Tatsache, die überhaupt nichts Geheimnisvolles an sich hat. Die Täuschung, das Geheimnis entsteht erst durch die Entdeckung, die die Gedanken der Menschen von der ursprünglichen Tatsache abbringt. Dieses große, geschickt ausgeklügelte und – bei ungestörtem Verlauf – sehr einträgliche Verbrechen war auf der schlichten Tatsache aufgebaut, daß die Abendkleidung eines Herrn und die eines Kellners genau die gleiche ist. Alles übrige war Schauspielerei, und sogar ausnehmend gute Schauspielerei.«

Der Oberst stand auf und betrachtete stirnrunzelnd seine Schuhe. »Ich bin noch immer nicht sicher«, sagte er, »daß ich Sie richtig verstehe.«

»Oberst«, erwiderte Pater Brown, »ich sage Ihnen, daß dieser Erzengel an Unverschämtheit, der Ihre Gabeln gestohlen hat, zwanzigmal im vollen Lampenlicht diesen Gang auf und ab gelaufen ist, vor aller Augen. Er dachte nicht daran, sich in dunklen Ecken zu verbergen, womit er sich verdächtig gemacht hätte. Die ganze Zeit über lief er in den beleuchteten Gängen umher, und überall schien er sich mit vollem Recht zu befinden. Fragen Sie mich nicht, wie er aussah; Sie selbst haben ihn heute Abend sechs- oder siebenmal erblickt. Sie warteten mit all den andern feinen Leuten im Empfangsraum am Ende dieses Ganges, hinter dem die Terrasse liegt. Sooft er bei Ihnen erschien, war er der vollendete Kellner, mit gesenktem Kopf, fliegender Serviette und schnellen Füßen. Er stürzte auf die Terrasse hinaus, machte sich am Tischtuch zu schaffen und lief wieder zum Büro und den Räumen der Kellner zurück. Sobald er in den Gesichtskreis des Büroschreibers und der Kellner gekommen war, hatte er sich mit jedem Zoll seines Körpers, mit jeder kleinsten Bewegung in einen anderen Mann verwandelt. Mit der zerstreuten Unverschämtheit, die alle Kellner von feinen Herren gewohnt sind, schlenderte er zwischen den Angestellten umher. Ihnen war es nicht neu, daß ein Stutzer von der Tischgesellschaft in allen Teilen des Hauses herumspazierte, wie ein Tier im Zoo; sie wissen, daß für die oberen Zehntausend nichts bezeichnender ist als die Angewohnheit, überall wo es ihnen paßt, herumzulaufen. Wenn ihn das Lustwandeln in diesem Gang hier langweilte, kehrte er um und verschwand wieder hinter dem Büro; genau jenseits, im Schatten des Bogens, verwandelte er sich wie durch Zauberei und lief wieder emsig zwischen den ›Zwölf Fischern‹ umher, als zuvorkommender Diener. Warum sollten die Herren irgendeinen Kellner beachten? Warum sollten die Kellner einen vollendet auftretenden Gentleman verdächtigen? Ein paarmal vollführte er die gewagtesten Streiche. In den Privaträumen des Besitzers verlangte er lärmend eine Flasche Soda, er sei durstig. Herablassend erklärte er, er wolle sie selber tragen, und das tat er auch; schnell und korrekt trug er die Flasche mitten zwischen Ihnen durch, zweifellos ein Kellner, der einen Auftrag ausführte. Natürlich ließ sich das nicht lange durchführen, aber es war ja auch nur bis nach dem Fischgang notwendig. Der schwierigste Teil seiner Rolle war der Augenblick, als alle Kellner in einer Reihe standen; doch selbst da brachte er es fertig, gerade um die Ecke herum an der Wand zu lehnen, so daß ihn die Kellner in diesem wichtigen Moment für einen Gast und die Gäste ihn für einen Kellner hielten. Alles übrige war ein Kinderspiel. Falls ihn einer der Kellner abseits vom Tisch ertappt hätte, so hätte er nur einen gelangweilten Aristokraten ertappt. Er mußte sich nur alles gut einteilen und sich zwei Minuten, ehe der Fisch abgeräumt wurde, in einen flinken Kellner verwandeln, der ihn selbst abräumte. Er stellte die Teller auf einen Anrichtetisch, stopfte das Silber in seine Brusttasche, die jetzt höchstens ein bißchen zu bauschig aussah, und rannte wie ein Hase (ich hörte ihn kommen), bis er die Garderobe erreicht hatte. Dort hatte er nur wieder ein Plutokrat zu sein – ein Plutokrat, der in dringenden Geschäften abgerufen wurde. Er brauchte nur dem Garderobier seine Marke zu geben und elegant, wie er gekommen war, zu verschwinden. Nur – nur leider war zufällig ich der Garderobier.«

»Was haben Sie mit ihm gemacht?« rief der Oberst mit ungewöhnlicher Heftigkeit. »Was hat er Ihnen erzählt?«

»Verzeihen Sie«, sagte der Priester mit fester Stimme, »aber hier hört die Geschichte auf.«

»Nein, hier beginnt sie erst interessant zu werden«, brummte Pound. »Ich glaube, seine Arbeitsmethode begreife ich. Aber hinter die Ihrige bin ich noch nicht ganz gekommen.«

»Ich muß gehen«, sagte Pater Brown.

Gemeinsam schritten sie den Gang zur Empfangshalle hinunter, wo sie das frische, sommersprossige Gesicht des Herzogs von Chester erblickten, der ihnen strahlend entgegenschritt.

»Kommen Sie, Pound«, rief er atemlos. »Ich habe Sie

überall gesucht. Das Essen geht weiter und alles klappt prächtig, und der alte Audley soll zu Ehren der geretteten Gabeln eine Rede halten. Wir wollen ein neues Zeremoniell einführen, nicht wahr? Zum Andenken an das Ereignis. Was schlagen Sie vor? Schließlich haben Sie ja die Sachen wieder zurückgebracht.«

»Nun«, erwiderte der Oberst und betrachtete ihn mit leicht sardonischer Zustimmung. »Ich würde vorschlagen, daß wir von nun an alle grüne Fräcke tragen an Stelle der schwarzen. Man weiß nie, was für Verwechslungen vorkommen können, wenn man wie ein Kellner aussieht.«

»Oh, hol's der Henker«, rief der junge Mann, »kein Gentleman sieht je wie ein Kellner aus.«

»Und kein Kellner wie ein Gentleman, nehme ich an«, sagte der Oberst Pound mit demselben leisen Lachen. »Ehrwürden, Ihr Freund muß sehr geschickt gewesen sein, um den Gentleman spielen zu können.«

Pater Brown knöpfte seinen abgetragenen Überzieher bis zum Hals zu, denn die Nacht war windig, und nahm seinen schlichten Schirm aus dem Ständer. »Ja«, sagte er; »es muß schon harte Arbeit sein, als Gentleman zu leben; aber, wissen Sie, manchmal habe ich mir gedacht, daß es ebenso anstrengend sein dürfte, ein Kellner zu sein.«

Und mit einem »Guten Abend« stieß er die schweren Türen dieses Vergnügungspalastes auf. Die goldenen Tore schlossen sich hinter ihm, und mit schnellem Schritt wanderte er durch die dunstigen, finsteren Straßen, um noch einen Omnibus zu erreichen.

Die Sternschnuppen

Das schönste Verbrechen, das ich je begangen habe«, pflegte Flambeau zu sagen, als er zu Jahren gekommen und ungemein moralisch geworden war, »wurde durch ein eigenartiges Zusammentreffen auch zu meinem letzten. Ich verübte es zu Weihnachten. Als Künstler war ich immer bestrebt, meine Verbrechen der jeweiligen Jahreszeit oder der Landschaft, in der ich mich gerade befand, anzupassen, wobei ich für jede besondere Untat die besonders geeignete Terrasse oder einen bestimmten Garten auswählte, wie man das ja auch bei Statuen tut. Landedelleute sollte man nur in großen, holzgetäfelten Räumen betrügen; während wieder jüdische Finanziers sich plötzlich zu ihrer Überraschung im grellen Lichterglanz des Café Riche ohne einen Penny in der Tasche finden müßten. Wenn ich etwa in England einen Dekan von seinen weltlichen Gütern befreien wollte (was nicht so einfach ist, wie man annehmen könnte), wünschte ich – wenn Sie verstehen, was ich meine –, ihn in die grünen Rasenflächen oder die grauen Türme eines alten Bischofssitzes einzurahmen. Ebenso empfand ich künstlerische Befriedigung, wenn in Frankreich, nachdem ich einen reichen, bösartigen Bauern um sein Geld gebracht hatte (was nahezu unmöglich ist), sich sein empörtes Haupt von der dunklen Reihe beschnittener Pappeln und jenen feierlichen gallischen Ebenen abhob, über denen der mächtige Geist Millets ruht.

Nun, mein letztes Verbrechen war ein Weihnachtsverbrechen, ein fröhliches, gemütliches, englisches Mittelstandsverbrechen; ein Verbrechen, wie man es bei Charles Dickens findet. Ich beging es in einem soliden alten Bürgerhaus in der Nähe von Putney, einem Haus mit einer halbrunden Auffahrt, einem Stall und großem Garten, einem Haus mit sauber geschnitztem Namen an beiden Eingangstüren, einem Haus im Schatten eines seltsamen alten Baumes. Sie kennen ja diese Art Häuser. Ich glaube wirklich, ich habe Dickens' Stil geschickt und beinahe literarisch getroffen. Eigentlich ein Jammer, daß ich noch am gleichen Abend in mich ging und meine Laufbahn aufgab.«

Flambeau pflegte dann die Geschichte von innen her aufzurollen, und selbst aus diesem Blickwinkel war sie sonderbar. Von außen betrachtet aber schien sie völlig unverständlich, und doch muß sie ein Fremder gerade von daher studieren. Und von diesem Standpunkt aus könnte man sagen, daß das Drama begann, als sich die Vordertür des Hauses nach dem Garten, in dem der seltsame Baum stand, öffnete und ein junges Mädchen mit Brot herauskam, um an diesem zweiten Weihnachtsnachmittag die Vögel zu füttern. Sie hatte ein hübsches Gesicht mit guten, braunen Augen; wie ihre Gestalt war, konnte man nicht einmal vermuten, denn sie war so tief in braune Pelze vermummt, daß es schwer festzustellen war, wo das Haar anfing und der Pelz aufhörte. Ohne ihr anziehendes Gesicht hätte man sie für einen netten kleinen Zottelbären halten können.

Der Winternachmittag war schon in leichte Abendröte getaucht, und auf den blumenlosen Beeten lag ein fast rubinrotes Licht, in dem die Geister der toten Rosen zu schweben schienen. An der einen Seite des Hauses stand der Stall, an der anderen führte eine Art Allee oder Kreuzgang von Lorbeer zu dem Garten dahinter. Nachdem die junge Dame Brotkrumen für die Vögel gestreut hatte (zum vierten oder fünften Male, da der Hund die Krumen immer wieder wegfraß), ging sie lässig den Lorbeerpfad hinunter zu der schimmernden Immergrünpflanzung, die dahinter lag. Hier stieß sie einen Laut der Überraschung aus – ob echt oder gespielt, war nicht ganz zu unterscheiden – und sah zu der hohen Gartenmauer empor, auf der rittlings eine etwas phantastische Figur saß. »Oh, springen Sie nicht herunter, Mr. Crook«, rief sie erschrocken, »es ist viel zu hoch.«

Die Person, die auf der Gartenmauer wie auf einem Luftroß ritt, war ein großer, ungelenker, junger Mann, dessen dunkles Haar wie eine Bürste hochstand, ein Mann mit gescheiten und charakteristischen Zügen, doch von blassem und beinahe fremdartigem Aussehen. Dieser Eindruck wurde durch eine herausfordernd rote Krawatte unterstrichen – offenbar der einzige Teil seiner Kleidung, auf den er Wert legte. Vielleicht war es ein Sinnbild. Unbekümmert um die ängstliche Bitte des Mädchens sprang er wie ein Grashüpfer neben ihr zu Boden, wobei er ganz gut die Beine hätte brechen können.

»Ich glaube, ich bin eigentlich zum Einbrecher bestimmt«, sagte er ruhig, »und zweifellos wäre ich auch einer, wenn ich nicht zufällig in dem hübschen Haus nebenan geboren wäre. Übrigens finde ich nichts Schlimmes an einem Einbrecher.«

»Wie können Sie nur so reden?« sagte sie vorwurfsvoll.

»Nun«, antwortete der junge Mann, »wenn man auf der falschen Seite der Mauer zur Welt gekommen ist, muß man eben auf die richtige hinübersteigen.«

»Bei Ihnen weiß man nie, was Sie im nächsten Augenblick sagen oder tun werden.«

»Das weiß ich oft selbst nicht«, gab Mr. Crook zurück; »jedenfalls bin ich jetzt auf der richtigen Seite der Mauer.«

»Und wo ist die richtige Seite?« fragte die junge Dame lächelnd.

»Dort, wo Sie sind«, sagte der junge Mann namens Crook.

Als sie gemeinsam durch die Lorbeerbäume zum Vorgarten gingen, ertönte dreimal eine Autohupe, jedesmal etwas näher, und ein Wagen von beachtlicher Geschwindigkeit, großer Eleganz und blaßgrüner Farbe brauste wie ein Vogel bis zur Haustür und blieb dort zitternd stehen.

»Hallo, sieh mal an«, sagte der junge Mann mit der roten Krawatte; »da ist jemand auf der richtigen Seite geboren. Ich wußte gar nicht, Miss Adams, daß Sie über einen so modernen Weihnachtsmann verfügen.«

»Oh, das ist mein Pate, Sir Leopold Fischer. Er besucht uns immer am zweiten Feiertag.«

Dann, nach einer kleinen, unschuldigen Pause, die unbewußt einen Mangel an Begeisterung verriet, fügte Ruby Adams hinzu: »Er tut viel Gutes.«

John Crook, der Journalist, hatte von dem berühmten City-Magnaten gehört; und es war bestimmt nicht sein Fehler, wenn der City-Magnat noch nichts von ihm gehört hatte, denn in gewissen Artikeln des »Clarion« oder der »Neuen Zeit« war Sir Leopold von ihm recht kräftig hergenommen worden. Doch er sagte nichts und beobachtete nur finster das Entladen des Autos, was beträchtliche Zeit in Anspruch nahm. Ein großer netter Chauffeur in Grün stieg vorne aus und ein kleiner netter Diener in Grau hinten, sie stellten Sir Leopold auf der Türschwelle ab und begannen ihn auszuwickeln wie ein besonders zerbrechliches und wertvolles Paket. Genügend Decken, um einen Basar auszustatten, Pelze von allen Tieren des Waldes und Shawls in sämtlichen Regenbogenfarben wurden nacheinander abgewickelt, bis sie etwas enthüllten, was einer menschlichen Gestalt ähnelte: einen freundlichen, jedoch ausländisch anmutenden alten Herrn mit grauem Ziegenbart und strahlendem Lächeln, der seine Pelzhandschuhe aneinander rieb. Lange bevor diese Enthüllung vollendet war, hatten sich die beiden großen Flügeltüren der Vorhalle geöffnet, und Oberst Adams (der Vater der bepelzten jungen Dame) war herausgekommen, um seinen berühmten Gast ins Haus zu bitten. Er war ein hochgewachsener, sonnenverbrannter und sehr schweigsamer Mann, der eine fezartige Hauskappe trug, was ihm das Aussehen eines englischen Sirdars oder ägyptischen Paschas verlieh. Mit ihm kam sein Schwager, der vor einiger Zeit aus Kanada zurückgekehrt war, ein kräftiger und etwas lärmender junger Grundbesitzer mit blondem Bart, der James Blount hieß. Danach erschien noch die recht belanglose Gestalt des Priesters der nahegelegenen römisch-katholischen Kirche; denn die verstorbene Frau des Obersten war Katholikin gewesen, und wie es in solchen Fällen üblich ist, waren die Kinder im gleichen Glauben erzogen worden. Nichts an dem Priester schien bemerkenswert, nicht einmal sein Name, der einfach Brown lautete; doch der Oberst war seltsamerweise der Ansicht, daß er irgendwie ein guter Gesellschafter sei, und lud ihn deshalb oft zu solchen Familientagen ein.

In der großen Vorhalle des Hauses war sogar für Sir Leopold und die Beseitigung seiner letzten Hüllen genügend Raum. Portal, Vorraum und Halle waren im Verhältnis zum übrigen Haus ungewöhnlich breit und bildeten einen einzigen gewaltigen Raum, mit der Eingangstür am einen und dem Treppenaufgang am anderen Ende. Vor dem mächtigen Kaminfeuer der Halle, über dem der Säbel des Obersten hing, war die Prozedur endlich beendigt und die Gesellschaft, einschließlich des düsteren Crook, konnte Sir Leopold Fischer vorgestellt werden. Dieser ehrwürdige Kapitalist indessen schien noch immer mit Teilen seines Anzugs zu kämpfen und zog schließlich aus seiner innersten Gehrocktasche ein schwarzes, ovales Etui hervor, von dem er glückstrahlend erklärte, es sei das Weihnachtsgeschenk für sein Patenkind.

Mit kindlichem Stolz, der etwas Entwaffnendes an sich hatte, hielt er den anderen das Etui hin; ein leichter Druck, es sprang auf, und alle standen wie geblendet. Es war, als ob eine Kristallfontäne vor ihren Augen emporgeschossen sei. In einem Nest aus orangefarbenem Samt lagen wie drei Eier drei weiße, feurige Diamanten, welche die Luft ringsum in Brand zu setzen schienen. Fischer strahlte in lächelnder Befriedigung und berauschte sich an der Verblüffung und dem Entzücken des Mädchens, an der grimmigen Bewunderung und dem bärbeißigen Dank des Obersten, an dem Erstaunen der ganzen Gruppe.

»Ich werde sie wieder wegstecken, Liebling«, sagte Fischer und beförderte das Etui in seinen Rockschoß zurück. »Ich mußte gut darauf aufpassen, als ich hergefahren bin. Es sind die drei afrikanischen Diamanten, die man ›Sternschnuppen‹ nennt, so oft sind sie schon gestohlen worden! Alle großen Verbrecher sind hinter ihnen her, aber selbst die einfachen Leute von der Straße und in den Hotels hätten kaum die Finger davon lassen können, wenn ich sie unterwegs verloren hätte.«

»Was ich nur natürlich fände«, brummte der Mann mit der roten Krawatte. »Ich würde die Leute nicht tadeln, wenn sie sie genommen hätten. Wenn sie um Brot bitten und nicht einmal einen Stein bekommen, können sie sich den Stein ruhig selber nehmen, finde ich.«

»Ich mag es nicht, daß Sie so reden«, rief das Mädchen in seltsamer Erregung. »Seit Sie so ein schrecklicher – ich weiß nicht, was – geworden sind, sprechen Sie nur noch so. Sie wissen schon, was ich meine. Wie nennt man doch einen Mann, der auch einen Kaminkehrer brüderlich umarmen würde?«

»Einen Heiligen«, sagte Pater Brown.

»Ich glaube eher«, bemerkte Sir Leopold mit herablassendem Lächeln, »daß Ruby einen Sozialisten meint.«

»Jemand, der von Radieschen lebt, ist deshalb noch kein Radikaler«, rief Crook heftig; »und wer Konserven vorzieht, muß noch kein Konservativer sein. Ebensowenig ist ein Sozialist ein Mensch, der mit einem Kaminkehrer sozial verkehren möchte. Unter einem Sozialisten versteht man einen Mann, der fordert, daß alle Kamine gekehrt und alle Kaminkehrer dafür bezahlt werden.«

»Der Ihnen aber nicht erlauben würde«, warf der Priester leise ein, »daß Ihnen Ihr eigener Ruß gehört.«

Crook sah ihn interessiert, ja fast respektvoll an. »Möchte denn irgend jemand Ruß besitzen?« fragte er.

»Es könnte schon sein«, antwortete Brown nachdenklich. »Ich habe gehört, daß Gärtner ihn gebrauchen. Und einmal machte ich Weihnachten sechs Kinder glücklich, nur mit Ruß, äußerlich angewendet, als der Weihnachtsmann nicht erschien.«

»Oh, großartig«, rief Ruby. »Ich wünschte, Sie würden es uns heute vormachen.«

Mr. Blount, der geräuschvolle Kanadier, spendete diesem Vorschlag mit lauter Stimme Beifall, und auch der Finanzmann ließ die seinige vernehmen, allerdings durchaus mißbilligend. In diesem Augenblick klopfte es an der vorderen Doppeltür. Der Priester öffnete, und wieder sah man den Vorgarten mit seinem Immergrün, dem hohen alten Baum und allem übrigen; dunkel hob sich jetzt der Garten von einem prächtigen violetten Sonnenuntergang ab. Und die solcherart eingerahmte Szene war so farbenprächtig, so seltsam wie der Hintergrund einer Bühne, daß niemand im Augenblick die unscheinbare Gestalt vor der Tür bemerkte. Es war ein ganz gewöhnlicher Bote, der ein wenig mitgenommen aussah und in einem abgetragenen Mantel steckte.

»Ist jemand von den Herren Mr. Blount?« fragte er und wies unschlüssig einen Brief vor. Mr. Blount hörte mit seinen Begeisterungsrufen auf und griff nach dem Briefumschlag. Offensichtlich überrascht, riß er ihn auf und las; sein Gesicht bewölkte sich ein wenig, heiterte sich aber gleich wieder auf, als er sich an seinen Schwager und Gastgeber wandte.

»Tut mir leid, Schwager, daß ich dir so viele Ungelegenheiten verursache«, entschuldigte er sich in der fröhlich konventionellen Art der Koloniebewohner, »aber würde es dich sehr stören, wenn mich ein alter Bekannter heute abend hier geschäftlich besucht? Es ist Florian, der bekannte französische Knockabout-Komiker; ich habe ihn vor Jahren drüben im Westen kennengelernt (er ist französischer Kanadier von Geburt), und er scheint eine berufliche Sache mit mir vorzuhaben, obgleich ich mir kaum vorstellen kann, was es ist.«

»Natürlich«, erwiderte der Oberst. »Mein lieber Junge,

jeder deiner Freunde ist willkommen. Zweifellos wird er eine Bereicherung unseres Abends bedeuten.«

»Der *wird* sein Gesicht schwarz anmalen, wenn du das meinst«, rief Blount lachend. »Er kann es auch weiß machen, und ich bin sicher, er wird euch allen etwas weismachen. Ich bin allerdings mehr für die alte, lustige Pantomime, wo sich ein Mann auf seinen Zylinder setzt.«

»Bitte nicht auf meinen«, sagte Sir Leopold Fischer würdevoll.

»Immerhin«, bemerkte Crook leichthin, »es gibt billigere Späße, als sich auf einen Hut zu setzen.«

Der rotbeschlipste Jüngling, seine anarchistischen Anschauungen und seine offensichtliche Vertraulichkeit mit dem hübschen Patenkind mißfielen Fischer mehr und mehr; das verleitete ihn, in höchst sarkastisch schulmeisterhafter Art zu erwidern: »Ohne Zweifel haben Sie etwas entdeckt, was noch läppischer ist als das Sitzen auf einem Zylinder.«

»Gewiß, wenn man zum Beispiel den Zylinder auf sich sitzen läßt«, sagte der Sozialist.

»Genug, genug«, rief der kanadische Farmer mit lärmender Gutmütigkeit dazwischen, »wir wollen uns den netten Abend doch nicht verderben! Ich bin dafür, daß wir heute abend etwas wirklich Amüsantes anstellen. Nicht Gesichter schwärzen oder auf Hüten sitzen, wenn Ihnen das nicht gefällt – aber irgend etwas anderes in der Art. Weshalb führen wir nicht eine richtige altenglische Pantomime auf – Clown, Columbine und alles übrige? Als ich England mit zwölf Jahren verließ, habe ich eine gesehen, und die hat seitdem in meinem Geist wie ein Freudenfeuer geleuchtet. Erst voriges Jahr bin ich hierher zurückgekehrt und fand den Brauch der alten Pantomime erloschen. Ich wünsche mir eine rotglühende Feuerzange und einen Polizisten, aus dem man Kleinholz macht, und statt dessen bietet man mir Prinzessinnen, die bei Mondschein Moral predigen. Blaue Vögel und dergleichen! Blaubart wäre mehr in meiner Richtung, und ich fand immer am nettesten, wie er sich in den Hanswurst verwandelte.«

»Ich bin sehr dafür, aus dem Polizisten Kleinholz zu machen«, sagte John Crook. »Es ist eine bessere Definition des Sozialismus als alle vorher gegebenen ... Aber die Improvisation einer altenglischen Pantomime ist höchstwahrscheinlich sehr schwierig.«

»Nicht die Spur«, rief Blount, nun völlig hingerissen. »Eine Hanswurstiade läßt sich am allerleichtesten aufführen, aus zwei Gründen. Erstens kann man eben sehr viel improvisieren, und zweitens braucht man eigentlich nur Dinge aus dem Haushalt – Tische und Handtuchhalter und Waschkörbe und solche Sachen.«

»Stimmt«, bestätigte Crook, nickte eifrig und ging auf und ab. »Ich fürchte nur, ich kann keine Polizistenuniform auftreiben. In der letzten Zeit habe ich keinen Polizisten umgebracht.«

Blount runzelte eine Weile nachdenklich die Stirn, dann schlug er sich auf die Schenkel und rief: »Doch, wir können. Ich habe Florians Adresse, und er kennt jeden Maskenverleiher in London. Ich will ihn anrufen, er soll eine Uniform mitbringen.« Und entschlossen ging er zum Telefon.

»Oh, das wird lustig, Pate«, rief Ruby und tanzte fast vor Begeisterung. »Ich werde Columbine sein und du der Hanswurst.«

»Ich glaube, Liebling, du mußt dir einen anderen Hanswurst suchen«, sagte der Millionär steif und mit fast heidnischer Würde. »Wenn du willst, spiele ich den Hanswurst«, sagte Oberst Adams, der damit zum ersten und letzten Male zu diesem Thema sprach, und nahm die Zigarre aus dem Mund.

»Du verdienst ein Denkmal«, rief der Kanadier, der eben strahlend vom Telefon zurückkam. »Jetzt haben wir alles beisammen. Mr. Crook kann der Clown sein; als Journalist kennt er alle abgedroschenen Witze. Ich kann Harlekin sein, dazu braucht man nur lange Beine und muß herumhopsen können. Mein Freund Florian bringt die Polizistenuniform mit und zieht sich schon unterwegs um. Wir können gleich hier in der Halle spielen, die Zuschauer haben auf den Treppenstufen Platz, eine Reihe über der anderen. Die Vordertüren bilden den Hintergrund, offen wie geschlossen. Geschlossen sieht man das Innere eines englischen Hauses, offen einen Garten im Mondschein. Alles klappt wie durch Zauberei.«

Er holte ein Stück Billardkreide heraus, das er zufällig in der Tasche hatte, lief durch die Halle und zog zwischen Eingangstür und Treppe die Linie für die Rampenlichter.

Wie selbst eine so improvisierte Veranstaltung rechtzeitig fertig werden konnte, war rätselhaft. Aber sie gingen mit jenem unbekümmerten Eifer daran, den man findet, wenn junge Leute im Haus sind; und Leidenschaft der Jugend war da, wenn sich auch nicht alle über die beiden Gesichter und Herzen, in denen sie brannte, im klaren waren. Wie es immer so geht, führte grade das sonst überzahme bourgeoise Milieu zu immer tolleren Einfällen. Columbine sah reizend aus in ihrem abstehenden Rock, der eine verdächtige Ähnlichkeit mit dem Lampenschirm aus dem Wohnzimmer hatte. Clown und Hanswurst puderten sich mit Mehl aus der Küche, und die rote Farbe lieferte irgendein anderer Dienstbote, der wie alle wahrhaft christlichen Wohltäter ungenannt bleiben soll. Der Harlekin, mit Silberpapier aus alten Zigarrenkisten bekleidet, konnte nur mit Mühe davon abgehalten werden, den alten viktorianischen Kronleuchter zu plündern, um sich mit den Kristallstücken zu schmücken. Und er hätte es auch getan, wenn Ruby nicht irgendwo ein paar vergessene Theaterjuwelen ausgegraben hätte, die sie einmal auf einem Maskenball als Diamantenkönigin getragen hatte. Ihr Onkel, James Blount, war vor Spielfreude tatsächlich fast aus dem Häuschen; er war wie ein Schuljunge. Dem Pater Brown setzte er heimlich einen papiernen Eselskopf auf, den dieser geduldig trug; ja der Priester enthüllte dabei noch die private Fähigkeit, mit den Ohren zu wackeln. Blount versuchte sogar, Sir Leopold Fischer einen Papierschwanz an die Rockschöße zu stecken, was allerdings stirnrunzelnd abgelehnt wurde.

»Onkel ist zu verrückt«, rief Ruby Crook zu, um dessen Schultern sie mit großem Ernst einen Kranz Würste geschlungen hatte. »Warum benimmt er sich so wild?«

»Der richtige Harlekin zu Ihrer Columbine«, erwiderte Crook. »Ich bin nur der Clown, der die alten Späße macht.«

»Ich wünschte, Sie wären der Harlekin«, sagte sie und schwang den Wurstkranz.

Obwohl Pater Brown jede Einzelheit, die hinter der Bühne vorbereitet wurde, kannte und durch die Verwandlung eines Kissens in ein Pantomimenbaby sogar selbst Beifall geerntet hatte, begab er sich doch in den Zuschauerraum und setzte sich mit all der feierlichen Erwartung eines Kindes, das zum erstenmal ins Theater geht, unter das Publikum. Es gab nur wenige Zuschauer; ein paar

Freunde und Bekannte aus dem Ort und die Dienstboten. Sir Leopold Fischer saß in der Mitte, und seine breite Gestalt mit dem Pelz, den er immer noch um den Hals hängen hatte, nahm dem kleinen Geistlichen hinter ihm fast ganz die Aussicht, doch ist von keinem Kunstausschuß festgestellt worden, ob ihm dadurch viel entging. Die Pantomime war äußerst chaotisch, doch nicht zu verachten; sie war erfüllt von wilder Improvisation, die hauptsächlich von Crook, dem Clown, ausging. Er war auch sonst ein gescheiter Mann, aber an diesem Abend war er von so phantastischer Allwissenheit erfüllt, von einer die Welt an Weisheit überflügelnden Narrheit, wie sie einen jungen Mann überkommt, der für einen Augenblick einen bestimmten Ausdruck auf einem bestimmten Gesicht erblickt hat. Eigentlich sollte er nur den Clown spielen, in Wirklichkeit aber war er beinahe alles andere auch, der Autor (soweit von einem solchen die Rede sein konnte), der Souffleur, der Bühnenbildner, der Regisseur und vor allem das Orchester. Mitten in der zügellosen Vorstellung wirbelte er im Kostüm ans Klavier und hämmerte irgendein verrücktes, passendes Musikstück herunter.

Höhepunkt der Pantomime und überhaupt des ganzen Abends war der Augenblick, als die Flügeltüren im Hintergrund der Bühne aufflogen und den lieblich vom Mond überfluteten Garten zeigten, doch noch deutlicher den berühmten Künstler und Gast – den großen Florian, als Polizisten verkleidet. Der Clown am Klavier spielte den Schutzmannchor aus den »Piraten von Penzance«, doch er ertrank in dem betäubenden Beifall, denn jede Bewegung des großen Komikers war eine wundervolle, nicht übertriebene Darstellung des Auftretens und Benehmens eines wirklichen Polizisten. Der Harlekin sprang auf ihn los und hieb ihn über den Helm; der Pianist spielte: »Wo hast du denn die schönen blauen Augen her?«, der Polizist blickte sich in wunderbar gemimtem Staunen um, dann versetzte ihm der Harlekin noch einen Schlag (während der Pianist mit ein paar Takten von »Immer mal wieder« nachhalf). Dann warf sich der Harlekin dem Polizisten direkt in die Arme und fiel unter tosendem Beifall auf ihn drauf. An dieser Stelle gab der fremde Schauspieler jene berühmte Darstellung eines Toten zum besten, von der man sich in Putney noch heute erzählt. Es schien fast unglaublich, daß ein lebender Mensch so blaß und benommen aussehen konnte.

Der athletische Harlekin warf ihn wie einen Mehlsack hin und her oder schwang ihn wie eine indische Keule, während gleichzeitig die passendsten und unpassendsten Melodien vom Klavier her ertönten. Als der Harlekin den komischen Polizisten keuchend vom Boden aufhob, spielte der Clown: »Reich mir die Hand, mein Leben.« Als er ihn den Rücken herunterrutschen ließ, »Ich bin nur ein armer Wandergesell«, und als der Harlekin schließlich den Schutzmann mit einem sehr überzeugenden Plumps fallen ließ, schlug der Verrückte am Klavier ein wirbelndes Tempo an, begleitet von ein paar Worten, die klangen wie »Ich schickte meiner Liebsten einen Brief, doch unterwegs verlor ich ihn.«

Etwa bei diesem Höhepunkt geistiger Anarchie verdunkelte sich Pater Browns Aussicht vollständig; denn der City-Magnat vor ihm erhob sich zu voller Höhe und suchte mit den Händen in allen seinen Taschen herum. Dann setzte er sich, noch immer nervös kramend, wieder hin, um gleich wieder aufzustehen. Einen Augenblick lang schien es, als wolle er allen Ernstes über die Rampenlichter steigen; dann warf er einen durchdringenden Blick auf den klavierspielenden Clown und stürzte ohne ein Wort zu sprechen aus dem Raum.

Der Priester sah noch ein paar Minuten länger dem tollen, aber nicht ungewandten Kriegstanz des Harlekins um sein herrlich bewußtloses Opfer zu. Mit wirklicher, wenn auch etwas primitiver Kunst tanzte der Harlekin langsam zur Tür hinaus in den Garten, der voller Mondlicht und Frieden war. Das aus Silberpapier zusammengekleisterte Kostüm, das im Schein der Lichter zu grell gewirkt hatte, sah nun weitaus zauberhafter und silberner aus, als er im Schimmer des Mondes davontanzte. Das Publikum klatschte begeistert. Plötzlich wurde Pater Brown heftig am Arm ergriffen und flüsternd in das Arbeitszimmer des Obersten gebeten.

Er folgte dieser Aufforderung mit wachsender Besorgnis, die nicht einmal durch die feierliche Komik der Szene im Arbeitszimmer zerstreut wurde. Dort saß Oberst Adams, immer noch unverändert als Hanswurst verkleidet, dem das knochige Walbein über der Stirn tanzte, doch seine armen, alten Augen blickten traurig drein in dem Gefühl, ein Spielverderber sein zu müssen. Sir Leopold Fischer lehnte am Kaminsims und trug alle Anzeichen des Entsetzens an sich.

»Es ist eine sehr peinliche Geschichte, Pater Brown«, begann Adams. »Um mich kurz zu fassen: die Diamanten, die wir alle heute nachmittag gesehen haben, sind aus dem Rockschoß meines Freundes verschwunden. Und da Sie –«

»Da ich«, ergänzte Pater Brown mit breitem Grinsen, »genau hinter ihm saß –«

»Nichts dergleichen soll angedeutet werden«, fiel

Oberst Adams mit einem festen Blick auf Fischer ein, dessen Augen eher bestätigten, daß etwas Ähnliches angedeutet worden war. »Ich bitte Sie nur um den Beistand, den mir jeder Ehrenmann geben würde.«

»Nämlich, daß er seine Taschen umkehrt«, sagte Pater Brown und fing gleich damit an, wobei ein paar Kupfermünzen, eine Rückfahrkarte, ein kleines silbernes Kruzifix, ein schmales Brevier und ein Stück Schokolade zum Vorschein kamen.

Der Oberst betrachtete ihn lange und sagte dann: »Wissen Sie, ich würde lieber den Inhalt Ihres Kopfes als den Ihrer Taschen kennenlernen. Meine Tochter gehört zu Ihren Glaubensgenossen; nun, sie hat vor kurzem –« und er stockte.

»Sie hat vor kurzem«, rief der alte Fischer dazwischen, »ihres Vaters Haus einem halsabschneiderischen Sozialisten geöffnet, der ohne Scheu erklärt, er würde von einem Reicheren alles stehlen. Das ist das Um und Auf der Sache. Denn hier haben wir den Reicheren – und jetzt doch um nichts reicheren.«

»Wenn Sie der Inhalt meines Kopfes interessiert, den können Sie haben«, sagte Pater Brown etwas müde. »Was er wert ist, können Sie mir später erzählen. Doch das erste, was ich in diesem nicht sehr bedeutenden Kopf finde, ist dies: Männer, die Diamanten stehlen wollen, sprechen nicht über Sozialismus. Sie neigen eher dazu«, fügte er ernsthaft hinzu, »ihn anzuklagen.« Die anderen beiden sahen grimmig drein, und der Priester fuhr fort: »Wir kennen ja solche Leute mehr oder weniger. Dieser Sozialist würde ebensowenig einen Diamanten stehlen wie eine Pyramide. Nein. Wir müssen sofort nach dem einzigen Mann sehen, den wir nicht kennen. Und das ist der Bursche, der den Schutzmann spielte – Florian. Ich wüßte gern, wo er in diesem Augenblick steckt.«

Der Hanswurst sprang auf und ging mit langen Schritten aus dem Zimmer. Eine Pause folgte, während der Millionär den Priester anstarrte und der Priester sein Brevier; dann kam der Hanswurst zurück und berichtete mit abgehackter Würde: »Der Schutzmann liegt noch immer auf der Bühne. Der Vorhang ist schon sechsmal auf- und niedergegangen, aber er liegt noch immer dort.«

Pater Brown ließ sein Buch sinken und stand da, ein Bild völliger geistiger Niederlage. Nur sehr langsam flackerte Erkenntnis in seinen grauen Augen auf; und dann stellte er eine völlig absurde Frage: »Bitte, verzeihen Sie, Oberst, aber wann ist Ihre Frau gestorben?«

»Meine Frau!« wiederholte der Oberst verblüfft, »vor einem Jahr und zwei Monaten. Ihr Bruder James kam leider eine Woche zu spät und konnte sie nicht mehr sehen.«

Der kleine Priester machte einen Sprung wie ein angeschossenes Kaninchen. »Vorwärts!« rief er in ungewöhnlicher Erregung. »Vorwärts! Wir müssen uns um diesen Schutzmann kümmern!« Sie eilten durch den Vorhang auf die Bühne, drängten sich roh zwischen Columbine und Clown (die sehr befriedigt miteinander zu flüstern schienen), und Pater Brown beugte sich über den am Boden liegenden, komischen Schutzmann.

»Chloroform«, sagte er, als er aufstand; »es fiel mir eben erst ein.«

Ein erschrecktes Schweigen war die Antwort, und dann sagte der Oberst langsam: »Bitte, erklären Sie uns doch genau, was das alles bedeutet.«

Pater Brown schüttelte sich vor Lachen, dann hielt er

inne und kämpfte nur noch einmal dagegen an, während er weitersprach.

»Meine Herren«, keuchte er, »wir haben nicht viel Zeit zum Reden. Ich muß dem Verbrecher nachlaufen. Doch dieser große französische Schauspieler, der so überzeugend den Schutzmann gespielt hat – dessen Körper der Harlekin geschaukelt und herumgewälzt und herumgeworfen hat –, der war –« Die Stimme versagte ihm, und er drehte ihnen den Rücken zu.

»Der war was?« fragte Fischer streng.

»Ein wirklicher Schutzmann«, sagte Pater Brown und verschwand im Dunkel.

Am Ende des dichtbewachsenen Gartens gab es Hecken und Lauben, deren Lorbeer und immergrünes Buschwerk sich sogar jetzt im tiefsten Winter von dem Saphirhimmel und dem Silbermond in warmen, südlichen Farbtönen abhoben. Das freundliche Grün des sich wiegenden Lorbeers, das satte Purpurindigo der Nacht, der einem riesigen Kristall ähnelnde Mond ergaben ein fast unverantwortlich romantisches Bild. Und zwischen den höchsten Zweigen der Bäume klettert eine seltsame Gestalt, die weniger romantisch als völlig phantastisch wirkt. Sie glitzert von Kopf bis Fuß, als wäre sie mit zehn Millionen Monden bekleidet; bei jeder Bewegung fällt das echte Mondlicht auf sie und setzt einen neuen Fleck an ihr in Feuer. Aber funkelnd und gewandt schwingt sie sich von den niedrigen Bäumen des Gartens zu den höheren, und sie hält nur einen Augenblick inne, weil ein Schatten unten dahingeglitten ist und unverkennbar zu ihr hinaufgerufen hat.

»Ja, Flambeau«, sagte die Stimme, »Sie sehen wirklich wie eine Sternschnuppe aus; aber im Grunde versteht man darunter immer einen fallenden Stern.«

Die silberne, glitzernde Gestalt oben scheint sich über den Lorbeer zu neigen, und da sie ohnehin leicht entkommen kann, hört sie der kleinen Gestalt unten zu.

»Sie haben niemals Besseres geleistet, Flambeau. Es war eine kluge Idee, aus Kanada zu kommen (vermutlich mit einem Pariser Billett); genau eine Woche nach Mrs. Adams Tod, als keiner in der Stimmung war, Fragen zu stellen. Noch klüger war es, sich die Sternschnuppen und den Tag von Fischers Ankunft vorzumerken. Aber es war nicht nur Klugheit, sondern wirkliches Genie in dem, was dann folgte. Der Diebstahl der Steine war wohl keine Kunst für Sie. Sie hätten es durch einen Taschenspielertrick auf hundert andere Arten fertiggebracht, auch wenn Sie nicht vorgegeben hätten, einen Papierschwanz an Fischers Rock zu heften. In allem übrigen aber haben Sie sich selbst übertroffen.«

Die silberne Gestalt im Grün der Blätter scheint wie hypnotisiert zu zögern, obwohl die Flucht nach rückwärts ganz einfach ist; sie starrt auf den Mann dort unten.

»O ja«, fuhr der Mann dort unten fort, »ich kenne die ganze Geschichte. Ich weiß, Sie haben die Pantomime nicht nur angeregt und durchgesetzt, sondern sie zu einem doppelten Zweck benutzt. Sie haben in aller Ruhe die Steine gestohlen; dann erfahren Sie von einem Komplizen, daß Sie verdächtigt werden und ein tüchtiger Polizeioffizier bereits unterwegs ist, um Sie noch am gleichen Abend zu verhaften. Ein gewöhnlicher Dieb wäre für die Warnung dankbar gewesen und hätte sich aus dem Staub gemacht; doch Sie sind ein Dichter. Sie waren bereits auf die Idee verfallen, die Diamanten im Glanz der falschen Theaterjuwelen Ihres Kostüms zu verbergen. Nun begreifen Sie, daß zum Gewand eines Harlekins das Erscheinen eines Polizisten recht gut passen würde. Der brave Offizier kam von der Polizeiwache in Putney, um Sie festzunehmen, und geriet in die merkwürdigste Falle, die je in dieser Welt gestellt worden ist. Als sich die Flügeltüren des Hauses öffneten, marschierte er direkt auf die Bühne einer Weihnachtspantomime, wo er von dem tanzenden Harlekin unter dem schallenden Gelächter aller ehrenwerten Leute von Putney geschlagen, gestoßen, herumgewirbelt und betäubt werden konnte. Oh, Sie werden nie mehr etwas Besseres leisten! Und jetzt könnten Sie mir eigentlich diese Diamanten zurückgeben.«

Der grüne Zweig, auf dem die glitzernde Gestalt schaukelte, raschelte wie in Erstaunen; doch die Stimme fuhr fort.

»Ich möchte wirklich, daß Sie sie zurückgeben, Flambeau, und ich möchte auch, daß Sie dieses Leben aufgeben. Noch steckt Jugend, Ehrgefühl und Humor in Ihnen; bilden Sie sich nicht ein, die würden bei diesem Gewerbe lange vorhalten. Man kann sich vielleicht auf einer gewissen Stufe des Guten halten, doch beim Bösen hat das noch kein Mensch vermocht. Dort führt der Weg nur immer weiter abwärts. Ein freundlicher Mensch trinkt und wird grausam; ein aufrichtiger Mensch tötet und leugnet es ab. Ich habe manchen gekannt, der gleich Ihnen damit anfing, ein ehrbarer Gesetzesverächter zu sein, der munter nur die Reichen beraubte und damit endete, daß er im Schlamm erstickte. Maurice Blum begann als überzeugter Anarchist, ein Vater der Armen; er endete als schäbiger Spion und Angeber, den beide Seiten ausnützten und verachteten. Harry Burke gründete seine Bewegung zur Beseitigung des Geldes reinen Herzens; jetzt schmarotzt er bei seiner halb verhungerten Schwester und bettelt um endlose Schnäpse. Lord Amber begab sich gewissermaßen aus Ritterlichkeit in eine wüste Gesellschaft; jetzt läßt er sich von den übelsten Geiern Londons erpressen. Hauptmann Barillon war der große Gentleman-Verbrecher vor Ihrer Zeit; er starb im Irrenhaus, heulend in Angst vor den Spitzeln und Hehlern, die ihn betrogen und zu Tode gehetzt haben. Ich weiß, Flambeau, die Wälder hinter Ihnen sehen offen und grenzenlos aus; ich weiß, Sie können im Nu wie ein Affe darin verschwinden. Aber eines Tages, Flambeau, werden Sie ein alter grauer Affe sein. Sie werden auf Ihrem Baum im Wald sitzen mit kaltem Herzen und dem Tode nahe, und die Baumwipfel werden sehr kahl sein.«

Alles blieb still, als wenn der kleine Mann unten den anderen auf dem Baum an einer langen, unsichtbaren Leine hielte; und er fuhr fort:

»Ihr Abstieg hat bereits begonnen. Sie haben sich immer gerühmt, nichts Gemeines zu tun, aber heute abend tun Sie etwas Gemeines. Sie bringen einen ehrlichen Jungen, gegen den schon einiges spricht, noch mehr in Verdacht; Sie trennen ihn von der Frau, die er liebt und die ihn liebt. Und Sie werden noch Gemeineres tun, ehe Sie sterben.«

Drei funkelnde Diamanten fielen vom Baum auf den Rasen. Der kleine Mann bückte sich, um sie aufzuheben, und als er wieder zu dem grünen Gitterwerk des Baumes emporblickte, war der silberne Vogel fort. Die Rückgabe der Schmuckstücke (die ausgerechnet der kurzsichtige Pater Brown zufällig aufgelesen hatte), beschloß den Abend mit ungeheurem Triumph; und Sir Leopold Fischer, in strahlendster Laune, versicherte dem Priester sogar, er selbst sei natürlich viel aufgeschlossener für alles in der Welt, aber dennoch könne er jene achten, deren Glaube sie zu Abgeschlossenheit und Weltfremdheit verurteile.

Der Unsichtbare

In dem kühlen blauen Zwielicht zweier steiler Straßen in Camden Town glühte die Konditorei an der Ecke wie das Ende einer Zigarre. Oder vielleicht eher wie die Glutreste eines Feuerwerks; denn das vielfarbig zusammengesetzte Licht brach sich in zahlreichen Spiegelscheiben und tanzte auf den vergoldeten fröhlich-bunten Kuchen und Süßigkeiten. An dieses flammende Glas preßten sich die Nasen der Gassenjungen, denn all die Schokolade war in jenes metallische Rot und Gold und Grün eingewickelt, das fast noch besser ist als die Schokolade selbst; und der riesige weiße Hochzeitskuchen im Schaufenster war irgendwie unerreichbar und anziehend, gerade so, als wäre der ganze Nordpol ein delikates Gebäck. Solch herausfordernder Regenbogenglanz mußte natürlich die Jugend der Nachbarschaft bis zu zehn oder zwölf Jahren anlocken. Doch diese Ecke war offenbar auch für die reifere Jugend anziehend; denn ein junger Mann, bestimmt schon an die Vierundzwanzig, starrte in eben dieses Schaufenster. Auch für ihn hatte der Laden einen magischen Glanz; doch kam in seinem Fall die Anziehungskraft wohl nicht völlig von der Schokolade, obwohl er sie keineswegs verachtete.

Der junge Mann war groß und kräftig, rothaarig und mit einem entschlossenen Gesicht, doch gelassen in seinem Wesen. Unterm Arm trug er eine flache, graue Mappe mit Federzeichnungen, die er mit mehr oder weniger Erfolg an Verleger verkaufte, seit ihn sein Onkel, ein Admiral, als »Sozialisten« enterbt hatte, auf Grund eines Vortrags, den er *gegen* dieses Wirtschaftssystem gehalten hatte. Er hieß John Turnbull Angus.

Schließlich trat er ein, ging durch die Konditorei in das Hinterzimmer, eine Art von billigem Restaurant, und lüftete im Vorbeigehen lässig den Hut vor der jungen Dame, die im Laden bediente. Sie war ein brünettes, flinkes Mädchen, nett in Schwarz gekleidet, mit frischen Farben und sehr lebhaften dunklen Augen. Nach einer angemessenen Pause begab sie sich zu seinem Tisch, um nach seinen Wünschen zu fragen.

Er bestellte das gleiche wie immer.

»Ich möchte bitte«, sagte er sehr deutlich, »einen Fünfpfennigwecken und eine kleine Tasse schwarzen Kaffee.« Und eine Sekunde bevor das Mädchen ging, fügte er hinzu: »Außerdem möchte ich, daß Sie mich heiraten.«

Das junge Ladenmädchen wurde plötzlich steif: »Solche Scherze verbitte ich mir«, sagte sie.

Der rothaarige Jüngling richtete seine grauen Augen mit unerwartetem Ernst auf sie.

»Wirklich und wahrhaftig«, sagte er, »es ist mir ernst – so ernst wie mit dem Fünfpfennigwecken. Es ist kostspielig wie der Wecken, man muß dafür zahlen. Es ist unverdaulich wie der Wecken. Es tut weh.«

Das brünette Fräulein hatte die dunklen Augen nicht von ihm gewandt, sie schien ihn mit fast tragischer Genauigkeit zu erforschen. Als sie damit fertig war, hatte ihr Gesicht den Anflug eines Lächelns, und dann setzte sie sich zu ihm.

»Finden Sie nicht«, bemerkte Angus so ebenhin, »daß es eigentlich grausam ist, Fünfpfennigwecken zu essen? Sie könnten zu Groschenwecken heranwachsen. Ich werde diesen rohen Sport aufgeben, wenn wir verheiratet sind.«

Das brünette Fräulein stand auf und trat ans Fenster, offenbar von ernsten, doch nicht unfreundlichen Gedanken bewegt. Als sie sich endlich mit entschlossener Miene wieder umwandte, sah sie mit einiger Verwirrung, daß der junge Mann verschiedene Dinge aus dem Schaufenster sorgfältig auf dem Tisch aufbaute, unter anderem eine Pyramide farbfroher Süßigkeiten, mehrere Teller Sandwiches und jene beiden Karaffen voll von geheimnisvollem Portwein und Sherry, die man in solch englischen Konditoreien findet. In die Mitte dieses netten Aufbaus hatte er sorgfältig den riesigen weißen Zuckerkuchen gestellt, das Prunkstück des Fensters.

»Was in aller Welt tun Sie denn da?« fragte sie.

»Meine Pflicht, liebe Laura«, hub er an.

»Oh, um Himmels willen, hören Sie endlich auf, so zu reden!« rief sie. »Ich meine, was bedeutet das alles?«

»Ein Hochzeitsessen, Miss Hope.«

»Und was ist das?« fragte sie gereizt und zeigte auf das Zuckergebirge.

»Der Hochzeitskuchen, Mrs. Angus!« sagte er.

Das Mädchen ging nun zum Angriff an, hob den Kuchen ziemlich geräuschvoll hoch und stellte ihn wieder ins Schaufenster; dann kam sie zurück, stützte die zierlichen Ellenbogen auf den Tisch und blickte den jungen Mann nicht ungnädig, aber mit leicht komischer Verzweiflung an.

»Sie lassen mir überhaupt keine Zeit zum Überlegen«, sagte sie. »So ein Narr bin ich nicht«, antwortete er, »das ist eben meine Art von christlicher Demut.«

Sie sah ihn immer noch an, doch hinter ihrem Lächeln war sie viel ernster geworden.

»Mr. Angus«, sagte sie fest, »bevor Sie diesen Unsinn auch nur eine Minute länger fortsetzen, muß ich Ihnen, so kurz es geht, einiges über mich selbst erzählen.«

»Sehr angenehm«, erwiderte Angus mit gravitätischer Miene, »Sie können mir bei der Gelegenheit auch gleich etwas über mich erzählen.«

»Oh, seien Sie endlich still und hören Sie zu«, sagte sie. »Es ist nichts, dessen ich mich schämen muß, sogar nichts, das mir besonders leid tut. Aber nehmen wir an: etwas verfolgte mich ständig wie ein Alptraum, etwas, das mich im Grunde gar nichts angeht – was dann?«

»Dann«, sagte der junge Mann ernsthaft, »dann würde ich vorschlagen, den Kuchen wieder zurückzubringen.«

»Nein, zuerst müssen Sie die Geschichte hören«, erwiderte Laura entschieden. »Zunächst müssen Sie wissen, daß meinem Vater das Gasthaus ›Zum Goldfisch‹ in Ludbury gehörte und ich in der Bar die Gäste zu bedienen pflegte.«

»Ich habe mich schon oft gefragt«, sagte er, »woher diese Konditorei einen gewissen christlichen Anstrich hat.«

»Ludbury«, fuhr das Mädchen fort, »ist ein verschlafenes, grünes Nest in Ostengland, und die einzigen netteren Leute, die in den ›Goldfisch‹ kamen, waren hin und wieder Handlungsreisende; im übrigen verkehrte dort die schrecklichste Gesellschaft, die es gibt; nur wissen Sie nicht, daß es sie gibt. Ich meine kleine, schäbige Tunichtgute, die grade genug zum Leben hatten und nichts anderes zu tun, als sich im Wirtshaus herumzutreiben und auf Pferde zu wetten. Leute, deren Anzüge viel feiner waren als sie selbst. Aber nicht mal diese verkommenen jungen Kerle waren oft bei uns zu sehen; gewöhnlich kamen nur zwei – und mein Gott, *wie* gewöhnlich sie waren. Beide besaßen etwas Geld, beide waren ekelhaft faul und überelegant. Trotzdem taten sie mir ein bißchen leid, denn ich glaube fast, sie schlichen sich nur deshalb in unsere kleine, leere Kneipe, weil beide einen kleinen Körperfehler hatten, über den unsere Bauerntölpel lachten. Sie waren nicht direkt verunstaltet, sondern eher sonderbar. Der eine war auffallend klein, fast wie ein Zwerg oder wenigstens wie ein Jockey. Freilich sah er keineswegs wie ein Jockey aus mit seinem runden schwarzen Kopf, seinem gepflegten schwarzen Bart und den lebhaften Vogelaugen. Er klimperte mit dem Geld in der Tasche oder spielte mit seiner dicken goldenen Uhrkette; er kehrte zu sehr den Gentleman heraus, um wirklich einer zu sein. Dabei war er kein Dummkopf, nur eben ein richtiger Müßiggänger, merkwürdig geschickt in allerlei brotlosen Künsten, so etwas wie ein Gelegenheitszauberer; mit fünfzehn Streichhölzern, die sich gegenseitig entzündeten, entfachte er ein richtiges Feuerwerk; oder er verwandelte eine Banane im Nu zu einer tanzenden Puppe. Er hieß Isidor Smythe, und ich sehe ihn noch vor mir mit seinem kleinen, dunklen Gesicht, wie er an den Schanktisch kam und aus fünf Zigarren ein hüpfendes Känguruh machte.

Der andere Bursche war ruhiger und gewöhnlicher; trotzdem beunruhigte er mich weit mehr als der arme kleine Smythe. Er war sehr groß und schlank, hatte helles Haar und eine scharfgebogene Nase; in einer etwas gespenstischen Art wirkte er fast schön; nur schielte er so gräßlich, wie ich das nie vorher gesehen hatte. Wenn er einen fest ansah, wußte man nie recht, wo man selbst war, geschweige denn, wo er hinschaute. Ich glaube, dies entstellte Aussehen erbitterte den armen Kerl ein wenig, denn während Smythe bereit war, seine Kunststücke bei jeder Gelegenheit vorzuführen, hockte James Welkin – so hieß der Schielende – immer nur in unserer Schankstube herum oder machte auf dem flachen, grauen Land ringsum lange, einsame Spaziergänge. Sicher war auch Smythe seiner kleinen Gestalt wegen etwas empfindlich, aber er verstand, es klüger zu verbergen. So lagen die Dinge. Und ich geriet ziemlich außer Fassung, als mir beide in der gleichen Woche einen Heiratsantrag machten.

Nun, ich tat etwas, das ich inzwischen als töricht erkannt habe. Aber schließlich waren diese abstoßenden Menschen in gewissem Sinn meine Freunde, und es war mir schrecklich zu denken, sie könnten hinter den wahren Grund meiner Ablehnung kommen: daß sie nämlich so unmöglich häßlich waren. Deshalb redete ich ihnen ein, ich würde nur einen Mann heiraten, der es aus eigener Kraft zu etwas gebracht hätte. Ich sagte, ich wolle grundsätzlich nicht von ihrem ererbten Geld leben. Zwei Tage nach dieser gutgemeinten Erklärung begann das ganze Unheil. Ich hörte, daß beide ausgezogen seien, ihr Glück zu machen, als ob sie in irgendeinem dummen Märchen lebten. Nun, seitdem habe ich keinen von ihnen mehr gesehen. Aber von dem kleinen Smythe erhielt ich zwei Briefe, und die waren wirklich ziemlich aufregend.«

»Von dem anderen Mann haben Sie nie was gehört?« fragte Angus.

Das Mädchen zögerte einen Augenblick. »Nein«, sagte sie, »er hat nie geschrieben. In Smythes erstem Brief stand nur, er sei zusammen mit Welkin nach London gegangen; aber der war so gut zu Fuß, daß der kleine Mann zurückblieb und sich am Straßenrand ausruhte. Zufällig kam ein Wanderzirkus vorbei und nahm ihn mit. Und weil er nicht nur ein halber Zwerg war, sondern auch ein besonders geschickter Kerl, kam er in dieser neuen Laufbahn ganz gut voran. Das war sein erster Brief. Den zweiten, der wesentlich spannender war, erhielt ich erst letzte Woche.«

Der Mann namens Angus trank seinen Kaffee aus und betrachtete sie mit ruhigen, geduldigen Augen. Ihr Mund verzog sich zu einem leichten Lächeln, als sie fortfuhr:

»Sie haben wohl an den Plakatsäulen all die Ankündigungen über ›Smythes Stumme Diener‹ gelesen. Sonst wären Sie jedenfalls der einzige, der nichts davon weiß. Ich versteh ja nicht viel davon, aber es ist irgendein Uhrwerk, durch das Maschinen alle Hausarbeit verrichten. Sie wissen doch: ›Drücken Sie auf den Knopf – ein Butler, der niemals trinkt.‹ ›Drehen Sie den Griff – zehn Dienstmädchen, die nie flirten.‹ Sie müssen die Plakate schon gesehen haben. Nun, was immer mit den Maschinen los ist, jedenfalls bringen sie haufenweise Geld ein, und alles diesem kleinen Kobold, den ich da unten in Ludbury kannte. Ich freue mich ja, daß der arme Junge jetzt festen Boden unter den Füßen hat; aber schlicht herausgesagt, ich hab Angst, daß er jeden Moment hier auftaucht und mir erzählt, er habe es aus eigener Kraft zu etwas gebracht. Und das hat er ja wirklich.«

»Und der andere?« wiederholte Angus mit hartnäckiger Gelassenheit.

Laura Hope stand plötzlich auf. »Mein Freund«, sagte sie, »Sie sind ein Zauberer. Ja, Sie haben ganz recht. Ich habe von dem anderen Mann keine Zeile gesehen; und ich habe nicht die geringste Ahnung, was oder wo er ist. Aber gerade vor ihm fürchte ich mich so. Er ist immer in meiner

Nähe. Und er ist es, der mich halb verrückt gemacht hat. Ich glaube sogar, ganz verrückt; denn ich fühle, er ist da, wenn er gar nicht da sein kann, und ich höre seine Stimme, wo ich sie unmöglich hören kann.«

»Nun, meine Liebe«, sagte der junge Mann heiter, »und wenn er der Teufel selbst wäre, sein Handwerk wäre gelegt; denn jetzt haben Sie jemandem davon erzählt. Verrückt wird man, wenn man allein ist, mein Kind. Aber wann glauben Sie denn, unseren schielenden Freund gefühlt und gehört zu haben?«

»Ich hörte James Welkin so deutlich lachen wie ich Sie jetzt sprechen höre«, sagte das Mädchen ernst. »Kein Mensch war zu sehen, denn ich stand gerade an der Ecke vor dem Laden und konnte beide Straßen entlangsehen. Ich hatte ganz vergessen, wie er lacht, obwohl sein Lachen so merkwürdig ist wie sein Schielen. Aber es ist die volle Wahrheit, daß ein paar Sekunden später der erste Brief seines Nebenbuhlers kam.«

»Hat das Gespenst vielleicht auch einmal gesprochen oder gequietscht oder sonst Töne von sich gegeben?« fragte Angus mit mildem Interesse.

Laura schauderte plötzlich, dann antwortete sie mit fester Stimme: »Ja . . . Gerade als ich Isidor Smythes zweiten Brief, in dem er mir seinen Erfolg mitteilte, fertig gelesen hatte, gerade da hörte ich Welkin sagen: ›Trotzdem wird er dich nicht bekommen.‹ So deutlich, als ob er hier im Zimmer wäre. Es ist furchtbar; ich glaube, ich muß doch verrückt sein.«

»Wenn Sie wirklich verrückt wären«, sagte der junge Mann, »dann würden Sie sich für normal halten. Aber mit diesem unsichtbaren Herrn ist bestimmt nicht alles normal. Zwei Köpfe sind besser als einer – ich verschone Sie mit Hinweisen auf andere Sprichwörter –, und im Ernst, wenn Sie einem gesetzten und praktischen Mann erlauben wollten, den Hochzeitskuchen wieder aus dem Fenster zu holen–«

Noch während er sprach, hörte man von der Straße her ein Kreischen; ein kleines Auto schoß auf die Ladentüre zu und hielt an. Im nächsten Augenblick stampfte ein kleiner Mann mit Zylinder ins Vorderzimmer. Angus, der bisher aus Gründen einer geistigen Hygiene seine gute Laune bewahrt hatte, verriet nun die Anspannung seiner Seele, indem er rasch aus dem Hinterzimmer hervor- und dem Neuankömmling entgegentrat. Ein Blick auf diesen genügte, die wilden Vermutungen des Verliebten zu bestätigen. Diese äußerst flinke, aber zwergenhafte Gestalt mit dem frech nach vorn stehenden, schwarzen Spitzbart, den klugen, unruhigen Augen, den gepflegten, nervösen Händen mußte Isidor Smythe sein, der aus Bananenschalen und Zündholzschachteln Puppen machte – und aus stählernen Dienern Millionen. Beide Männer erkannten instinktiv den Anspruch des andern, und einen Augenblick lang sahen sie einander mit jener seltsamen, kühlen Großmut an, welche die Seele der männlichen Eifersucht ist.

Mr. Smythe machte jedoch keinerlei Anspielungen auf den Urgrund ihrer Rivalität, sondern sagte mit erregter Stimme: »Hat Miss Hope das Ding dort am Fenster gesehen?«

»Am Fenster?« wiederholte Angus mit erstaunten Augen.

»Zu Erklärungen ist keine Zeit«, sagte der kleine Millionär kurz.

»Hier treibt jemand einen dummen Ulk, und wir müssen die Sache untersuchen.«

Dann wies er mit seinem polierten Spazierstock nach dem kurz vorher durch die Hochzeitsvorbereitungen des Mr. Angus etwas kahlgewordenen Fenster; und dieser Herr staunte nicht wenig, auf der Scheibe einen langen Papierstreifen aufgeklebt zu sehen, der bestimmt eine Weile früher nicht dort gewesen war. Er folgte dem energischen Smythe auf die Straße hinaus und fand, daß ein etwa anderthalb Meter langer Streifen Briefmarkenpapier sorgfältig auf die Außenseite der Scheibe geklebt war. Darauf stand in gekritzelter Druckschrift: »Wenn Sie Smythe heiraten, wird er sterben.«

»Laura«, rief Angus und steckte seinen großen, rothaarigen Kopf in den Laden. »Sie sind nicht verrückt!«

»Es ist die Schrift jenes Burschen Welkin«, sagte Smythe unwillig.

»Seit Jahren habe ich ihn nicht gesehen, aber immerfort belästigt er mich. In den letzten zwei Wochen hat er fünf Drohbriefe in meiner Wohnung hinterlassen, und ich kann nicht einmal herausbekommen, wer sie abgibt, geschweige denn, ob es Welkin selbst tut. Der Portier schwört, keine verdächtige Gestalt gesehen zu haben, und jetzt klebt er hier auf ein öffentliches Schaufenster anderthalb Meter Papier, während die Leute im Laden . . .«

»Sehr richtig«, meinte Angus bedächtig, »während die Leute im Laden Tee tranken. Ich versichere Ihnen, mein Herr, ich bewundere die vernünftige Art, in der Sie die Sache angehen. Über alles andere können wir später reden. Der Bursche kann noch nicht weit gekommen sein, denn ich schwöre, als ich vor zehn oder fünfzehn Minuten das letztemal ans Fenster ging, war noch kein Papier da. Andrerseits ist er doch schon zu weit weg, als daß wir ihm nachjagen könnten; wir wissen ja nicht einmal, in welche

Richtung er gelaufen ist. Wenn Sie meinem Rat folgen, Mr. Smythe, so übergeben Sie die Angelegenheit am besten einem tüchtigen Detektiv, keinem amtlichen, sondern einem privaten. Ich kenne einen äußerst gerissenen Burschen, der sich ganz in der Nähe niedergelassen hat, es ist keine fünf Minuten mit Ihrem Auto. Er heißt Flambeau, und obwohl er eine etwas stürmische Jugend hinter sich hat, ist er jetzt ein sehr ehrenwerter Mann, und sein Verstand ist Geld wert. Er wohnt in Lucknow Mansions, Hampstead.«

»Sonderbar«, sagte der kleine Mann und zog die Augenbrauen hoch. »Ich selbst wohne in Himalaja Mansions, gerade dort um die Ecke. Vielleicht kommen Sie mit, und während ich nach Hause gehe und diese komischen Welkin-Briefe heraussuche, können Sie unterdessen Ihren Freund, den Detektiv, holen.«

»Sehr liebenswürdig«, sagte Angus höflich. »Also los, je schneller wir handeln, desto besser.«

Und aus dem gleichen Gefühl ritterlicher Fairneß verabschiedeten sich beide Männer auf genau die gleiche förmliche Art von dem Fräulein und sprangen dann in den schnellen, kleinen Wagen. Als Smythe das Steuer ergriff und sie um die Straßenecke bogen, sah Angus belustigt ein riesiges Plakat »Smythes Stumme Diener« vor sich. Es war das Bild einer mächtigen Stahlpuppe ohne Kopf, die einen Tiegel mit der Aufschrift trug: »Eine Köchin, die nie mürrisch ist.«

Der kleine, schwarzbärtige Mann lächelte. »Ich verwende sie auch bei mir zu Hause, teils aus Reklamegründen und teils wirklich aus Bequemlichkeit«, sagte er. »Ehrenwort, meine großen mechanischen Puppen bringen Ihnen Kohlen oder Rotwein oder einen Fahrplan schneller als jeder lebendige Dienstbote; man muß nur auf den richtigen Knopf drücken. Freilich, ganz unter uns, ich muß doch zugeben, daß solche Diener auch ihre Nachteile haben.«

»Wirklich?« fragte Angus; »gibt es etwas, das sie nicht können?«

»Ja«, erwiderte Smythe distanziert, »sie können mir nicht sagen, wer jene Drohbriefe in meiner Wohnung abgab.«

Das Auto des Mannes war klein und flink, genau wie er; und tatsächlich hatte er es, ebenso wie seine häuslichen Dienstboten, selbst konstruiert. Wenn er ein Marktschreier war, dann jedenfalls einer, der an seine eigene Ware glaubte. Das Gefühl von etwas Kleinem, Dahinfliegendem wurde besonders deutlich, als sie so in dem ersterbenden, aber klaren Abendlicht die langen, weißen Straßenwindungen entlangschwebten. Bald wurden die weißen Kurven schärfer und schwindelerregend; sie bewegten sich in »aufsteigenden Spiralen«, wie es in den modernen Religionen heißt. Denn nun waren die beiden wirklich auf dem Gipfel eines Teiles von London, der ebenso steil abfällt wie Edinburg, wenn er auch nicht ganz so malerisch ist. Terrasse erhob sich über Terrasse, und der Wohnblock, dem sie zustrebten, stieg, von der Abendsonne vergoldet, zu fast ägyptischer Höhe an. Doch als sie um die Ecke bogen und in das Häuserhalbrund fuhren, das den Namen Himalaja Mansions trägt, änderte sich das Bild so jäh, wie wenn sich plötzlich ein Fenster auftut; denn dieser Haufen Mietshäuser lag über London wie über einem grünen Schiefersee. Die buschige Umzäunung auf der anderen Seite des Kieshalbrunds, gegenüber dem Häuserblock, glich eher einer Hecke oder einem Damm als einem Garten, und etwas tiefer floß ein künstlich angelegter Wasserstreifen, eine Art Kanal, sozusagen der Wallgraben dieser verborgenen Festung. Als das Auto um den Platz jagte, ließ es an der Ecke den einsamen Stand eines Kastanienbraters hinter sich, und gerade am anderen Ende des Bogens konnte Angus die verschwommene blaue Gestalt eines Polizisten erkennen, der langsam auf und ab ging. Sie waren die einzigen menschlichen Wesen in dieser hohen, vorstädtischen Einsamkeit; und Angus hatte das völlig unlogische Gefühl, daß sie die stumme Poesie Londons verkörperten. Sie erschienen ihm wie Gestalten eines Märchens.

Das kleine Auto schoß wie eine Kugel auf das rechte Haus zu und feuerte seinen Besitzer heraus, als wäre er eine Bombe. Sofort erkundigte er sich bei einem Türhüter in glänzender Uniform und bei einem untersetzten Hauswart in Hemdsärmeln, ob irgend jemand oder irgend etwas seine Wohnung betreten habe. Er erhielt die Versicherung, daß seit seiner letzten Nachfrage niemand und nichts an den beiden Angestellten vorbeigekommen sei; worauf er und der etwas verblüffte Angus wie eine Rakete im Fahrstuhl bis ins oberste Stockwerk emporgeschossen wurden.

»Kommen Sie einen Augenblick herein«, sagte Smythe atemlos. »Ich will Ihnen Welkins Briefe zeigen. Dann können Sie um die Ecke laufen und Ihren Freund holen.«

Er drückte auf einen in der Wand verborgenen Knopf, und die Tür öffnete sich von selbst. Sie führte in ein langes, geräumiges Vorzimmer; das einzig Auffallende darin waren große, halbmenschliche mechanische Figuren, die wie Schneiderpuppen zu beiden Seiten aufgereiht waren. Gleich Schneiderpuppen waren sie kopflos, und gleich

Schneiderpuppen hatten sie einen hübschen, überflüssigen Buckel zwischen den Schultern und vorn einen Auswuchs wie eine Hühnerbrust. Davon abgesehen, hatten sie nicht mehr Ähnlichkeit mit einem Menschen als irgendein mannshoher Bahnhofsautomat. Als Arme dienten ihnen zwei große Haken, mit denen sie ein Tablett tragen konnten; und damit man sie voneinander unterscheiden konnte, waren sie erbsgrün, zinnoberrot oder schwarz angemalt; im übrigen waren sie nichts als Automaten, und niemand hätte sich zweimal nach ihnen umgesehen. Jetzt tat es jedenfalls keiner. Denn zwischen den beiden Reihen von Dienstbotenpuppen lag etwas, das interessanter war als fast alle Mechanismen der Welt. Es war ein zerknitterter weißer Zettel, mit roter Tinte bekritzelt; und der flinke Erfinder hatte ihn sofort, als sich die Tür öffnete, ergriffen. Ohne ein Wort zu sagen, gab er ihn Angus. Die rote Tinte darauf war noch nicht trocken, und die Botschaft lautete: »Wenn Sie sie heute besucht haben, bringe ich Sie um.«

Nach kurzem Schweigen sagte Isidor Smythe ruhig: »Möchten Sie einen kleinen Whisky? Mir würde er jedenfalls guttun.«

»Danke; ich möchte lieber einen kleinen Flambeau«, sagte Angus düster. »Diese Geschichte scheint ziemlich ernst zu werden. Ich gehe ihn gleich holen.«

»Das ist recht«, sagte der andere mit bewundernswert guter Laune, »bringen Sie ihn so schnell wie möglich!«

Als Angus die Tür hinter sich schloß, sah er, wie Smythe auf einen Knopf drückte; eine der mechanischen Figuren verließ den Platz und glitt eine Rinne im Boden entlang, ein Tablett mit Siphon und Karaffe tragend. Es war ein wenig unheimlich, den kleinen Mann mit seinen toten

Dienern allein zu lassen, die lebendig wurden, sobald sich die Tür schloß.

Sechs Stufen unterhalb Smythes Treppenabsatz war der Mann in Hemdsärmeln mit einem Eimer beschäftigt. Angus blieb stehen, stellte ihm ein gutes Trinkgeld in Aussicht und nahm ihm das Versprechen ab, den Platz nicht zu verlassen, bis er mit dem Detektiv zurückkehrte, und auf jeden Fremden aufzupassen, der etwa die Treppe heraufkäme. Dann stürzte er zur Eingangshalle hinab und gab dem am Tor stehenden Türhüter einen ähnlichen Auftrag, wobei er erfuhr, daß das Haus jedenfalls keine Hintertür besaß. Damit noch nicht zufrieden, griff er den umherwandernden Polizisten auf und veranlaßte ihn, sich gegenüber dem Eingang aufzustellen und ihn zu bewachen; und schließlich blieb er noch einen Moment stehen, um für einen Penny Kastanien zu kaufen und sich zu erkundigen, wie lange der Verkäufer in der Nachbarschaft zu bleiben vorhabe.

Der Kastanienhändler schlug den Rockkragen hoch und erklärte, er werde wahrscheinlich bald weggehen; es läge Schnee in der Luft. Tatsächlich war der Abend trübe und bitterkalt, doch Angus' Beredsamkeit gelang es, den Kastanienmann an seinem Posten festzunageln.

»Wärmen Sie sich an Ihren eigenen Kastanien«, sagte er ernst.

»Essen Sie den ganzen Vorrat auf; ich komme dafür auf. Ich gebe Ihnen einen Sovereign, wenn Sie hier bleiben, bis ich zurück bin, und mir dann sagen, ob irgend jemand, Mann, Frau oder Kind, in das Haus dort gegangen ist, vor dem der Türhüter steht.«

Mit einem letzten Blick auf den belagerten Turm ging er eilig weiter.

»Jedenfalls habe ich einen Ring um jenen Raum gelegt«, sagte er. »Alle vier können doch nicht Mr. Welkins Spießgesellen sein.«

Lucknow Mansions lag sozusagen auf einer tieferen Ebene jenes Häuserberges, als dessen Gipfel man Himalaja Mansions bezeichnen kann. Mr. Flambeaus halbamtliche Wohnung befand sich im Erdgeschoß und war in jeder Beziehung das genaue Gegenteil der »Stummen-Diener-Wohnung« mit ihren amerikanischen Maschinen und dem kalten, unpersönlichen Luxus.

Flambeau, der mit Angus befreundet war, empfing ihn in einem künstlerischen Rokokostübchen hinter seinem Büro, dessen Schmuck aus Säbeln, Hakenbüchsen, östlichen Raritäten, italienischen Weinflaschen, afrikanischen Kochtöpfen, einer weichfelligen Perserkatze und einem kleinen, verstaubten, römisch-katholischen Priester bestand, der ziemlich fehl am Platze schien.

»Mein Freund, Pater Brown«, stellte Flambeau vor. »Ich hatte schon oft den Wunsch, Sie sollten sich kennenlernen. Herrliches Wetter heute; nur etwas kalt für Südländer wie mich.«

»Ja, es wird wohl klar bleiben«, sagte Angus und setzte sich auf eine lilagestreifte Ottomane.

»Nein«, sagte der Priester leise, »es hat zu schneien begonnen.«

Und wie es der Kastanienmann prophezeit hatte, begannen wirklich die ersten Flocken am Fenster vorbeizutreiben.

»Leider«, begann Angus ernst, »bin ich geschäftlich hier, und zwar in einer ziemlich schwierigen Sache. Grade um die Ecke von Ihnen, Flambeau, lebt ein Mann, der dringend Ihre Hilfe braucht; er wird ständig von einem unsichtbaren Feind verfolgt und bedroht – einem Schurken, den niemand auch nur gesehen hat.«

Und Angus erzählte die Geschichte von Smythe und Welkin; er begann mit Lauras Erlebnissen und ging dann zu seinen eigenen über, erzählte von dem übernatürlichen Lachen an der Ecke zweier menschenleerer Straßen und von Worten, die in einem leeren Zimmer deutlich vernommen wurden. Flambeau hörte immer gespannter zu, während der kleine Priester an der Sache so unbeteiligt schien wie ein Möbelstück. Als Angus zu der Episode des Schaufensters mit dem geklebten, bekritzelten Papierstreifen kam, erhob sich Flambeau, und seine mächtigen Schultern schienen den Raum zu füllen.

»Wenn Sie nichts dagegen haben«, sagte er, »erzählen Sie mir den Rest lieber auf dem kürzesten Weg zum Haus dieses Mannes. Ich habe das Gefühl, daß keine Zeit zu verlieren ist.«

»Mit Vergnügen«, sagte Angus und erhob sich gleichfalls, »obwohl er im Augenblick ungefährdet genug ist; ich habe vier Männer beauftragt, den einzigen Zugang zu seinem Bau zu bewachen.«

Sie bogen in die Straße ein, wobei der kleine Priester mit der Fügsamkeit eines Hündchens hinter ihnen hertrottete. »Wie schnell der Schnee liegenbleibt«, sagte er in heiterem Konversationston. Als sie die steilen, schon silbergepuderten Seitenstraßen hinaufgingen, beendete Angus seine Geschichte; und als sie den Halbkreis mit den aufgetürmten Wohnungen erreichten, konnte er in Ruhe seine Aufmerksamkeit den vier Wachtposten zuwenden. Der Kastanienverkäufer schwor sowohl vor wie nach Empfang des Sovereigns hartnäckig, daß er die Tür ständig bewacht und keinen Besucher habe eintreten sehen. Der Polizist äußerte sich noch bestimmter. Er kenne jede Sorte Gauner, sagte er, solche im Frack und solche in Lumpen; so grün sei er nicht, anzunehmen, daß verdächtige Personen verdächtig aussehen müßten; er habe nach jedermann Ausschau gehalten, aber so wahr ihm Gott helfe, es habe sich niemand gezeigt. Und als sich alle drei um den vergoldeten Türhüter drängten, der noch immer lächelnd und breitbeinig am Portal stand, war das Urteil vollends endgültig.

»Ich habe das Recht, jedermann zu fragen, ob Herzog oder Straßenkehrer, was er hier im Hause sucht«, sagte der freundliche, goldbetreßte Riese, »und ich kann schwören, keinen hatte ich zu fragen, seit dieser Herr hier wegging.«

Der unbedeutende Pater Brown, der im Hintergrund stand und bescheiden auf den Boden blickte, wagte hier bescheiden zu bemerken: »Es ist also niemand die Treppen hinauf- oder heruntergegangen, seit es zu schneien angefangen hat? Es fing an, als wir alle drüben bei Flambeau saßen.«

»Niemand ist hier gewesen, mein Herr, verlassen Sie sich auf mich«, versicherte der Türhüter mit strahlender Überzeugungskraft.

»Dann möchte ich nur wissen, was das ist«, sagte der Priester und starrte ausdruckslos wie ein Fisch auf den Boden.

Jetzt blickten auch die andern dorthin, und Flambeau stieß einen wilden Schrei aus, begleitet von einer französischen Geste. Denn es stand völlig außer Frage, daß in der Mitte des von dem goldbetreßten Mann bewachten Eingangs unverkennbar eine graue Fußspur lief, die genau zwischen den anmaßend gespreizten Beinen jenes Kolosses in den weißen Schnee gestampft war.

»Mein Gott!« rief Angus unwillkürlich; »der Unsichtbare!«

Ohne ein weiteres Wort drehte er sich um und rannte, von Flambeau gefolgt, die Treppen hinauf; nur Pater Brown stand noch auf der schneebedeckten Straße und blickte um sich, wie ohne jedes Interesse an seiner Frage.

Flambeau befand sich in der richtigen Stimmung, mit seinen breiten Schultern die Tür aufzubrechen; aber der vernünftige, wenn auch weniger intuitive Schotte tastete am Türrahmen herum, bis er den unsichtbaren Knopf entdeckte; und langsam öffnete sich die Tür. Sie zeigte im wesentlichen das gleiche überfüllte Innere; in der Vorhalle war es jetzt dunkler, obwohl sie hie und da von den letzten Strahlen der Abendsonne getroffen wurde; ein paar der kopflosen Maschinen waren zu dem oder jenem Zweck von ihrem Platz entfernt worden und standen in dem dämmerigen Raum umher. Das Zwielicht ließ das Grün und Rot ihrer Kleidung dunkler erscheinen, und gerade durch ihre Formlosigkeit waren sie menschlichen Formen ein wenig ähnlicher geworden. Doch mitten unter ihnen, genau da, wo das Papier mit roter Tinte gelegen hatte, lag etwas, das verschütteter roter Tinte gleichsah. Aber es war nicht rote Tinte.

Mit echt französischer Mischung aus Vernunft und Heftigkeit rief Flambeau nur das Wort: »Mord!«, drang in die Wohnung ein und hatte in fünf Minuten jeden Winkel und jeden Schrank durchsucht. Wenn er aber erwartet hatte, den Leichnam zu finden, sah er sich getäuscht. Isidor Smythe war einfach nicht da, weder tot noch lebendig. Nach rasantem Suchen trafen sich die beiden Männer mit schweißtriefenden Gesichtern und starren Blicken wieder im Vorraum.

»Mein Freund«, sagte Flambeau (und er sprach vor lauter Aufregung französisch), »Ihr Mörder ist nicht nur unsichtbar, sondern er hat auch den Ermordeten unsichtbar gemacht.«

Angus blickte in dem dunklen Raum voll stummer Puppen umher, und in irgendeinem keltischen Winkel seiner Schottenseele regte sich ein Schauder. Eine der lebensgroßen Figuren überschattete unmittelbar den Blutfleck; vielleicht hatte der Ermordete sie gerade noch hergerufen, ehe er niederstürzte. Einer der hochschultrigen Haken, die dem Ding als Arme dienten, war etwas erhoben, und Angus hatte plötzlich die schreckliche Vorstellung, daß den armen Smythe sein eigenes Eisenkind erschlagen habe. Die Materie hatte sich aufgelehnt und die Maschinen ihren Herrn getötet. Aber selbst dann, was hatten sie mit ihm gemacht? »Ihn aufgefressen?« flüsterte ihm der Alpdruck zu; und einen Augenblick wurde ihm übel bei dem Gedanken an zerrissene menschliche Überreste, zermalmt und verschlungen von dieser kopflosen Maschinerie. Mit gewaltiger Anstrengung fand er sein geistiges Gleichgewicht wieder und sagte zu Flambeau: »So ist es also. Der arme Kerl ist gleich einer Wolke verdunstet und hat einen roten Streifen am Boden hinterlassen. Die Geschichte spielt nicht in unserer Welt.«

»Da bleibt nur eines übrig«, sagte Flambeau, »ob es mit unserer Welt zu tun hat oder mit der anderen: ich muß hinunter und mit meinem Freund reden.«

Sie gingen die Treppe hinunter, trafen den Mann mit dem Eimer, der wiederum erklärte, er habe keinen Eindringling hineingelassen, den Türhüter und den herumlungernden Kastanienmann, die nochmals beteuerten, sie hätten streng Wache gehalten. Aber als Angus sich nach seinem vierten Beweisstück umsah, konnte er es nicht entdecken, und etwas ungeduldig rief er: »Wo ist der Polizist?«

»Verzeihung«, sagte Pater Brown, »daran bin ich schuld. Ich habe ihn eben die Straße hinuntergeschickt, um etwas zu untersuchen – das ich des Untersuchens für wert hielt.«

»Schön, aber wir brauchen ihn bald wieder«, sagte Angus schroff, »man hat nämlich den Unglücklichen dort oben nicht nur ermordet, sondern auch spurlos verschwinden lassen.«

»Auf welche Weise?« fragte der Priester.

»Pater«, sagte Flambeau nach einer Pause, »bei meiner Seele, ich glaube, der Fall gehört eher in Ihr Gebiet als in meines. Weder Freund noch Feind hat das Haus betreten, und doch ist Smythe verschwunden, als ob ihn die Feen geraubt hätten. Wenn das nicht übernatürlich ist, dann –«

Während er noch sprach, wurden sie alle durch einen unerwarteten Anblick unterbrochen; der dicke blaue Polizist kam um die Ecke des Halbrunds gerannt, direkt auf Brown zu.

»Sie hatten recht, Herr«, keuchte er, »eben hat man die Leiche des armen Mr. Smythe im Kanal unten gefunden.«

Angus griff sich wild an den Kopf. »Ist er hinuntergelaufen und hat sich ertränkt?«

»Ich kann beschwören, daß er nicht hinuntergelaufen ist«, erwiderte der Polizist, »und er wurde auch nicht ertränkt, denn er starb durch einen tiefen Stich ins Herz.«

»Und dennoch sahen Sie niemand hineingehen?« fragte Flambeau mit ernster Stimme.

»Gehen wir ein wenig die Straße hinab«, sagte der Priester.

Als sie am anderen Ende des Platzes ankamen, sagte er unvermittelt:

»Wie dumm von mir! Ich vergaß ganz, den Polizisten etwas zu fragen. Ich möchte wissen, ob vielleicht ein hellbrauner Sack gefunden wurde.«

»Warum ein hellbrauner Sack?« fragte Angus erstaunt.

»Wenn es nämlich ein Sack von anderer Farbe war, müssen wir wieder von vorn beginnen«, sagte Pater Brown; »wenn es aber ein hellbrauner Sack war, nun, dann ist der Fall beendet.«

»Das freut mich zu hören«, sagte Angus mit herzhafter Ironie.

»So weit ich sehn kann, hat er noch nicht einmal begonnen.«

»Sie müssen uns alles darüber erzählen«, bat Flambeau mit dem seltsam gewichtigen Ernst eines Kindes.

Unwillkürlich beschleunigten sie ihre Schritte, als sie die lange Straße hinuntereilten. Pater Brown ging hurtig voran, ohne ein Wort zu sagen. Dann aber begann er seine Erklärung des Falles mit einer fast rührenden Unbestimmtheit: »Ich fürchte, Sie werden die Lösung furchtbar prosaisch finden. Wir sind ja immer geneigt, zuerst das Abstrakte an einer Sache zu sehen, und bei dieser Geschichte kann man gar nicht anders beginnen.

Also. Ist Ihnen schon einmal aufgefallen, daß die Menschen nie wirklich auf das antworten, was man sie fragt? Sie beantworten das, was man meint – oder vielmehr das, was sie glauben, daß man meint. Angenommen, eine Dame fragt eine andere: ›Leben Sie jetzt ganz allein in Ihrem Haus?‹, dann lautet die Antwort der Dame nicht: ›Nein, da leben auch noch der Butler, die drei Lakaien, die Kammerzofe, und so weiter‹, obwohl die Zofe vielleicht gerade im Zimmer ist oder der Butler hinter dem Sessel steht. Nein, die Dame antwortet: ›Ich lebe jetzt ganz allein hier im Haus‹, weil sie meint, daß solche Leute nicht gemeint sein können. Aber angenommen, ein Arzt fragt die Dame während einer Epidemie: ›Leben Sie allein in Ihrem Haus?‹, dann wird sie doch sofort an den Butler denken, an die Zofe und all die übrigen. So geht man eben mit der Sprache um; auch die wahrste Antwort auf eine Frage ist nie eine wörtliche Antwort. Als diese vier durchaus ehrlichen Zeugen beteuerten, niemand habe das Haus betreten, da meinten sie nicht wirklich, daß *niemand* es betreten habe. Sie meinten: niemand Verdächtiger. Jemand *ist* ins Haus gegangen und wieder herausgekommen, aber sie haben ihn nicht bemerkt.«

Angus zog seine roten Augenbrauen hoch. »Ein Unsichtbarer?« fragte er.

»Ein geistig Unsichtbarer«, erwiderte Pater Brown.

Ein, zwei Minuten später begann er wieder zu sprechen, in derselben unaufdringlichen Art wie jemand, der einfach vor sich hin sinniert: »Der Gedanke an so einen Unsichtbaren kommt einem natürlich nicht, außer eben, wenn man an ihn denkt. Und das war das Schlaue an dem Mann. Mir kam der Gedanke durch zwei, drei kleine Bemerkungen in der Erzählung von Mr. Angus. Da war zuerst der Umstand, daß dieser Welkin lange Spaziergänge machte. Und dann, vor allem, zwei Tatsachen, welche die junge Dame erwähnte, Tatsachen, die einfach nicht wahr sein konnten. – Seien Sie mir nicht böse«, fügte er rasch hinzu, als er die ärgerliche Kopfbewegung des Schotten sah, »sie dachte, was sie da sagte, sei wahr; aber es konnte nicht wahr sein. Ein Mensch *kann* nicht ganz auf einer Straße sein, wenn er im nächsten Augenblick einen Brief bekommt. Und er kann nicht ganz allein auf einer Straße sein, wenn er einen Brief zu lesen beginnt, den er gerade erhalten hat. Da muß jemand ganz in der Nähe sein – ein geistig Unsichtbarer.«

»Warum muß jemand in der Nähe sein?« fragte Angus.

»Weil«, erwiderte Pater Brown, »wenn man von Brieftauben absieht, irgendein Mensch den Brief gebracht haben muß.«

»Wollen Sie wirklich behaupten«, fragte Flambeau heftig, »daß Welkin der Dame seines Herzens die Briefe seines Nebenbuhlers überbracht hat?«

»Jawohl«, antwortete der Priester. »Welkin brachte der Dame seines Herzens die Briefe seines Nebenbuhlers. Sehen Sie, er mußte das tun.«

»Oh, ich halte das nicht länger aus!« explodierte Flambeau. »Wer ist der Kerl? Wie sieht er aus? Wie ist ein geistig unsichtbarer Mann für gewöhnlich angezogen?«

»Er ist sehr nett angezogen, in Rot, Blau und Gold«, erwiderte der Priester mit klarer Bestimmtheit. »Und in dieser auffallenden, ja bunten Tracht betrat er unter den Augen von vier Menschen Himalaja Mansions; dann ermordete er kaltblütig Mr. Smythe und verließ auf demselben Weg das Haus, wobei er die Leiche über seiner Schulter trug –«

»Hochwurden, Sir«, rief Angus und blieb stehen, »sind Sie völlig verrückt oder bin ich es?«

»Sie sind nicht verrückt«, sagte Brown, »nur ein bißchen unaufmerksam. Sie haben zum Beispiel einen Mann wie diesen hier nicht beachtet.«

Und dabei machte er drei rasche Schritte und legte seine Hand auf die Schulter eines ganz gewöhnlichen Postboten, der sich, unbeachtet von ihnen, unter dem Schatten eines Baumes mit seinen Briefen beschäftigte.

»Irgendwie«, sagte Brown nachdenklich, »scheint nie jemand einen Postboten zu bemerken. Und doch hat er die gleichen Gefühle wie andere Männer; und außerdem trägt er einen großen Postsack, worin man eine kleine Leiche unschwer verstecken kann.«

Der Postbote, anstatt sich ihnen auf natürliche Art zuzuwenden, duckte sich und taumelte gegen den Gartenzaun. Er war ein dünner Mann mit blondem Bart, eine höchst durchschnittliche Erscheinung – aber als er mit ängstlichem Gesicht den Kopf wandte, blickten die drei Männer in fast teuflisch schielende Augen.

Flambeau ging heim zu seinen Säbeln, Purpurteppichen und der persischen Katze, denn er hatte eine Menge Dinge zu tun. John Turnbull Angus ging »heim« zu der jungen Dame in dem Laden, mit der dieser unbedachtsame junge Mann höchst glücklich zu werden gedenkt. Pater Brown aber wanderte viele Stunden lang unter dem Glanz der Sterne mit einem Mörder über die schneebedeckten Hügel, und was sie miteinander sprachen, wird man nie erfahren.

Die Ehre des Israel Gow

Ein stürmischer Abend in Olivgrün und Silber brach an, als Pater Brown, in ein graues schottisches Plaid gehüllt, das Ende eines grauen schottischen Tals erreichte und die seltsame Burg von Glengyle vor sich liegen sah. Sie versperrte das eine Ende der Schlucht wie eine Sackgasse; und sie glich dem Ende der Welt. Mit ihren steilen Dächern und Turmspitzen aus meergrünem Schiefer erhob sie sich wie eines der alten französisch-schottischen Schlösser und ließ den Engländer an die unheimlichen Kirchturmhüte der Hexen in alten Märchen denken; und die Föhren, die um die grünen Türme schwankten, waren so schwarz wie unzählige Rabenschwärme. Diese Note von träumerischer, fast schläfriger Teufelei war keine bloße Laune der Landschaft. Denn über dem Ort schwebte eine jener Wolken aus Hochmut, Irrsinn und geheimnisvollem Leid, die auf den vornehmen Häusern Schottlands schwerer lasten als auf denen anderer Menschenkinder. Schottland hat nämlich die doppelte Dosis jenes Gifts erhalten, welche man Vererbung nennt: das Blut des Aristokraten und das unentrinnbare Schicksal des Calvinisten.

Der Priester hatte sich von einer Reise, die ihn nach Glasgow geführt hatte, einen Tag gestohlen, um seinen Freund Flambeau, den Amateurdetektiv, zu treffen. Dieser hielt sich mit einem anderen, offiziellen Detektiv in der Burg von Glengyle auf, um Leben und Tod des verstorbenen Lord Glengyle zu erforschen. Diese geheimnisvolle Persönlichkeit war der letzte Vertreter eines Geschlechtes, das durch Tapferkeit, Wahnsinn und gewalttätige Verschlagenheit selbst unter dem bösartigen Adel seiner Nation im 16. Jahrhundert gefürchtet war. Kein anderes war tiefer verstrickt in dem Labyrinth von Ehrgeiz, in dem Lügengewebe, die sich um Maria, Königin von Schottland, gesponnen hatten.

Ein Vers, der in jener Gegend umging, sang klar und offen von Ursache und Folgen jener Umtriebe:

> Wie grüner Saft die Bäume wachsen ließ,
> Wuchsen durch rotes Gold die Ogilvies.

Jahrhundertelang hatte die Burg von Glengyle keinen ehrenwerten Herrn besessen; und als das Viktorianische Zeitalter anbrach, hätte man denken können, daß nun alle Exzentrizitäten am Ende seien. Der letzte Lord Glengyle indessen wurde der Tradition seiner Herkunft durch das einzige gerecht, was bisher noch keiner getan hatte: er verschwand. Ich will damit nicht sagen, daß er ins Ausland ging; allen Indizien zufolge befand er sich noch in der Burg, wenn er überhaupt irgendwo war. Aber obwohl sein Name im Kirchenregister und in der Pairsliste geschrieben stand, hatte ihn seit langem niemand mehr erblickt.

Falls er für irgend jemanden sichtbar war, so nur für einen einzigen Diener, der ein Mittelding aus Stallknecht und Gärtner war. Der Mann war derart taub, daß ihn die Leute gewöhnlich für stumm hielten, während jene, die ihn besser kannten, ihn als Halbidioten ansahen. Er war ein hagerer, rothaariger Arbeiter mit verbissenem Mund

und Kinn und blauschwarzen Augen, der auf den Namen Israel Gow hörte; der einzige und schweigsame Diener auf dem verlassenen Besitz. Aber die Energie, mit der er Kartoffeln ausgrub, und die Regelmäßigkeit, mit der er in der Küche verschwand, gab den Leuten das Gefühl, er sorge für die Mahlzeiten seines Herrn, und der merkwürdige Lord sei noch in der Burg verborgen. Und wenn die Nachbarschaft noch eines weiteren Beweises seiner Existenz bedurft hätte, so war es die beharrliche Behauptung des Dieners, daß er sich nicht im Hause befände. Eines Morgens nun wurden der Bürgermeister und der Priester (denn die Glengyles waren Presbyterianer) nach der Burg berufen. Dort sahen sie, daß der Gärtner, Stallknecht und Koch seine zahlreichen Berufe um den eines Totengräbers bereichert und seinen edlen Herrn in einen Sarg genagelt hatte. Wie viele oder wie wenige weitere Untersuchungen angestellt wurden, um diese seltsame Tatsache zu erhärten, war noch nicht ersichtlich; denn die Angelegenheit war nicht juristisch untersucht worden, bevor Flambeau vor zwei oder drei Tagen nach Norden gekommen war. Um jene Zeit lag der Leichnam Lord Glengyles (wenn es sein Leichnam war) bereits seit einigen Tagen in dem kleinen Friedhof auf dem Hügel.

Als Pater Brown den dunklen Garten durchschritt und in den Schatten des Schlosses kam, waren die Wolken schwer und die Luft sehr dumpf und gewitterschwül. Unter den letzten Streifen des grün-goldenen Sonnenuntergangs erblickte er eine schwarze menschliche Silhouette: einen Mann mit Zylinder, der einen großen Spaten geschultert hatte. Diese seltsame Kombination hatte etwas von einem Totengräber; aber als Brown sich des tauben Dieners erinnerte, der Kartoffeln ausgrub, fand er die Erscheinung ziemlich natürlich. Er wußte einiges über den schottischen Bauern; er kannte seine Achtbarkeit, die es angemessen erscheinen ließ, bei einer amtlichen Untersuchung im Zylinder zu erscheinen; und er wußte auch, daß seine Sparsamkeit es nie zulassen würde, deshalb auch nur eine Arbeitsstunde zu verlieren. Selbst das Stutzen des Mannes und sein mißtrauischer Blick, als der Priester vorbeiging, paßten zu der Wachsamkeit und Ängstlichkeit eines solchen Typs.

Flambeau selbst öffnete das große Tor. Mit ihm war ein Mann mit stahlgrauem Haar, der einige Papiere in der Hand hielt: Inspektor Craven von Scotland Yard. Die Eingangshalle war ausgesprochen kahl und leer; nur die blassen, grinsenden Gesichter von einem oder zweien der verruchten Ogilvies blickten aus ihren schwarzen Perükken und geschwärzten Gemälden herab. Pater Brown folgte den beiden Detektiven in einen anderen Raum, wo sie an einem langen Eichentisch gesessen hatten, dessen eine Seite mit bekritzelten Papieren bedeckt war, flankiert von Whisky und Zigarren. Der ganze übrige Tisch war von zahlreichen Gegenständen bedeckt, die in Abständen voneinander angeordnet waren: so seltsam verschiedenen Gegenständen, wie das nur überhaupt möglich war. Da war ein kleiner Haufen, der aussah wie glänzendes zerbrochenes Glas. Da war ein Haufen braunen Staubes. Daneben lag etwas, das aussah wie ein einfaches Stück Holz.

»Sie scheinen ein geologisches Museum eingerichtet zu haben«, sagte Brown, als er sich hinsetzte, und deutete mit dem Kopf auf den braunen Staub und die gläsernen Splitter.

»Kein geologisches«, erwiderte Flambeau, »eher ein psychologisches.«

»Um Himmels willen«, rief lachend der Detektiv von Scotland Yard, »wir wollen doch nicht mit so großen Worten arbeiten.«

»Wissen Sie denn nicht, was Psychologie bedeutet?« fragte Flambeau liebenswürdig erstaunt. »Psychologie bedeutet Irrsinn.«

»Ich kann nicht ganz folgen«, antwortete der Beamte.

»Nun«, sagte Flambeau entschieden, »ich meine, daß wir bisher nur eine Tatsache über Lord Glengyle herausgefunden haben. Er war irrsinnig.«

Gows schwarze Silhouette mit Zylinder und Spaten erschien am Fenster und verschwand wieder, matt skizziert gegen den dunkler werdenden Himmel. Pater Brown starrte lässig auf die verschwindende Gestalt und antwortete: »Ich kann verstehen, daß etwas Seltsames an jenem Mann war; sonst hätte er sich nicht lebend begraben – noch hätte er es so eilig gehabt, sich begraben zu lassen, als er tot war. Aber woraus schließen Sie, daß es Wahnsinn war?«

»Und«, sagte Flambeau, »hören Sie sich nur einmal die Liste der Gegenstände an, die Mr. Craven im Hause fand.«

»Wir brauchen eine Kerze«, sagte Craven plötzlich. »Es wird ein Gewitter geben, und es ist zu dunkel zum Lesen.«

»Befinden sich unter Ihren Kuriositäten auch Kerzen?« fragte Brown lächelnd.

Flambeau machte ein ernstes Gesicht und richtete die dunklen Augen auf seinen Freund. »Auch das ist merkwürdig«, sagte er. »Fünfundzwanzig Kerzen, und nicht die Spur von einem Kerzenhalter.«

Während das Zimmer sich nun schnell verdunkelte und der Wind heftig anstieg, ging Brown den Tisch entlang, auf dem unter den übrigen fragmentarischen Gegenständen ein Bündel Wachskerzen lag. Dabei beugte er sich zufällig über den Haufen rotbraunen Staubes; und ein heftiges Niesen durchbrach die Stille.

»Hallo!« sagte er; »Schnupftabak!«

Er nahm eine der Kerzen, zündete sie sorgfältig an, kam zurück und steckte sie in den Hals einer Whiskyflasche. Die unruhige Nachtluft, die durch das gebrechliche Fenster strich, ließ die lange Flamme wie eine Fahne flattern. Und auf beiden Seiten der Burg hörten sie Meilen und Meilen schwarzer Föhrenwälder rauschen, wie düsteres Meer um einen Felsen.

»Ich will das Inventar vorlesen«, begann Craven ernst und nahm eins der Papiere, »das Inventar dessen, was wir zusammenhanglos und unerklärlich in der Burg gefunden haben. Sie müssen wissen, daß das Schloß fast kahl und völlig vernachlässigt war; aber ein oder zwei Zimmer waren einfach, jedoch keineswegs armselig eingerichtet und offenbar von jemandem bewohnt worden; von jemandem, der nicht der Diener Gow war. Die Liste enthält folgendes:

Erster Posten: eine recht beträchtliche Sammlung kostbarer Steine, hauptsächlich Diamanten, aber alle lose, ohne jegliche Fassung. Natürlich haben die Ogilvies Familienschmuck besessen; und dies ist genau die Art von Juwelen, die gewöhnlich in besondere Fassungen eingesetzt sind. Ogilvies aber scheinen sie wie Kupfermünzen lose in den Taschen getragen zu haben.

Zweiter Posten: Haufen und Haufen von losem Schnupftabak, der in keinem Behälter aufbewahrt war, nicht einmal in einem Beutel, sondern lose herumlag, auf dem Kaminsims, auf dem Büffet, auf dem Klavier und sonst überall. Es erweckt den Eindruck, als habe der alte Herr sich nicht die Mühe machen wollen, in einen Tabaksbeutel zu greifen oder einen Deckel aufzumachen.

Dritter Posten: hier und da im Haus verstreut merkwürdige kleine Haufen winziger Metallstücke, von denen einige die Form von stählernen Triebfedern und andere die von mikroskopisch kleinen Rädern haben. Als ob ein mechanisches Spielzeug auseinandergenommen worden sei.

Vierter Posten: die Wachskerzen, die in Flaschenhälse gesteckt werden müssen, weil es nichts anderes gibt, in das man sie stecken könnte.

Das alles ist viel sonderbarer als irgend etwas, das wir erwartet hatten. Auf das wesentliche Rätsel waren wir vorbereitet; wir alle haben gemerkt, daß mit diesem letzten Lord etwas nicht gestimmt hat. Wir sind hierhergekommen, um herauszufinden, ob er wirklich hier gelebt hat, ob er tatsächlich hier gestorben ist, ob diese rothaarige Vogelscheuche, die ihn beerdigt hat, irgend etwas mit seinem Tode zu schaffen hatte. Aber nehmen Sie das Schlimmste an, die finsterste oder melodramatischste Lösung, die Sie wollen. Angenommen, der Diener tötete wirklich seinen Herrn, oder angenommen, der Herr ist nicht wirklich tot, oder angenommen, der Herr gibt sich für den Diener aus, oder angenommen, der Diener ist an Stelle des Herrn begraben; denken Sie sich jeden Schauerroman aus, den Sie wollen, so haben Sie doch noch immer keine Erklärung gefunden für Kerzen ohne Leuchter, noch für die Tatsache, warum ein ältlicher Herr aus gutem Haus es sich zur Gewohnheit gemacht hat, Schnupftabak auf dem Klavier zu verstreuen. Den Kern der Geschichte können wir ahnen; das Geheimnisvolle daran ist das Beiwerk. Selbst mit der größten Phantasie kann die menschliche Logik nicht Schnupftabak mit Diamanten verbinden oder Wachs mit winzigen Uhrenteilen.«

»Ich glaube, ich sehe die Verbindung«, sagte der Priester. »Dieser Lord Glengyle war ein Gegner der Französischen Revolution. Er war ein Anhänger des ›ancien régime‹ und versuchte buchstäblich, das Familienleben der letzten Bourbonen wieder ins Leben zu rufen. Er benutzte Schnupftabak, weil sich darin der Luxus des achtzehnten Jahrhunderts kundtat; Wachskerzen, weil sie die Beleuchtung des achtzehnten Jahrhunderts waren; die kleinen Metallstücke verkörpern das Steckenpferd Ludwigs XVI., das Schmiedehandwerk; die Diamanten sind für das Halsband Marie-Antoinettes bestimmt.«

Die beiden andern starrten ihn mit großen Augen an.

»Welch ungewöhnliche Idee!« rief Flambeau. »Glauben Sie wirklich, daß dies die Wahrheit ist?«

»Ich bin völlig sicher, daß sie es nicht ist«, antwortete Pater Brown. »Sie sagten nur, niemand könne Schnupftabak und Diamanten, Uhrwerk und Kerzen miteinander verbinden. Ich gab ihnen diese eine Verbindung aus dem Stegreif. Ich bin sicher, die tatsächliche Wahrheit liegt tiefer.«

Er hielt einen Augenblick inne und lauschte auf das Klagen des Windes in den Türmen. Dann sagte er: »Der letzte Lord Glengyle war ein Dieb. Er führte ein Doppelleben, er war ein zu allem entschlossener Einbrecher. Er besaß keine Leuchter, weil er für die Laterne, die er trug, nur diese kurzgeschnittenen Kerzen verwendete. Den Schnupftabak gebrauchte er, wie die wilden französischen Verbrecher Pfeffer gebraucht haben: um ihn plötzlich in großen Mengen einem Häscher oder Verfolger ins Gesicht zu werfen. Aber der endgültige Beweis liegt in der merkwürdigen Vereinigung von Diamanten und kleinen Stahlrädern. Das erklärt doch alles, nicht wahr? Diamanten und kleine Stahlräder sind die einzigen zwei Instrumente, mit denen man eine Fensterscheibe herausschneiden kann.«

Ein Windstoß schlug den Zweig einer gebrochenen Föhre heftig gegen die Fensterscheibe hinter ihnen, als ob er einen Einbrecher parodieren wollte, aber sie drehten sich nicht um. Ihre Augen waren auf Pater Brown geheftet.

»Diamanten und kleine Räder«, wiederholte Craven nachdenklich. »Ist das alles, was Sie glauben macht, dies sei die richtige Lösung?«

»Ich halte es nicht für die richtige Lösung«, erwiderte der Priester ruhig; »aber Sie sagten, daß keiner die vier Dinge miteinander verbinden könne. Die wirkliche Geschichte ist natürlich viel langweiliger. Lord Glengyle hatte auf seinem Besitztum kostbare Steine gefunden oder glaubte, sie gefunden zu haben. Jemand hatte ihn mit diesen losen Brillanten beschwindelt und behauptet, er habe sie in den Höhlen der Burg gefunden. Die kleinen Räder wurden zum Diamantenschleifen benutzt. Er konnte diese Arbeit nur ziemlich roh und nur in kleinem Maßstab verrichten, mit Hilfe einiger Schafhirten oder rauher Burschen von den Hügeln. Schnupftabak ist der einzige Luxus solch schottischer Schäfer; das einzige, womit man sie bestechen kann. Sie hatten keine Leuchter, weil sie keine haben wollten; sie hielten die Kerzen in den Händen, während sie die Höhlen untersuchten.«

»Ist das alles?« fragte Flambeau nach einer langen Pause. »Haben wir endlich die nüchterne Wahrheit gefunden?«

»O nein«, sagte Pater Brown.

Als der Wind in dem ernsten Föhrenwald mit langem,

spöttischem Geheul erstarb, fuhr Pater Brown mit völlig unbewegtem Gesicht fort:

»Ich habe dies nur vorgebracht, weil Sie sagten, man könne Schnupftabak mit Uhrwerk, oder Kerzen mit glänzenden Steinen nicht überzeugend verbinden. Zehn falsche Philosophien passen auf das Universum; zehn falsche Theorien passen auf die Burg von Glengyle; doch wir brauchen die richtige Erklärung der Burg und des Universums. Gibt es keine anderen Beweisstücke?«

Craven lachte, Flambeau stand lächelnd auf und schlenderte den Tisch entlang.

»Posten fünf, sechs, sieben usw.«, sagte er, »sind sicher eher mannigfaltig als belehrend. Eine merkwürdige Sammlung. Nicht Bleistifte, sondern die Minen aus Bleistiften. Ein unerklärlicher Bambusstock mit zersplitterter Spitze. Mit ihm könnte das Verbrechen begangen worden sein. Nur gibt es kein Verbrechen. Die einzigen anderen Dinge sind ein paar alte Meßbücher und kleine katholische Bilder, die die Ogilvies wohl vom Mittelalter her aufgehoben haben – da ihr Familienstolz stärker war als ihr Puritanismus. Wir haben sie nur deshalb unserem Museum beigefügt, weil sie so merkwürdig zerschnitten und entstellt sind.«

Das heftige Gewitter draußen trieb eine mächtige Wolkenmasse über Glengyle und hüllte das große Zimmer in Dunkelheit, als Pater Brown die kleinen illuminierten Seiten ansah, um sie zu untersuchen. Er sprach, bevor die Dunkelheit vorbeigezogen war. Aber es war die Stimme eines völlig neuen Menschen.

»Mr. Craven«, sagte er, und er sprach wie ein Mann, der plötzlich zehn Jahre jünger war, »Sie haben doch die gesetzliche Vollmacht, hinzugehen und das Grab zu untersuchen? Je eher wir das tun, um so besser, damit wir dieser entsetzlichen Angelegenheit auf den Grund kommen. An Ihrer Stelle würde ich sofort damit beginnen.«

»Sofort?« fragte der erstaunte Detektiv, »und warum sofort?«

»Weil dies ernst ist«, antwortete Brown; »hier handelt es sich nicht mehr um verstreuten Schnupftabak oder um lose Kiesel, die aus hundert Gründen umherliegen können. Aber es gibt nur einen einzigen Grund, warum *dies* geschehen sein kann; und dieser Grund geht bis an die Wurzeln der Welt. Diese religiösen Bilder sind nicht einfach beschmutzt oder zerrissen oder beschmiert, wie es aus Dummheit oder Bigotterie geschehen sein kann, durch Kinder oder Protestanten. Diese Blätter und Illustrationen alter Gebetbücher sind sehr sorgfältig behandelt worden – und sehr sonderbar. Überall, wo der große, verzierte Name Gottes in den Illuminationen vorkommt, ist er höchst sorgfältig entfernt worden. Und das einzige andere Ding, das beseitigt worden ist, ist der Heiligenschein um den Kopf des Jesuskindes. Deshalb sage ich, laßt uns unsere Vollmacht und unseren Spaten und unser Beil nehmen und hinausgehen und den Sarg aufbrechen.«

»Was meinen Sie damit?« fragte der Londoner Beamte.

»Ich meine«, sagte der kleine Priester, und seine Stimme schien sich im Heulen des Sturmes ein wenig zu erheben. »Ich meine, daß in diesem Augenblick der große Teufel des Universums auf dem höchsten Turm der Burg sitzen kann, so riesenhaft wie hundert Elefanten und brüllend wie die Apokalypse selbst. Schwarze Magie ist die Wurzel von alledem.«

»Schwarze Magie«, wiederholte Flambeau mit leiser Stimme; denn er war ein zu aufgeklärter Mann, um an solche Dinge nicht zu glauben; »aber was bedeuten all die andern Gegenstände?«

»Oh, sicher etwas Verdammungswürdiges«, erwiderte Brown ungeduldig. »Wie sollte ich es wissen? Wie kann ich all ihre Irrwege hienieden erraten? Vielleicht kann man jemanden mit Schnupftabak und Bambus foltern. Vielleicht gelüstet es Wahnsinnige nach Wachs und Stahlspänen. Vielleicht kann man aus den Minen eine Irrsinndroge herstellen. Unser kürzester Weg zu diesem Geheimnis führt den Hügel hinauf zum Grabe.«

Seine Kameraden wußten kaum, daß sie ihm gehorcht hatten, sie folgten ihm, bis ein heftiger Stoß des Nachtwindes sie im Garten beinahe zu Boden warf. Trotzdem hatten sie ihm wie Automaten gehorcht; denn Craven fand ein Beil in seiner Hand und die Vollmacht in seiner Tasche; Flambeau trug den schweren Spaten des seltsamen Gärtners, Pater Brown das kleine, vergoldete Buch, aus dem der Name Gottes herausgerissen worden war. Der Pfad hügelaufwärts zu dem Kirchhof war gewunden, aber kurz; nur durch die Heftigkeit des Windes kam er ihnen mühsam und lang vor. So weit das Auge reichte und immer weiter, je mehr sie den Abhang hinaufstiegen, erstreckten sich Meere über Meere von Föhren, die der Wind alle nach der gleichen Seite beugte. Und diese gemeinsame Bewegung schien ebenso vergebens wie unermeßlich, so vergebens, als wenn der gleiche Wind über einen unbewohnten und zwecklosen Planeten blasen würde. Durch das unendliche Gehege graublauer Wälder tönte schrill und hoch jene uralte Trauer, die auf dem Grunde aller heidnischen Dinge ruht. Man konnte sich einbilden, daß die Stimmen aus dieser Unterwelt von unergründlichem Laubwerk die Schreie verlorener und umherstreifender Heidengötter seien: von Göttern, die diesen irrationalen Wald durchstreift hatten und die nie den Weg zurück zum Himmel finden konnten.

»Sie sehen«, sagte Pater Brown in leisem, aber ungezwungenem Tonfall, »ehe es Schottland gab, waren die Schotten schon ein seltsames Volk. Und tatsächlich sind sie auch heute noch ein seltsames Volk. Aber ich bilde mir ein, daß sie in den prähistorischen Tagen wirklich Dämonen angebetet haben. Das ist der Grund«, fügte er freundlich hinzu, »warum sie die puritanische Theologie so ansprach.«

»Mein Freund«, sagte Flambeau und wandte sich fast zornig um, »was bedeutet all dieses Abrakadabra?«

»Mein Freund«, erwiderte Brown mit gleichem Ernst, »alle echten Religionen haben ein Merkmal: Materialismus. Nun, Teufelsanbetung ist eine völlig echte Religion.«

Sie hatten das grasbewachsene Haupt des Hügels erreicht, eine der wenigen kahlen Stellen, die sich deutlich von dem krachenden, heulenden Föhrenwald abhob. Ein niedriger Zaun, teils aus Holz, teils aus Draht, klapperte im Sturm und zeigte ihnen die Grenze des Kirchhofs. Aber da war Inspektor Craven schon zu der Ecke, wo das Grab lag, gelangt, und Flambeau hatte seinen Spaten mit der Schneide nach unten aufgepflanzt, und beide zitterten fast so sehr wie das bebende Holz und der Draht. Am Fuße des Grabes wuchsen große, hohe Disteln, grau und silbern von Fäulnis. Ein- oder zweimal, wenn eine vom Wind getragen auf ihn zuflog, zuckte Craven zusammen, als ob ihn ein Pfeil getroffen hätte. Flambeau trieb den Spaten durch das raschelnde Gras in die nasse Erde hinein. Dann hielt er inne und lehnte sich auf ihn wie auf einen Stab. »Mach weiter«, sagte der Priester freundlich. »Wir versuchen ja nur, die Wahrheit zu entdecken. Wovor fürchtest du dich?«

»Ich habe Angst, sie zu entdecken«, sagte Flambeau.

Der Londoner Detektiv sprach plötzlich mit hoher, krähender Stimme, die harmlos und gesprächig sein sollte. »Ich bin neugierig, warum er sich wirklich auf diese Art versteckt hat. Sicher irgend etwas Schmutziges; war er aussätzig?«

»Schlimmer als das«, sagte Flambeau.

»Und was glauben Sie könnte schlimmer als Aussatz sein?« fragte der andere.

»Das wage ich mir nicht vorzustellen«, sagte Flambeau.

Ohne zu sprechen, grub er einige furchtbar erwartungsvolle Minuten lang, dann sagte er mit erstickter Stimme: »Ich fürchte, er hat nicht die richtige Gestalt.«

»Jenes Stück Papier – in dem Fall, den wir einmal zusammen gelöst haben – hatte sie auch nicht, wie Sie wissen«, sagte Pater Brown ruhig, »und wir haben sogar das überlebt.«

Flambeau grub voll blindem Eifer weiter. Aber der Sturm hatte die erstickenden grauen Wolken, die gleich Rauch über den Hügeln hingen, weggedrängt und graue Felder schwachen Sternenlichts enthüllt, ehe er die Form eines rohen Holzsarges entblößte und ihn auf den Rasen umkippte. Craven ging mit seinem Beil darauf los; da berührte ihn eine Distel, und er schreckte zurück. Dann machte er einen weiteren Schritt und hackte und schlug mit dem gleichen Eifer wie Flambeau drauflos, bis der Deckel aufgerissen war und alles, was sich darin befand, im grauen Sternenlicht schimmerte.

»Knochen«, sagte Craven; »aber es ist ein Mensch«, fügte er hinzu, als ob er das nicht erwartet hätte.

»Ist er«, fragte Flambeau mit einer merkwürdig schwankenden Stimme, »ist er ganz in Ordnung?«

»Es scheint so«, sagte der Beamte trocken und beugte sich über das unbekannte, verfaulte Skelett in dem Kasten. »Warten Sie eine Minute.«

Flambeaus mächtige Gestalt erschauerte. »Jetzt kommt es mir erst zu Bewußtsein«, rief er, »warum, im Namen des Wahnsinns, sollte er denn nicht in Ordnung sein! Was ist es, das in diesem verfluchten kalten Gebirge solche Gewalt über einen gewinnen kann? Ich glaube, es ist die schwarze, hirnlose Gleichförmigkeit all dieser Wälder; und dazu die alte Angst vor dem Unbewußten. Es ist wie der Traum eines Atheisten. Föhren und immer mehr Föhren, millionenmal mehr Föhren –«

»Mein Gott!« rief der Mann am Sarg; »er hat keinen Kopf.«

Während die andern wie gelähmt dastanden, zeigte der Priester zum erstenmal einen Schimmer von überraschtem Interesse.

»Keinen Kopf?« wiederholte er, »keinen Kopf?«, als hätte er beinahe irgendeinen anderen Mangel erwartet.

Halbverrückte Vorstellungen von einem kopflosen Baby, das in Glengyle geboren wurde, von einem kopflosen Jüngling, der sich in der Burg verbarg, von einem kopflosen Mann, der durch die alten Hallen und den prächtigen Garten schritt, glitten wie ein Panorama durch ihren Sinn. Aber nicht einmal in diesem erstarrten Augenblick schlug dies Märchen in ihnen Wurzel oder schien irgendeinen Sinn zu haben. Wie erschöpfte Tiere lauschten sie töricht den schreienden Wäldern und dem kreischenden Himmel. Denken schien plötzlich etwas Ungeheures zu sein, das außerhalb ihrer Fassungskraft lag.

»Drei kopflose Männer stehen um dieses offene Grab«, sagte Pater Brown.

Der blaßgewordene Londoner Detektiv öffnete den Mund, um zu sprechen, und ließ ihn wie ein Idiot offenstehn, während ein langgezogener Schrei des Windes den Himmel zerriß; dann betrachtete er die Axt in seiner Hand, als ob sie ihm nicht gehörte, und ließ sie fallen.

»Vater«, sagte Flambeau mit jener kindlich ernsten Stimme, die er so selten gebrauchte, »was sollen wir tun?«

Die Antwort seines Freundes kam mit der Schnelligkeit eines abgefeuerten Gewehres.

»Schlafen!« rief Pater Brown. »Schlafen. Wir haben das Ende aller Wege erreicht. Wißt ihr denn, was Schlaf bedeutet? Wißt ihr, daß jeder Mensch, der schläft, an Gott glaubt? Schlaf ist ein Sakrament; denn er ist ein Akt des Vertrauens, und er ist eine Speise. Und wir brauchen ein Sakrament, sei es auch ein natürliches. Etwas hat uns getroffen, wovon Menschen sehr selten getroffen werden; vielleicht das Schlimmste, das sie treffen kann.«

Cravens offene Lippen schlossen sich, um zu fragen: »Was meinen Sie damit?«

Der Priester wandte sein Gesicht der Burg zu, als er antwortete: »Wir haben die Wahrheit gefunden; und die Wahrheit gibt keinen Sinn.«

Er ging ihnen mit heftigen und ruhelosen Schritten voran, wie er es nur selten tat, und als sie die Burg wieder erreicht hatten, warf er sich mit der Unmittelbarkeit eines Hundes in den Schlaf.

Trotz seines mystischen Lobes des Schlummers war Pater Brown früher auf als jeder andere, mit Ausnahme des schweigenden Gärtners; er rauchte seine dicke Pfeife und beobachtete den stummen Diener bei seinen Arbeiten im Küchengarten. Der brüllende Sturm war bei Tagesanbruch in brausenden Regen übergegangen, und nun war der Tag von auffallender Frische. Selbst der Gärtner schien verwandelt; beim Anblick der Detektive jedoch pflanzte er seinen Spaten mürrisch in ein Beet, murmelte etwas über Frühstück, schlurfte die Kohlreihen entlang und schloß sich in der Küche ein.

»Das ist ein sehr brauchbarer Mann«, sagte Pater Brown. »Er bearbeitet die Kartoffeln geradezu erstaunlich. Dennoch«, fügte er mit unparteiischer Nachsicht hinzu, »hat er seine Fehler; wer von uns hätte keine? Dieses eine Beet zum Beispiel hat er nicht ganz regelmäßig umgegraben. Sehen Sie hier«, sagte er und stampfte plötzlich auf eine Stelle. »Wegen jener Kartoffel habe ich wirklich meine Bedenken.«

»Und warum?« fragte Craven, dem das neue Steckenpferd des kleinen Mannes Spaß machte.

»Ich bin mir nicht schlüssig über diese Kartoffel«, sagte der andere, »weil der alte Gow auch unschlüssig über sie war. Er stach seinen Spaten methodisch in jede Stelle außer dieser. Gerade hier aber muß eine besonders feine Kartoffel stecken.«

Flambeau ergriff den Spaten und trieb ihn heftig an jener Stelle in den Boden. Unter einer Ladung Erde warf er etwas heraus, das einer Kartoffel nicht ähnlich sah; es sah eher aus wie ein gräßlicher Pilz. Aber es traf den Spaten mit kaltem Ton; es rollte wie ein Ball darüber, und es grinste sie an.

»Der Lord Glengyle«, sagte Brown traurig und blickte ernst auf den Schädel herab.

Dann, nach einem Augenblick des Nachdenkens, nahm er Flambeau den Spaten ab, sagte: »Wir müssen ihn wieder verbergen«, und begrub den Schädel in der Erde. Dann stützte er seinen schmalen Körper und seinen dicken Kopf auf den Spatengriff, der fest in der Erde steckte, und seine Augen waren leer und seine Stirn voller Falten. »Wenn sich jemand nur die Bedeutung dieser letzten Ungeheuerlichkeit erklären könnte«, murmelte er. Und auf den breiten Spatengriff gelehnt, vergrub er die Stirn in den Händen, wie es die Menschen in der Kirche tun.

Alle Ecken des Himmels leuchteten blau und silbern; die Vögel zwitscherten in den winzigen Gartenbäumen so laut, daß die Bäume selbst zu sprechen schienen. Nur die drei Männer schwiegen.

»Na, ich gebe es auf«, sagte Flambeau endlich heftig. »Mein Verstand und diese Welt passen nicht zueinander; und nun ist Schluß damit. Schnupftabak, zerstörte Gebetsbücher, und das Innere von Spieldosen – was –«

Pater Brown warf seine gequälte Stirn zurück und schlug mit einer für ihn ungewöhnlichen Unduldsamkeit auf den Spatengriff.

»Ach was, ach was, ach was!« rief er, »das alles ist so klar wie die Sonne. Als ich heute morgen die Augen aufschlug, wußte ich, was es mit dem Schnupftabak, dem Uhrwerk und allem übrigen auf sich hat. Und seitdem weiß ich über den alten Gow Bescheid, den Gärtner, der weder so taub noch so dumm ist, wie er vorgibt. An diesen seltsamen Einzelheiten stimmt nur etwas nicht. Und mit dem zerrissenen Meßbuch habe ich mich geirrt; daran ist auch nichts Böses. Aber an dieser letzten Sache, an dem Entweihen eines Grabes und dem Stehlen eines toten Kopfes – daran ist doch sicher etwas Böses? Darin liegt doch immer noch Schwarze Magie? Das paßt einfach nicht zu der ganz einfachen Geschichte von Schnupftabak und

Kerzen.« Er ging wieder umher und rauchte schwermütig.

»Mein Freund«, sagte Flambeau mit grimmigem Humor, »Sie müssen nachsichtig mit mir umgehen und daran denken, daß ich einst ein Verbrecher war. Der große Vorteil dieses Berufs war, daß ich die Geschichten immer selbst zusammensetzen konnte und sie so schnell ausführte, wie ich wollte. Dieses Herumlungern, wie es der Detektivberuf mit sich bringt, ist für meine französische Ungeduld zu schwer. Mein ganzes Leben lang habe ich alles sofort erledigt, gleichgültig, ob es sich um Gutes oder um Böses handelte; ich habe meine Duelle immer am nächsten Morgen ausgefochten; ich habe meine Rechnungen immer sofort bezahlt; ich habe nicht einmal den Besuch beim Zahnarzt aufgeschoben –«

Die Pfeife fiel Pater Brown aus dem Mund und zerbrach auf dem kiesigen Weg in drei Stücke. Mit rollenden Augen stand er da, das vollendete Bild eines Idioten. »Mein Gott, was für eine Rübe, Herr!« Und dann begann er in fast trunkener Art zu lachen.

»Der Zahnarzt!« wiederholte er. »Sechs Stunden lang im geistigen Abgrund, und alles nur, weil ich nicht an den Zahnarzt gedacht habe! Solch ein einfacher, solch ein schöner und friedlicher Gedanke! Freunde, wir haben eine Nacht in der Hölle verbracht; aber jetzt ist die Sonne aufgegangen, die Vögel singen, und die leuchtende Gestalt des Zahnarztes tröstet die Welt.«

»Ich muß den Sinn von alledem herauskriegen«, rief Flambeau und schritt vorwärts, »selbst wenn ich die Folter der Inquisition anwenden muß.«

Pater Brown unterdrückte den Wunsch, auf dem sonnenbeschienenen Rasen zu tanzen, und rief rührend wie ein Kind: »Laßt mich doch einmal ein bißchen töricht sein!

Ihr habt ja keine Ahnung, wie unglücklich ich gewesen bin. Und jetzt weiß ich, daß in dieser Sache überhaupt kein tiefer Sinn verborgen ist. Nur ein bißchen Wahnsinn, vielleicht – und wen stört das?«

Er drehte sich einmal im Kreis und trat ihnen dann mit Würde entgegen.

»Dies hier ist keine Geschichte eines Verbrechens«, sagte er; »eher ist es die Geschichte einer seltsamen und absonderlichen Rechtschaffenheit. Wir haben es mit dem vielleicht einzigen Mann in der Welt zu tun, der nicht mehr genommen hat, als ihm zusteht. Was wir hier zu klären hatten, war die Studie jener wilden Lebenslogik, welche die Religion seiner Rasse gewesen ist.

Jener alte Vers über das Haus von Glengyle –

Wie grüner Saft die Bäume wachsen ließ,
Wuchsen durch rotes Gold die Ogilvies –

war ebenso wörtlich wie bildlich gemeint. Er bedeutete nicht nur, daß die Ogilvies nach Reichtum strebten; er wollte auch sagen, daß sie buchstäblich Gold anhäuften; sie hatten eine riesige Sammlung von Schmuckstücken und Geräten aus Gold. Sie waren Geizhälse, deren Manie sich auf diese Art kundtat. So gesehen, zieht sich der Faden durch alle Dinge, die wir in der Burg gefunden haben. Diamanten ohne goldene Ringe; Kerzen ohne goldene Leuchter; die Minen von Bleistiften ohne die goldene Bleistifthülse; ein Spazierstock ohne goldene Spitze; Uhrwerk ohne goldene Uhren – ohne Taschenuhren. Und, so verrückt es auch klingt, wurden sogar die Heiligenscheine und der Name Gottes aus den alten Meßbüchern entfernt, weil auch sie aus echtem Gold waren.«

In der stärkenden Sonne schien der Garten zu leuchten und das Gras fröhlicher zu wachsen, als die verrückte Wahrheit ans Licht kam. Flambeau zündete sich eine Zigarette an, als sein Freund fortfuhr.

»Wurden entfernt«, sagte Pater Brown, »entfernt, aber nicht gestohlen. Kein Dieb würde sich so geheimnisvoll benehmen. Ein Dieb hätte die goldenen Tabaksdosen mitsamt dem Schnupftabak genommen; die goldenen Bleistifthülsen mitsamt den Minen darin. Wir jedoch haben es mit einem Mann zu tun, der zwar ein eigenartiges Gewissen hat, aber jedenfalls ein Gewissen. Ich habe diesen verrückten Moralisten heute morgen dort drüben im Küchengarten getroffen und die ganze Geschichte gehört.

Von allen je in Glengyle geborenen Männern kam der verstorbene Erzbischof Ogilvie dem Bild eines guten Menschen am nächsten. Aber seine strenge Tugend verwandelte sich in Menschenfeindlichkeit; er grämte sich über die Unredlichkeit seiner Vorfahren und schloß daraus irgendwie auf die Unredlichkeit aller Menschen. Vor allem mißtraute er der ›Wohltätigkeit und Freigebigkeit‹; und er schwor, falls er je einen Menschen fände, der nicht mehr als haargenau sein Recht beanspruchte, so sollte der alles Gold von Glengyle erhalten. Nachdem er so der Menschheit den Fehdehandschuh hingeworfen hatte, schloß er sich ein, ohne auch nur im leisesten zu erwarten, daß ihm je ein solcher Mensch begegnen könnte. Eines Tages aber brachte ihm ein tauber und anscheinend schwachsinniger Bursche aus einem entlegenen Dorf zu später Stunde ein Telegramm; und der Erzbischof Lord Glengyle in seiner ätzenden Nettigkeit gab dem Burschen eine glänzende Kupfermünze ohne Wert, einen neugeprägten Heller. Wenigstens dachte er, er hätte ihm einen Heller gegeben, doch als er später sein Geld zählte, war der neue Heller noch da, aber ein Dukaten fehlte. Dieser Irrtum gab dem zynischen Denken des Herrn von Glengyle neue, willkommene Nahrung; auf jeden Fall würde der Junge die schmierige Gier der Menschenrasse beweisen. Entweder würde er sich nicht mehr blicken lassen, ein Dieb, der einen Dukaten behält; oder er würde ihn tugendhaft zurückbringen, ein Heuchler, der Belohnung erhofft. Doch mitten in der Nacht wurde Lord Glengyle – der ganz allein im Schloß wohnte – durch ein energisches Klopfen an der Haustür aus dem Bett geholt und mußte dem tauben Idioten das Tor öffnen. Und der Idiot brachte nicht den Dukaten zurück, wohl aber genau neunzehn Schillinge, elf Pfennige und drei Heller, das Wechselgeld für den Dukaten, abzüglich des ihm zustehenden Hellers.

An diesem unwahrscheinlich korrekten Verhalten entzündete sich das Gehirn des verrückten Lords wie an einer Flamme. Er kam sich vor wie Diogenes, der seit langem einen ehrlichen Mann gesucht und ihn endlich gefunden hatte. Er machte ein neues Testament, das ich gesehen habe. Er nahm den schwachsinnigen Burschen in sein großes, verkommenes Haus, bildete ihn zu seinem einzigen Diener aus und bereitete ihn in seltsamer Art auf eine Erbschaft vor. Denn was immer dieses sonderbare Geschöpf verstehen oder nicht verstehen kann, zwei fixe Ideen seines Herrn und Meisters verstand er bis ins letzte: erstens, daß der Buchstabe von Recht und Unrecht alles bedeutet; und zweitens, daß ihm selbst das Gold von Glengyle gehören sollte. Das ist alles, und es ist ganz einfach. Er hat alles Gold im Haus genommen, und nicht ein Gramm, das nicht Gold war; nicht einmal ein Gramm Schnupftabak. Er hat aus einem alten Buchschmuck das goldene Blatt losgelöst, ohne daran zu denken, daß er dadurch das Buch zerstören könnte. All das war klar zu verstehen, nur die Sache mit diesem Totenschädel ging mir nicht ein. Daß er den Totenkopf zwischen den Kartoffeln verscharrt hatte, gab mir wirklich ein mehr als unangenehmes Gefühl. Ich war in Sorge darüber – bis Flambeau, ohne es zu wissen, das erlösende Wort sprach.

Es ist alles in Ordnung. Er wird den Totenkopf zurück ins Grab legen, sobald er die Goldplombe aus dem Zahn entfernt hat.«

Und tatsächlich: Als Flambeau am nächsten Morgen über den Hügel schritt, sah er, wie dieses seltsame Geschöpf, der ehrenhafte Geizhals, an dem entweihten Grab schaufelte, während der schottische Shawl im Wind der Berge um seinen Hals flatterte. Der nüchterne Zylinder aber saß fest auf seinem Kopf.

Der Hammer Gottes

Das Dörfchen Bohun Beacon lag auf einem so steilen Hügel, daß sein hoher Kirchturm nur eine Bergspitze zu sein schien. Am Fuß der Kirche stand eine Schmiede, die gewöhnlich von rotem Feuerschein erleuchtet und immer mit Hämmern und Eisenstücken übersät war; ihr gegenüber, jenseits einer Kreuzung holpriger Wege, befand sich »Der Blaue Eber«, das einzige Wirtshaus des Ortes. An diesem Kreuzweg trafen sich beim ersten Schimmer eines bleiernen und silbernen Tages zwei Brüder und sprachen miteinander; der eine begann gerade den Tag, während der andere ihn beendete. Der hochwürdige und ehrenwerte Wilfried Bohun, ein sehr frommer Mann, war gerade auf dem Wege zu einer strengen Gebetsübung oder Morgenmeditation. Der ehrenwerte Oberst Norman Bohun war alles andre als fromm, er saß, noch im Abendanzug, auf der Bank vor dem »Blauen Eber« und trank, wobei der philosophische Betrachter entscheiden konnte, ob es sich dabei um sein letztes Glas vom Dienstag oder sein erstes vom Mittwoch handelte. Der Oberst selbst nahm das nicht so genau.

Die Bohuns gehörten zu den wenigen aristokratischen Familien, die ihren Ursprung bis ins Mittelalter zurückführen konnten, und ihre Fähnlein hatten Palästina gesehen. Aber es ist ein großer Irrtum anzunehmen, daß solche Häuser besonderen Wert auf ritterliche Tugenden legen. Wenige außer den Armen bewahren Überlieferungen.

Aristokraten leben nicht nach Überlieferungen, sondern nach Moden. Und so waren die Bohuns unter Königin Anna Raufbolde gewesen und unter Königin Viktoria Stutzer. Aber wie so manche der wirklich alten Häuser waren sie in den letzten beiden Jahrhunderten verkommen und zu bloßen Trinkern und Gecken herabgesunken, ja, es hatte sogar Anzeichen von Geisteskrankheit gegeben. Sicherlich lag in dem wölfischen Vergnügungshunger des Obersten etwas kaum noch Menschliches, und sein chronischer Entschluß, nicht vor Tagesanbruch nach Hause zu gehen, rührte wohl von dem schrecklichen Fluch der Schlaflosigkeit her. Er war ein großes, schönes Tier, schon ältlich, aber mit auffallend blondem Haar. Er hätte geradezu löwenhaft ausgesehen, doch lagen seine blauen Augen so tief in den Höhlen, daß sie schwarz wirkten; auch standen sie ein wenig zu dicht beisammen. Zu beiden Seiten seines langen, blonden Schnurrbarts zog sich eine Falte oder Furche vom Nasenflügel bis zum Kinn herab, so daß sein Gesicht von einem höhnischen Grinsen durchschnitten schien. Über dem Abendanzug trug er einen merkwürdig hellgelben Mantel, der eher einem leichten Schlafrock als einem Überzieher glich, und auf seinem Hinterkopf thronte ein ungewöhnlich breitkrempiger Hut von leuchtend grüner Farbe, offenbar eine orientalische Rarität, die er zufällig aufgelesen hatte. Der Oberst zeigte sich mit Vorliebe in solch unpassender Kleidung, stolz darauf, daß er sie seiner Persönlichkeit immer anpassen konnte.

Sein Bruder, der Kurat, hatte das gleiche blonde Haar und die gleiche Eleganz, aber er war bis zum Kinn hinauf völlig in Schwarz eingeknöpft; sein Gesicht war glattrasiert, gepflegt und leicht nervös. Er schien nur für seine Religion zu leben; allerdings behaupteten manche Leute (besonders der presbyterianische Dorfschmied), es sei wohl eher eine Liebe zur gotischen Architektur als zu Gott, und sein geisterhaftes Herumspuken in der Kirche nur eine andere, reinere Form des fast krankhaften Schönheitsdurstes, der seinen Bruder Weibern und Wein nachjagen ließ. Diese Beschuldigung war anfechtbar, denn die praktische Frömmigkeit des Mannes war über jeden Zweifel erhaben. Und tatsächlich beruhte der Vorwurf zumeist auf einem Mißverstehen seiner Liebe zur Einsamkeit und zu heimlichem Gebet, gründete sich nur darauf, daß man ihn oft kniend antraf, nicht etwa vor dem Altar, sondern an seltsamen Plätzen, in der Krypta oder auf der Galerie und sogar auf dem Kirchturm. In diesem Augenblick wollte er die Kirche durch den Hof der Schmiede betreten. Doch als er seines Bruders tiefliegende Augen in dieselbe Richtung starren sah, blieb er stehen und runzelte ein wenig die Stirn. Auf die Annahme, das Interesse des Obersten könne der Kirche gelten, verschwendete er keinen Gedanken. Es konnte sich also nur um die Schmiede handeln. Und obwohl der Schmied als Puritaner nicht zu seiner Gemeinde gehörte, waren ihm ein paar skandalöse Dinge über die schöne und in ihrer Art berühmte Frau des Schmiedes zu Ohren gekommen. Argwöhnisch blickte er über den Hof, und der Oberst stand lachend auf.

»Guten Morgen, Wilfried«, sagte er. »Als braver Gutsherr wache ich schlaflos über meinen Leuten. Ich will gerade den Schmied besuchen.«

Wilfried sah zu Boden. »Der Schmied ist nicht da«, sagte er, »er ist nach Greenford hinüber.«

»Ich weiß«, antwortete der andere mit leisem Lachen; »deshalb will ich ihn ja besuchen.«

»Norman«, sagte der Priester, dessen Augen auf einem

Kiesel am Weg ruhten, »fürchtest du dich nie vor Donnerkeilen?«

»Was meinst du damit?« fragte der Oberst. »Ist dein Steckenpferd Meteorologie?«

»Ich meine«, sagte Wilfried ohne aufzublicken, »ob du nie bedacht hast, daß Gott dich mitten auf der Straße niederstrecken könnte?«

»Verzeihung«, sagte der Oberst; »ich sehe, dein Steckenpferd sind Volksmärchen.«

»Und das deine ist Gotteslästerung«, erwiderte der Geistliche, an seiner einzigen empfindlichen Stelle getroffen. »Aber wenn du schon Gott nicht fürchtest, hast du doch allen Grund, die Menschen zu fürchten.«

Der andere zog die Augenbrauen hoch. »Die Menschen fürchten?« fragte er.

»Auf vierzig Meilen im Umkreis ist Barnes, der Schmied, der größte und stärkste Mann«, sagte der Priester mit harter Stimme. »Ich weiß, du bist kein Feigling oder Schwächling, aber er könnte dich über die Mauer werfen.«

Der Hieb saß, da dies unbestreitbar war, und die finstere Linie zwischen Mund und Nase trat stärker und tiefer hervor. Einen Augenblick stand er so da mit dem breiten Grinsen im Gesicht. Doch sofort fand Oberst Bohun seine grausam gute Laune wieder und lachte, wobei unter seinem gelben Schnurrbart wie bei einem Hund zwei Fangzähne sichtbar wurden. »In diesem Fall, lieber Wilfried«, sagte er völlig sorglos, »war es weise von dem letzten der Bohuns, teilweise in Harnisch auszugehen.«

Er nahm den merkwürdigen, runden, grün bezogenen Hut ab, und da zeigte sich, daß er innen mit Stahl gefüttert war. Wilfried erkannte einen leichten japanischen oder chinesischen Helm wieder, der von einer Trophäe im alten Ahnensaal stammte.

»Es war der erste, der mir zu Hand kam«, erklärte der Bruder leichthin, »immer den nächsten Hut – und das nächste Weib.«

»Der Schmied ist nach Greenford hinüber«, sagte Wilfried ruhig; »es ist unbestimmt, wann er zurückkommt.«

Damit wandte er sich ab, trat gebeugten Hauptes in die Kirche und bekreuzigte sich, wie jemand, der von einem unreinen Geist befreit sein möchte. Es drängte ihn, so unsägliche Gemeinheit in dem kühlen Dämmerlicht seiner hohen gotischen Kreuzgänge zu vergessen; aber an diesem Morgen sollte sein stiller Gebetsrundgang immer wieder durch kleine Anlässe gehemmt werden. Als er die um diese Stunde sonst leere Kirche betrat, sprang eine kniende Gestalt eilig auf und trat in das volle Licht des Portals. Überrascht blieb der Kurat stehen. Denn der frühe Kirchgänger war kein anderer als der Dorfidiot, ein Neffe des Schmiedes, der sich für gewöhnlich weder um die Kirche noch um sonst etwas bekümmerte, und auch gar nicht dazu imstande war. Man nannte ihn nur den »Verrückten Joe« – er schien keinen anderen Namen zu haben. Er war ein dunkler, träger Bursche von kräftiger Statur, mit verschlafenem, teigigem Gesicht, glattem, schwarzem Haar und stets offenem Mund. Als er an dem Priester vorbeiging, verriet seine Mondkalbmiene nicht im leisesten, was er getan oder gedacht hatte. Noch nie hatte ihn jemand beten sehen. Was für ein Gebet mochte er wohl verrichtet haben? Bestimmt ein recht ungewöhnliches.

Wilfried Bohun stand lange wie angewachsen auf seinem Platz; er sah den Idioten in den Sonnenschein hinaustreten, wo ihn sein liederlicher Bruder mit herablassender

Scherzhaftigkeit begrüßte. Als letztes sah er noch, wie der Oberst Pfennigstücke nach Joes offenem Mund warf, mit dem ernsthaften Anschein, diesen auch richtig zu treffen.

Das häßliche, von der Sonne bestrahlte Bild menschlicher Dummheit und Grausamkeit ließ den Asketen schließlich zu seinen Gebeten um Reinigung und neue Gedanken zurückkehren. Er stieg auf die Galerie hinauf, zu dem Kirchenstuhl unter einem bunten Fenster, das er liebte und das seinen Geist stets beruhigte; es war ein blaues Fenster mit einem Engel, der Lilien trug. Bald dachte er nicht mehr so sehr an den Idioten mit dem fahlen Gesicht und dem Fischmaul. Er dachte nicht mehr so sehr an den bösen Bruder, der wie ein magerer Löwe mit schrecklichem Heißhunger einherschritt. Immer tiefer versank er in den kühlen, süßen Farben von Silberblüten und saphirnem Himmel.

An der gleichen Stelle wurde er eine halbe Stunde später von Gibbs, dem Dorfschuster, gefunden, der ihn höchst eilig holen kam. Bereitwillig sprang er auf, denn er wußte, einer Kleinigkeit wegen wäre Gibbs bestimmt nicht hergekommen. Wie in so vielen Dörfern war der Schuster auch hier der Atheist und sein Erscheinen in der Kirche noch um einen Grad ungewöhnlicher als das des Verrückten Joe. Es war ein Morgen der theologischen Rätsel.

»Was gibt es?« fragte Wilfried Bohun etwas förmlich, während seine zitternde Hand nach dem Hut griff. Der Atheist sprach in einem Ton, der aus seinem Mund überraschend respektvoll klang und sogar eine gewisse ungeschickte Teilnahme verriet.

»Sie müssen entschuldigen, Herr«, flüsterte er heiser, »aber wir dachten, Sie sollten es sofort erfahren. Ich fürchte, es ist etwas Schreckliches passiert, Herr. Ich fürchte, Ihr Bruder –«

Wilfrieds zarte Hände verkrampften sich. »Welche Teufelei hat er jetzt wieder begangen?« rief er in unwillkürlichem Zorn.

»Nun, Herr«, sagte der Schuster hüstelnd, »ich fürchte, er hat nichts begangen und wird nie wieder etwas begehen. Ich fürchte, es ist aus mit ihm. Sie kommen besser selbst herunter, Sir.«

Der Priester folgte dem Schuster eine kurze Wendeltreppe hinab, die sie zu einem hoch über der Straße gelegenen Tor brachte. Mit einem Blick übersah Bohun die ganze Tragödie; wie eine Landkarte lag sie zu seinen Füßen ausgebreitet. Im Hof der Schmiede standen fünf oder sechs Männer, fast alle in Schwarz, einer jedoch in der Uniform eines Polizeiinspektors. Bohun erkannte den Arzt, den presbyterianischen Pfarrer und den Priester der römisch-katholischen Kirche, welcher die Frau des Schmiedes angehörte. Der Priester sprach gerade schnell und leise auf die Frau ein, während sie, ein wunderschönes Wesen mit rotgoldenem Haar, hemmungslos auf einer Bank schluchzte. Zwischen den beiden Gruppen, nahe dem großen Haufen von Hämmern, lag ein Mann im Abendanzug breit und flach auf dem Gesicht. Selbst aus dieser Höhe hätte Wilfried jede Einzelheit der Kleidung und Erscheinung leidlich identifizieren können, bis zu den Familienringen an den Fingern; der Schädel aber war ein einziger gräßlicher Spritzer, wie ein Stern aus Schwarz und Blut. Wilfried Bohun sah kein zweitesmal hin, er lief die Treppe hinunter in den Hof. Als der Doktor, sein Hausarzt, ihn begrüßte, bemerkte er es kaum. Er stammelte nur: »Mein Bruder tot. Was hat das zu bedeuten? Welch schreckliches Geheimnis steckt dahinter?«

Unheilvolles Schweigen antwortete ihm; dann sagte der Schuster, der gesprächigste unter den Anwesenden: »Es ist schrecklich genug, Sir, aber ein Geheimnis steckt nicht dahinter.«

»Wie meinen Sie das?« fragte Wilfried mit blutleerem Gesicht.

»Es ist klar genug«, antwortete Gibbs. »Auf vierzig Meilen im Umkreis kann nur *ein* Mann solch einen Schlag geführt haben, und der hatte auch am meisten Grund dazu.«

»Wir dürfen nicht voreilig urteilen«, warf der Arzt, ein großer, schwarzbärtiger Mann, nervös ein; »aber ich kann Mr. Gibbs' Meinung über die Art des Hiebes bestätigen. Es ist ein entsetzlicher Hieb. Mr. Gibbs glaubt, nur *ein* Mann in dieser Gegend könne ihn geführt haben. Meiner Ansicht nach kann ihn überhaupt niemand geführt haben.«

Ein abergläubischer Schauder überlief die schlanke Gestalt des Priesters.

»Ich verstehe nicht«, sagte er.

»Mr. Bohun«, erklärte der Arzt mit leiser Stimme, »kein Vergleich wäre hier zureichend. Daß der Schädel wie eine Eierschale in Stücke geschlagen wurde, ist zu wenig gesagt. Knochensplitter wurden in den Körper und den Boden getrieben wie Flintenkugeln in eine Lehmmauer. Der Hieb kam von der Hand eines Riesen.«

Er schwieg einen Augenblick und blickte grimmig durch seine Brille; dann fügte er hinzu: »Die Sache hat ein Gutes – die meisten Leute hier sind auf einen Schlag von jedem Verdacht gereinigt. Wenn Sie oder ich oder irgendein gewöhnlicher Mann in der Gegend dieses Verbrechens angeklagt wären, so müßte man uns freisprechen, wie man ein Kind davon freisprechen müßte, die Nelson-Säule gestohlen zu haben.«

»Das sage ich ja«, wiederholte der Schuster hartnäckig, »nur *ein* Mann kann es getan haben, und dem ist es auch zuzutrauen. Wo ist Simeon Barnes, der Schmied?«

»Nach Greenford hinüber«, sagte Bohun zögernd.

»Wohl eher nach Frankreich hinüber«, murmelte der Schuster.

»Nein, er ist weder da noch dort«, ließ sich die dünne, farblose Stimme des kleinen katholischen Priesters vernehmen, der sich der Gruppe angeschlossen hatte. »Dort kommt er gerade die Straße herauf.«

Der kleine Priester mit seinem braunen Stoppelhaar und dem runden, hölzernen Gesicht war keine interessante Erscheinung. Aber hätte er Apollos Schönheit besessen, so wäre er doch in diesem Augenblick von keinem beachtet worden. Alle wandten sich um und spähten den Fußweg entlang, der sich aus der Ebene heraufschlängelte. Und in der Tat kam dort mit den ihm eigenen Riesenschritten Simeon, der Schmied; und er trug einen Hammer auf der Schulter. Simeon war ein starkknochiger, gigantischer Mann mit tiefliegenden, finsteren Augen und dunklem Kinnbart. Ruhig unterhielt er sich mit seinen beiden Begleitern; und obwohl er nie besonders heiter wirkte, schien er im Augenblick ganz unbeschwerten Sinnes zu sein.

»Mein Gott!« rief der atheistische Schuster; »da ist auch der Hammer, mit dem er es tat!«

»Nein«, sagte der Inspektor, ein vernünftig aussehender Mann mit rotblondem Schnurrbart, der nun zum ersten

Male den Mund aufmachte. »Der Hammer, mit dem er es tat, liegt drüben an der Kirchenmauer. Wir haben ihn und den Leichnam genauso gelassen, wie wir sie fanden.«

Alle sahen hin, und der kleine Priester ging hinüber und betrachtete schweigend das Werkzeug. Es war einer der winzigsten und leichtesten Hämmer, und man hätte ihn unter den übrigen kaum bemerkt; aber an seiner Eisenkante klebten Blut und blondes Haar.

Nach kurzem Schweigen sprach der kleine Priester ohne aufzublicken, und in seiner langweiligen Stimme war ein neuer Klang: »Mr. Gibbs war im Irrtum, als er behauptete, es läge kein Geheimnis vor. Jedenfalls ist es unerklärlich, warum ein so riesenhafter Mann einen so mächtigen Schlag mit einem so kleinen Hammer führen sollte.«

»Das ist doch unwichtig«, rief Gibbs voll Eifer. »Was sollen wir mit Simeon Barnes tun?«

»Ihn in Frieden lassen«, antwortete ruhig der Priester. »Er kommt ja freiwillig her. Ich kenne seine beiden Begleiter, brave Burschen aus Greenford, die in die presbyterianische Kapelle gehen wollen.«

Noch während er sprach, bog der gewaltige Schmied um die Kirchenecke in seinen eigenen Hof. Dort blieb er unbeweglich stehen, und der Hammer entfiel seiner Hand. Der Inspektor, der bisher eine undurchdringliche Amtsmiene bewahrt hatte, ging auf der Stelle zu ihm hin.

»Ich will Sie nicht fragen, Mr Barnes«, sagte er, »ob Sie irgend etwas über diesen Vorfall wissen. Sie sind nicht verpflichtet, etwas auszusagen. Ich hoffe, Sie wissen nichts darüber und können das beweisen. Aber ich muß Sie in aller Form im Namen des Königs verhaften – die Anschuldigung lautet ›Mord an Oberst Bohun‹.«

»Niemand kann Sie zwingen, ein Wort zu sagen!« rief

der Schuster voll halbamtlicher Erregung. »Man muß Ihnen alles beweisen. Und bisher ist noch nicht einmal erwiesen, daß es Oberst Bohun ist, dessen Kopf so völlig zerschmettert wurde.«

»Damit kommt er nicht durch«, sagte leise der Arzt zum Priester, »das hat er in Detektivgeschichten gelesen. Als Hausarzt des Obersts kannte ich seinen Körper besser als er selbst. Er hatte sehr feine, ganz eigenartige Hände. Zeige- und Mittelfinger waren von der gleichen Länge. Nein, das ist schon der Oberst!«

Er blickte auf den Toten mit dem zermalmten Schädel; ihm folgten die stählernen Augen des bewegungslosen Schmiedes und blieben dort haften.

»Ist Oberst Bohun tot?« fragte er ruhig. »Dann ist er in der Hölle.«

»Sagen Sie nichts! Oh, sagen Sie ja nichts!« rief der atheistische Schuster und tanzte vor verzückter Bewunderung des englischen Gerichtsverfahrens. Denn niemand hängt so am Buchstaben des Gesetzes wie der gute Freidenker. Der Schmied sah ihn mit dem hoheitsvollen Auge des Fanatikers an.

»Ihr Ungläubigen denkt wie die Füchse auskneifen zu können, weil ihr die weltlichen Gesetze auf eurer Seite habt«, sagte er, »aber Gott behütet die Seinen in seinem Mantel, das wird euch noch heute offenbar werden.«

Dann zeigte er auf den Oberst und fragte: »Wann starb dieser Hund in seiner Sünden Maienblüte?«

»Mäßigen Sie Ihre Sprache!« rief der Arzt.

»Mäßigen Sie die Sprache der Bibel, und ich will die meine mäßigen. Wann starb er?«

»Um sechs Uhr morgens sah ich ihn noch am Leben«, sagte Wilfried Bohun stockend.

»Gott ist groß«, sagte der Schmied. »Herr Inspektor, ich habe nicht das geringste gegen meine Verhaftung einzuwenden. Eher sollten Sie etwas dagegen haben. Mir macht es nichts aus, wenn ich den Gerichtssaal ohne einen Flecken auf meinem Charakter verlasse. Aber vielleicht ist es Ihnen nicht gleichgültig, Ihre Karriere durch einen groben Schnitzer zu gefährden.«

Zum ersten Male betrachtete der wackere Inspektor den Schmied mit der gleichen lebhaften Anteilnahme wie alle übrigen. (Nur der kleine, seltsame Priester starrte noch immer den kleinen Hammer an, der den schrecklichen Schlag geführt hatte.)

»Da drüben stehen zwei Männer«, fuhr der Schmied mit behäbiger Klarheit fort, »brave Kaufleute aus Greenford, die Ihnen allen bekannt sind. Sie werden beschwören, daß sie mich von Mitternacht bis Tagesanbruch und noch viel später im Sitzungssaal unserer Erweckungsmission gesehen haben, wo wir die ganze Nacht hindurch eine Seele nach der anderen retteten. Und noch zwanzig andere Leute in Greenford können das beeiden. Wäre ich ein Heide, Herr Inspektor, so würde ich Sie straucheln lassen; aber als Christ bin ich verpflichtet, Ihnen zu helfen. Deshalb frage ich Sie: Wollen Sie mein Alibi jetzt gleich oder erst vor Gericht hören?«

Zum ersten Male schien der Inspektor beunruhigt.

»Natürlich würde ich Ihre Unschuld lieber sofort bewiesen sehen«, sagte er.

Der Schmied verließ mit seinen weiten, ruhigen Schritten den Hof und kehrte mit den beiden Greenforder Freunden zurück, die wirklich mit fast allen Anwesenden gut befreundet waren. Niemand dachte daran, ihre Worte zu bezweifeln. Und als sie geendet hatten, stand die

Unschuld Simeons so fest wie die große Kirche über ihnen.

Die ganze Gruppe stand im Banne eines Schweigens, das seltsamer und unerträglicher war als jedes Gespräch. Gedankenlos und nur um irgend etwas zu sagen, fragte der Kurat den katholischen Priester: »Sie scheinen sich sehr für diesen Hammer zu interessieren, Pater Brown.«

»Ja, das tue ich«, erwiderte Pater Brown; »warum ist es ein so kleiner Hammer?«

Mit einer raschen Bewegung wandte sich der Arzt ihm zu. »Bei Gott, Sie haben recht«, rief er; »wer würde einen so kleinen Hammer wählen, wenn zehn größere herumliegen?«

Dann senkte er die Stimme und flüsterte dem Kuraten zu: »Nur jemand, dem ein großer Hammer zu schwer ist. Mann und Frau sind an Kraft oder Mut nicht allzu verschieden, doch die Hebekraft in den Schultern ist anders. Eine kühne Frau könnte mit einem leichten Hammer ohne besondere Anstrengung zehn Morde begehen. Aber mit einem schweren könnte sie nicht einmal einen Käfer töten.«

Wilfried Bohun starrte ihn an, fast hypnotisiert vor Entsetzen. Pater Brown, den Kopf ein wenig seitlich geneigt, lauschte interessiert und aufmerksam. Der Arzt fuhr mit hämischem Nachdruck fort:

»Warum glauben diese Dummköpfe immer, daß nur der Ehemann den Liebhaber seiner Frau haßt? In neun von zehn Fällen haßt die Frau selbst ihren Liebhaber am meisten. Wer kann wissen, wie unverschämt oder treulos er sie behandelt hat – sehen Sie sie doch an!«

Er wies heftig auf das rothaarige Weib. Sie saß immer noch auf der Bank und hatte nun endlich den Kopf gehoben. Die Tränen trockneten auf ihrem schönen Gesicht; aber ihre Augen waren mit einem besessenen, beinah idiotischen Glanz auf die Leiche gerichtet.

Der ehrenwerte Wilfried Bohun machte eine schwache Handbewegung, als wolle er nichts von all dem wissen. Pater Brown jedoch wischte nur ein wenig Asche von seinem Ärmel und sagte in seiner monotonen Art:

»Sie sind der typische Arzt. Ihr geistiges Wissen ist höchst eindrucksvoll, aber Ihr physisches völlig unmöglich. Ich gebe zu, daß die Frau ihren Liebhaber weit öfter zu töten wünscht als der Betrogene. Ich gebe ferner zu, daß die Frau eher einen kleinen Hammer ergreifen wird als einen großen. Aber das Problem besteht in der physischen Unmöglichkeit. Keine Frau auf Erden könnte den Kopf eines Mannes so völlig zu Brei schlagen.«

Nach einer Pause fügte er nachdenklich hinzu:

»Diese Leute haben es immer noch nicht ganz begriffen. Der Mann trug einen stählernen Helm, und der Schlag zersplitterte diesen wie Glas. Sehen Sie doch die Frau an. Sehen Sie Ihre Arme an.« Wieder schwiegen alle, und dann sagte der Arzt etwas verdrießlich: »Möglicherweise habe ich mich geirrt; Einwände lassen sich schließlich gegen alles vorbringen. Aber an der Hauptsache halte ich fest. Nur ein Idiot würde den kleinen Hammer aufnehmen, wenn er einen großen zur Hand hätte.«

Bei diesen Worten griff sich Wilfried Bohun mit seinen dünnen, bebenden Händen an den Kopf. Die Finger durchwühlten das spärliche, blonde Haar. Dann lösten sich seine Hände, und er rief: »Auf dieses Wort habe ich gewartet. Nun ist es ausgesprochen.«

Er meisterte seine Erregung und fuhr fort: »Sie sagten, nur ein Idiot würde den kleinen Hammer aufnehmen?«

»Ja«, entgegnete der Arzt, »und?«

»Nun«, sagte der Kurat, »ein Idiot hat es auch getan.«

Die anderen starrten ihn wie gebannt an, und er sprach in fieberhafter, fast hysterischer Aufregung weiter.

»Ich bin Priester«, rief er mit unsicherer Stimme, »und ein Priester sollte kein Blut vergießen. Ich – ich meine, er sollte niemand an den Galgen liefern. Deshalb danke ich Gott, daß ich den Verbrecher jetzt klar erkenne – denn dieser Verbrecher kann nicht an den Galgen kommen.«

»Sie wollen ihn nicht anzeigen?« forschte der Arzt.

»Selbst wenn ich ihn anzeigte, würde er nicht gehenkt«, antwortete Wilfried mit einem wilden, aber merkwürdig seligen Lächeln.

»Als ich heute morgen die Kirche betrat, fand ich dort einen Wahnsinnigen im Gebet – den armen Joe, der sein Lebtag nie ganz bei Sinnen war. Gott allein weiß, was er betete; aber von solch wunderlichen Leuten kann man ruhig annehmen, daß auch ihre Gebete widersinnig sind. Möglicherweise wird ein Verrückter beten, ehe er jemand umbringt. Als ich den armen Joe zum letzten Male sah, war er mit meinem Bruder zusammen. Und mein Bruder hänselte ihn.«

»Beim Zeus!« rief der Arzt, »das nenne ich endlich reden. Aber wie erklären Sie –«

Der ehrenwerte Wilfried zitterte fast vor Erregung über seine Entdeckung.

»Sehen Sie denn nicht, sehen Sie nicht«, rief er fieberhaft, »daß nur diese Theorie die beiden sonderbaren Dinge erklärt, daß sie beide Rätsel löst. Die beiden Rätsel sind der kleine Hammer und der gewaltige Schlag. Dem Schmied könnte man den gewaltigen Schlag zutrauen, aber nie hätte er den kleinen Hammer gewählt. Sein Weib hätte den kleinen Hammer gewählt, aber sie hätte nicht den gewaltigen Schlag führen können. Nur der Idiot könnte beides getan haben. Was den kleinen Hammer betrifft – nun, er war verrückt und hätte genausogut nach jedem anderen Gegenstand greifen können. Und was den gewaltigen Schlag betrifft, haben Sie noch nie gehört, Doktor, daß ein Tobsüchtiger während eines Anfalls die Kraft von zehn Männern haben kann?«

Der Arzt atmete tief, dann sagte er:

»Zum Teufel, ich glaube, Sie haben recht.«

Pater Brown hatte seine Augen so lange und so fest auf den Sprecher gerichtet, daß eines klar wurde: diese großen grauen Kuhaugen waren keineswegs so nichtssagend wie das übrige Gesicht. Als niemand mehr sprach, sagte er mit betonter Achtung:

»Mr. Bohun, von allen Theorien, die bisher vorgebracht wurden, ist Ihre die einzige, die in allen Punkten hieb- und stichfest, ja unwiderlegbar scheint. Deshalb haben Sie ein Recht zu erfahren, daß es, wie ich positiv weiß, nicht die richtige ist.«

Damit entfernte sich der kleine Mann und starrte wiederum den Hammer an.

»Dieser Bursche scheint mehr zu wissen, als er sollte«, flüsterte der Arzt dem Kuraten verdrießlich zu.

»Diese papistischen Priester sind verteufelt schlau.«

»Nein, nein«, sagte Bohun, nun völlig erschöpft, »es war der Verrückte. Es war der Verrückte.«

Die beiden Priester und der Arzt hatten sich während ihres Gesprächs ein wenig von der offiziellen Gruppe, zu welcher der Inspektor und sein Gefangener gehörten, abgesondert. Doch jetzt, da ihr eigenes Grüppchen sich aufgelöst hatte, vernahmen sie wieder die Stimmen der anderen. Der Priester sah für einen Augenblick ruhig auf und blickte dann sofort wieder vor sich hin, als der Schmied in entschiedenem Ton sagte:

»Ich hoffe, Herr Inspektor, Sie sind überzeugt. Wie Sie mit Recht behaupten, bin ich ein starker Mann, aber ich hätte den Hammer nicht aus dem Handgelenk von Greenford bis hierher schleudern können. Mein Hammer hat auch keine Flügel bekommen, um eine halbe Meile über Hecken und Felder zu fliegen.«

Der Inspektor lachte gutmütig.

»Nein, ich glaube, wir können von Ihnen absehen, obwohl es das merkwürdigste Zusammentreffen ist, das ich kenne. Ich möchte Sie nur noch bitten, uns nach Kräften bei der Entdeckung eines Mannes beizustehen, der Ihre Größe und Stärke hat. Bei Gott, Sie können uns doch noch von Nutzen sein, mindestens bei der Festnahme! Sie haben wohl keine Ahnung, wer es sein könnte?«

»Ich habe vielleicht eine Ahnung«, sagte der Schmied mit dem blassen Gesicht, »aber der, den ich meine, ist kein Mann.« Und als er sah, wie sich die bestürzten Augen der Anwesenden seinem Weib auf der Bank zuwandten, legte er ihr die mächtige Hand auf die Schulter und setzte hinzu:

»– auch keine Frau.«

»Was wollen Sie damit sagen?« fragte der Inspektor scherzhaft.

»Glauben Sie, daß eine Kuh den Hammer benutzte?«

»Ich glaube, kein Wesen von Fleisch und Blut hielt diesen Hammer«, sagte der Schmied mit erstickter Stimme; »mit den Augen des Todesengels gesehen: der Mann starb nicht durch eine menschliche Hand.«

Wilfried machte eine jähe Bewegung vorwärts und starrte ihn aus brennenden Augen an.

»Wollen Sie etwa behaupten, Barnes«, ertönte die scharfe Stimme des Schusters, »daß der Hammer von selbst aufsprang und den Mann niederschlug?«

»Oh, starrt nur und spottet, ihr Herren«, rief Simeon; »ihr geistlichen Herren, die ihr uns sonntags erzählt, wie Senacherib in der Einsamkeit von Gott niedergestreckt wurde. Ich glaube, daß einer, der unsichtbar in jedem Haus weilt, die Ehre des meinigen verteidigte und ihren Schänder tot vor die Schwelle legte. Ich glaube, die Kraft, die jenem Schlag innewohnte, war die gleiche Kraft, die aus Erdbeben spricht, und keine geringere.«

»Ich selbst warnte Norman vor Donnerkeilen«, sagte Wilfried mit höchst seltsamer Stimme.

Der Inspektor lächelte ein wenig. »Diese Kraft liegt außerhalb meiner Amtsgewalt«, sagte er.

»Aber Sie stehen nicht außerhalb der Seinen«, erwiderte der Schmied, »nehmen Sie sich in acht.«

Damit wandte er ihm den breiten Rücken zu und trat ins Haus. Pater Brown nahm sich des sichtlich sehr mitgenommenen Wilfried an.

»Wir wollen diesen schrecklichen Ort verlassen, Mr. Bohun«, sagte er freundlich. »Darf ich mir Ihre Kirche ansehen? Sie soll ja eine der ältesten von England sein. Und wie Sie wissen«, fügte er mit einer komischen Grimasse hinzu, »haben wir ein gewisses Interesse an alten englischen Kirchen.«

Wilfried Bohun lächelte nicht, denn Humor war nicht gerade seine starke Seite. Aber er stimmte eifrig zu, mit Freuden bereit, seine gotischen Herrlichkeiten jemandem zu zeigen, der dafür offenbar mehr Verständnis hatte als der presbyterianische Schmied oder der atheistische Schuster.

»Sehr gerne«, sagte er, »gehen wir gleich durch diesen Seiteneingang.« Und er schlug den Weg zu der hochgelegenen Tür oberhalb der Stufen ein. Pater Brown war ihm bis zur ersten Stufe gefolgt, als er eine Hand auf seiner Schulter spürte. Als er sich umwandte, erblickte er die düstere, dürre Gestalt des Arztes, dessen Gesicht, von Argwohn umschattet, noch finsterer war als sonst.

»Sir«, sagte er streng, »Sie scheinen einige Geheimnisse dieser dunklen Geschichte zu kennen. Haben Sie die Absicht, sie für sich zu behalten?«

»Nun, Doktor«, antwortete der Priester mit freundlichem Lächeln, »Leute meines Berufs haben einen sehr guten Grund, Dinge, deren sie nicht ganz sicher sind, für sich zu behalten. Es ist nämlich immer wieder unsere Pflicht, sogar die Dinge für uns zu behalten, deren wir sicher sind. Falls Sie freilich meine Verschwiegenheit für unhöflich halten, will ich so weit gehen, wie ich nur irgend kann. Ich will Ihnen zwei sehr deutliche Hinweise geben.«

»Und die wären?« fragte der Arzt unwirsch.

»Erstens«, sagte Pater Brown ruhig, »fällt die Geschichte absolut in Ihr Gebiet. Sie hat mit Wissenschaft, und zwar mit Physik zu tun. Der Schmied ist im Irrtum. Nicht, wenn er behauptet, der Schlag sei göttlichen Ursprungs, sicher aber, wenn er ihn auf ein Wunder zurückführt. Es war kein Wunder, Doktor, außer in dem Sinne, daß der Mensch an sich, mit seinem seltsam zum Bösen neigenden und doch wieder halb-heroischen Herzen ein Wunder ist. Die Kraft, die jenen Schädel zerschmetterte, ist dem Wissenschaftler gut bekannt – sie gehört zu den bekanntesten Naturgesetzen.«

Der Arzt sah ihn mit gespannter Aufmerksamkeit an und fragte: »Nun, und der andere Hinweis?«

»Der andere Hinweis ist dies«, erwiderte der Priester: »Erinnern Sie sich, wie verächtlich der Schmied, der doch sonst an Wunder glaubt, von dem unmöglichen Märchen sprach, daß sein Hammer Flügel bekommen habe und eine halbe Meile über Land geflogen sei?«

»Ja«, sagte der Arzt, »ich erinnere mich.«

»Nun«, erklärte Pater Brown mit breitem Lächeln, »von allem, was heute vorgebracht wurde, kam dieses Märchen der tatsächlichen Wahrheit am nächsten.«

Damit kehrte er ihm den Rücken und folgte dem Kuraten die Treppe hinauf. Der ehrenwerte Wilfried hatte bleich und ungeduldig auf ihn gewartet, als gäbe diese Verzögerung seinen Nerven den letzten Rest. Nun führte er den Besucher sofort zu seinem Lieblingswinkel in der Kirche, zu jenem Teil der Galerie, welcher der geschnitzten Decke am nächsten lag und von dem wunderbaren Fenster mit dem Engel erleuchtet wurde. Der kleine römische Priester betrachtete und bewunderte alles nach Gebühr, wobei er die ganze Zeit über freundlich, doch mit leiser Stimme redete. Doch als er zu dem Seitenausgang und der Wendeltreppe kam, die Wilfried hinabgeeilt war, um den toten Bruder zu sehen, lief Pater Brown mit der Behendigkeit eines Affen nicht hinunter, sondern hinauf, und seine klare Stimme ertönte von einer kleinen äußeren Plattform herab.

»Kommen Sie herauf, Mr. Bohun«, rief er. »Die Luft wird Ihnen guttun.«

Bohun folgte ihm und trat auf eine Art steinerne Galerie oder Balkon hinaus. Von dort konnte man die unendliche Ebene überblicken, aus der sich ihr kleiner Hügel erhob; er verlor sich nach dem purpurnen Horizont hin in Wäldern und war mit Dörfern und Farmen übersät. Unter ihnen lag deutlich und viereckig, aber winzig klein, der Hof des Schmiedes, wo der Inspektor noch immer seine Notizen machte und der Leichnam noch immer wie eine zerklatschte Fliege am Boden lag.

»Könnte die Weltkarte sein, nicht wahr?« fragte Pater Brown.

»Ja«, sagte Bohun ernst und nickte mit dem Kopf.

Unmittelbar unter ihnen und um sie her stürzten die Linien des gotischen Baues mit einer selbstmörderisch beängstigenden Schnelligkeit nach außen ins Leere. In der Architektur des Mittelalters liegt jenes Element titanischer Kraft, das, von wo aus man es auch betrachtet, immer zu fliehen scheint wie der feste Rücken eines rasenden Pferdes. Die Kirche war aus altem, schweigendem Stein gehauen, an dem Vogelnester klebten und muffige Schwämmebündel wie Bärte hingen. Und doch sprang sie, von unten gesehen, wie ein Springbrunnen zu den Sternen empor und stürzte jetzt, von oben betrachtet, wie ein Wasserfall in den lautlosen Abgrund. Vor den beiden Männern auf dem Turm tat sich die erschreckendste Seite der Gotik auf: die schwindelerregende Fernsicht, die ungeheure Verkürzung und Umkehrung aller Proportionen, welche große Dinge winzig klein erscheinen läßt und kleine Dinge groß; ein steinernes Durcheinander in schwebender Luft. Kleine Stücke aus Stein, die durch ihre Nähe riesenhaft wirkten, ragten vor einem Schachbrett aus Feldern und Bauernhäusern, die in der Entfernung zwergenhaft erschienen. Den steinernen Vogel an der Ecke oder irgendein anderes Tier konnte man unschwer für einen Drachen halten, der sich anschickte, die Triften und Dörfer unten zu verwüsten. Die ganze Atmosphäre war schwindelerregend und gefährlich, als würde man von den kreisenden Schwingen ungeheurer Geister in der Luft gehalten, und die alte Kirche, hoch und schön wie eine Kathedrale, schien mit ihrer gewaltigen Masse gleich einer Gewitterwolke auf dem sonnenbeschienenen Land zu lasten.

»Ich halte es für etwas gefährlich, auf so hohen Punkten zu stehen, selbst um zu beten«, sagte Pater Brown. »Man sollte zu Höhen hinaufblicken, nicht von ihnen hinab.«

»Sie meinen, man könnte fallen?« fragte Wilfried.

»Die Seele könnte fallen, wenn schon nicht der Leib«, sagte der andere Priester.

»Ich verstehe nicht ganz«, murmelte Wilfried.

»Nehmen Sie zum Beispiel den Schmied«, fuhr Pater Brown ruhig fort; »ein braver Mann, aber kein Christ – hart, herrschsüchtig, unnachsichtig. Nun, die Begründer seiner schottischen Religion beteten auf Hügeln und hohen Felsen, und dabei lernten sie, mehr auf die Welt herunterzusehen als zum Himmel hinauf. Demut ist die Mutter der Riesen. Vom Tal aus erblickt man große Dinge; vom Gipfel nur kleine.«

»Aber er – er hat es nicht getan«, sagte Bohun zitternd.

»Nein«, entgegnete der andere mit seltsamem Ton, »wir wissen, er hat es nicht getan.«

Einen Augenblick lang ließ er seine blaßgrauen Augen ruhig über die Ebene gleiten, dann sprach er weiter:

»Ich kannte einen Mann, der früher einmal mit den andern zusammen vor den Altären kniete; später aber zog er hochgelegene, einsame Plätze für sein Gebet vor, Ecken und Nischen des Glockenturms oder der Turmspitze. Und einmal, als sich an solch schwindelerregendem Ort die ganze Welt unter ihm wie ein Rad zu drehen schien, verdrehte sich sein Verstand, und er hielt sich für Gott.

Und obwohl er ein guter Mensch war, beging er ein großes Verbrechen.«

Wilfrieds Gesicht war abgewandt, doch seine knochigen Hände liefen blau und weiß an, während sie das Steingeländer umklammerten.

»Er dachte, *er* dürfe über die Welt richten und den Sünder zerschmettern. Nie wäre ihm dieser Gedanke gekommen, hätte er mit den andern unten gekniet. Aber von hier oben aus kamen ihm alle Menschen wie Insekten vor. Vor allem war da einer mit einem grünen Hut, der frech grade unter ihm einherstolzierte – ein giftiges Insekt.«

Krähen krächzten um den Turm; kein anderer Laut war zu hören, bis Pater Brown fortfuhr:

»Dazu kam, daß er eine der schrecklichsten Naturgewalten in der Hand hielt; ich meine die Schwerkraft, jene wahnsinnige, immer schneller werdende Kraft, mit der die Erde all ihre Geschöpfe, wenn sie losgelassen sind, sofort wieder an ihr Herz zurücktreibt. Sehen Sie, gerade unter uns geht jetzt der Inspektor über den Hof. Wenn ich nur einen Kiesel über die Brüstung fallen ließe, würde er wie eine Flintenkugel wirken und ihn niederschlagen. Wenn ich einen Hammer fallen ließe – selbst einen kleinen Hammer –«

Wilfried Bohun schwang ein Bein über die Brüstung, aber Pater Brown hatte ihn sofort am Rockkragen.

»Nicht durch diese Pforte«, sagte er ganz freundlich, »diese Pforte führt zur Hölle.«

Bohun taumelte gegen die Mauer und starrte ihn voll Entsetzen an.

»Woher wissen Sie das alles?« rief er, »sind Sie ein Teufel?«

»Ich bin ein Mensch«, antwortete Pater Brown sehr

ernst, »und habe daher alle Teufel im Herzen. Hören Sie zu«, sagte er nach einer kurzen Pause, »ich weiß, was Sie getan haben – jedenfalls kann ich es mir zum größten Teil vorstellen. Als Sie Ihren Bruder verließen, waren Sie, nicht unberechtigt, von solchem Zorn erfüllt, daß Sie nach einem kleinen Hammer griffen, halb entschlossen, ihn niederzuschlagen, noch während seinem Mund all die Gemeinheiten entstürzten. Dann, als Sie sich gefaßt hatten, steckten Sie den Hammer unter Ihren Rock und eilten in die Kirche. Dort beteten Sie leidenschaftlich an den verschiedensten Stellen, unter dem Fenster mit dem Engel, auf der Plattform darüber, und noch höher, von wo aus Sie den orientalischen Hut des Obersten wie den Rücken eines grünen, umherkrabbelnden Käfers sehen konnten. Dann schnappte etwas in Ihrer Seele ein, und Sie ließen Gottes Donnerkeil fallen.«

Wilfried fuhr sich langsam mit der Hand an den Kopf und fragte mit schwacher Stimme: »Wie konnten Sie wissen, daß sein Kopf einem grünen Käfer glich?«

»Oh«, sagte der andere mit einem flüchtigen Lächeln, »das sagte mir mein gesunder Menschenverstand. Doch hören Sie weiter. Ich sage, ich weiß das alles; aber niemand wird es von mir erfahren. Den nächsten Schritt müssen Sie selbst entscheiden; ich werde nichts weiter unternehmen, sondern alles mit dem Beichtsiegel verschließen. Wenn Sie mich fragen, weshalb – gibt es viele Gründe dafür, aber nur einer davon betrifft Sie. Ich überlasse alles Ihnen, weil Sie noch nicht so tief gefallen sind wie andere Mörder. Sie taten nichts dazu, dem Schmied oder seiner Frau das Verbrechen unterzuschieben, als Sie das leicht hätten tun können. Sie wollten es dem Schwachsinnigen in die Schuhe schieben, weil Sie wußten, daß er nicht dafür zu büßen hatte. Solche Lichtpunkte bei Mördern herauszufinden, ist ein Teil meines Berufes. Und nun kommen Sie mit ins Dorf hinunter und ziehen Sie Ihres Weges, frei wie der Wind; denn ich habe nichts mehr zu sagen.«

In tiefstem Schweigen stiegen sie die Wendeltreppe hinunter und traten ins Sonnenlicht hinaus. Wilfried Bohun öffnete sorgfältig die hölzerne Zauntür der Schmiede, dann trat er auf den Inspektor zu und sagte:

»Ich möchte mich Ihnen stellen; ich habe meinen Bruder getötet.«

Das Auge des Apoll

Jener einzigartige, rauchige Schimmer, der, verhüllend und erhellend, den geheimnisvollen Reiz der Themse bildet, verwandelte sich immer mehr von Grau in glitzerndes Silber, als die Sonne sich dem Zenith über Westminster näherte und zwei Männer die Westminster-Brücke überquerten. Der eine war sehr groß und der andere sehr klein; in einem Spiel der Phantasie konnte man sie mit dem hochmütigen Glockenturm des Parlaments und dem demütigen, krummen Rücken der Abtei vergleichen, besonders da der kleine Mann Priesterkleidung trug.

Die amtliche Beschreibung des Großen lautete auf M. Hercule Flambeau, Privatdetektiv; er war auf dem Weg zu seinem neuen Büro, das in einem Neubau gegenüber dem Tor der Abtei lag. Die amtliche Beschreibung des kleinen Mannes lautete auf Hochwürden J. Brown, Priester an der St.-Franz-Xaver-Kirche in Camberwell; er war auf dem Weg von einem Sterbebett und kam, das neue Büro seines Freundes zu besichtigen.

Das Gebäude hatte in seiner wolkenkratzenden Höhe etwas Amerikanisches, und auch die geölte Vollkommenheit seiner Telefon- und Liftanlagen war amerikanisch. Aber es war noch nicht ganz fertig und stand teilweise leer. Bisher waren nur drei Mieter eingezogen; die Räume über Flambeau waren bewohnt, und die unmittelbar unter ihm; die beiden Stockwerke darüber und die drei darunter standen völlig leer. Doch der erste Blick auf dieses neue Getürm von Wohnungen wurde durch etwas ungemein Fesselndes in Bann gehalten. Abgesehen von ein paar Überresten des Baugerüsts war das einzige Auffallende an der Außenseite jenes Büros zu sehen, das über Flambeaus Zimmer lag. Es war ein ungeheures, vergoldetes Menschenauge, das von goldenen Strahlen umgeben war und ebensoviel Platz einnahm wie zwei bis drei Bürofenster.

»Was in aller Welt ist das?« fragte Pater Brown und blieb stehen. »Oh, nur eine neue Religion«, erwiderte Flambeau lachend, »eine jener neuen Religionen, die einem die Sünden mit der einfachen Behauptung vergeben, man habe nie welche begangen. So etwas wie Gesundbeterei, würde ich denken. Nichts weiter, als daß ein Bursche, der sich Kalon nennt (seinen richtigen Namen kenne ich nicht, aber so kann er bestimmt nicht heißen), das Büro über mir gemietet hat. Unter mir habe ich zwei Maschinenschreiberinnen, und über mir diesen schwärmerischen Schwindler. Er nennt sich den neuen Priester des Apoll und betet die Sonne an.«

»Er soll sich in acht nehmen«, sagte Pater Brown. »Von allen Gottheiten war die Sonne am grausamsten. Aber was soll das Riesenauge dort oben?«

»Soweit ich es verstehe«, antwortete Flambeau, »lautet eine ihrer Theorien, daß der Mensch alles ertragen kann, solange sein Gemüt ruhig ist. Ihre wichtigsten Symbole sind die Sonne und das offene Auge; sie behaupten nämlich, wer wirklich gesund sei, könne sogar in die Sonne starren.«

»Wer wirklich gesund ist, käme nie auf eine solche Idee«, sagte Pater Brown.

»Ja, das ist wohl alles, was ich Ihnen über diese Religion erzählen kann«, fuhr Flambeau leichthin fort. »Natürlich gibt sie auch vor, alle körperlichen Krankheiten heilen zu können.«

»Auch jene besondere Geisteskrankheit?« fragte Pater Brown mit ernsthafter Neugier.

»Welche besondere Geisteskrankheit?« fragte Flambeau lächelnd.

»Sich für völlig gesund zu halten«, antwortete sein Freund.

Flambeau interessierte sich mehr für das ruhige, kleine Büro unter ihm als für den flammenden Tempel droben. Er war ein klardenkender Südländer, der sich nur unter Katholiken oder Atheisten etwas vorstellen konnte; neue Religionen von leuchtender und farbloser Art waren nicht nach seinem Geschmack. Ihm lag mehr das Menschliche, besonders wenn es hübsch aussah; außerdem waren die beiden jungen Damen im Stockwerk unter ihm auf ihre Art Charaktere. Das Büro gehörte zwei Schwestern, beide schlank und dunkel. Die eine war groß und auffallend; mit ihren finsteren, scharfgeschnittenen Adlerzügen gehörte sie zu den Frauen, die man sich immer im Profil vorstellt, wie die geschliffene Schneide einer Waffe. Sie schien ihren Lebensweg erzwingen zu wollen. Ihre Augen waren von überraschendem Glanz, aber es war eher der Glanz des Stahls als der des Diamanten; und ihre aufrechte, schlanke Gestalt wirkte bei aller Anmut ein wenig steif. Die jüngere Schwester konnte als ihr verkürzter Schatten gelten, ein wenig grauer, farbloser, unbedeutender. Beide trugen schwarze Bürokleidung mit schmalen Herrenmanschetten und Kragen. In den Londoner Büros gibt es Tausende solch trockner, fleißiger Damen; doch der Reiz dieser beiden lag eher in ihrer wirklichen als in ihrer scheinbaren Stellung. Denn Pauline Stacey, die ältere, war die Erbin des Wappens einer halben Grafschaft und großen Reichtums; sie war in Schlössern und Gärten aufgewachsen, bis ihr kalter Hochmut, eine häufige Eigenschaft der modernen Frauen, sie dem zugetrieben hatte, was sie für ein strengeres und höheres Leben hielt. Dabei hatte sie keineswegs auf ihr Vermögen verzichtet. Das wäre ihr als romantische und mönchische Geste erschienen, die ihrer praktischen Art ferne lag. Sie halte ihren Reichtum zusammen, pflegte sie zu sagen, um ihn für wirklich soziale Zwecke zu verwenden. Einen Teil davon hatte sie in ihr Geschäft gesteckt, das zu einem Muster-Schreibbüro werden sollte, ein anderer Teil war auf verschiedene Gesellschaften verteilt, die der Förderung von Frauenemanzipation dienten. Wie weit Joan, ihre Schwester und Partnerin, diesen etwas prosaischen Idealismus teilte, war schwer zu sagen. Doch folgte sie Pauline mit fast hündischer Zuneigung, die in ihrem tragischen Anflug vielleicht anziehender war als der harte, hohe Sinn der Älteren. Pauline Stacey hatte keinerlei Beziehung zum Tragischen, sie schien sogar seine Existenz zu leugnen.

Ihr heftiges Temperament und ihre kalte Ungeduld hatten Flambeau bei seinem ersten Besuch im Hause sehr belustigt. Er hatte in der Eingangshalle vor der Lifttür gezögert und auf den Boy gewartet, der für gewöhnlich die Fremden zu den verschiedenen Stockwerken bringt. Aber dieses Mädchen mit den glänzenden Falkenaugen hatte es rundweg abgelehnt, sich mit einer derartigen Verzögerung abzufinden. Sie wisse genau mit Fahrstühlen Bescheid, erklärte sie scharf, und sei von Jungen nicht abhängig – und auch nicht von Männern. Obwohl ihr Büro nur im dritten

Stock lag, gelang es ihr während der paar Sekunden Fahrt, Flambeau den größten Teil ihrer Anschauungen aus dem Stegreif vorzutragen; vor allem, daß sie eine moderne, arbeitende Frau sei und moderne Arbeitsmaschinen liebe. Dabei leuchteten ihre glänzenden, schwarzen Augen in abstraktem Zorn über jene Narren, welche die mechanische Wissenschaft ablehnen und die Romantik zurückersehnen. Heutzutage müsse jeder mit Maschinen umgehen können, sagte sie, so wie sie selbst den Lift bedienen könne. Es schien ihr sogar unangenehm zu sein, daß Flambeau ihr die Lifttür öffnete; und als dieser Herr zu seinen eigenen Räumen hinaufging, lächelte er mit etwas gemischten Gefühlen über so viel leidenschaftliche Unabhängigkeit.

Zweifellos hatte sie ein scharfes, realistisches Gehaben; die Bewegungen ihrer schmalen, feinen Hände waren schroff, beinahe destruktiv. Als Flambeau einmal wegen einer Schreibarbeit in ihr Büro kam, hatte sie gerade die Brille ihrer Schwester auf den Boden geworfen und trampelte darauf herum. Sie war mitten in einer sittlichen Tirade über »kränkliche medizinische Ansichten« und krankhaftes Eingeständnis von Schwäche, wie es die Benutzung eines solchen Gegenstands beweise. Sie verbot ihrer Schwester, je wieder solch künstliches, ungesundes Zeug mitzubringen. Sie wollte wissen, ob man etwa von ihr annehme, daß sie Holzbeine, falsche Haare oder Glasaugen trage; und dabei funkelten ihre Augen wie schrecklicher Kristall.

Flambeau, völlig verwirrt von diesem Fanatismus, konnte sich nicht zurückhalten, Miss Pauline mit direkter, französischer Logik zu fragen, warum eigentlich eine Brille ein krankhafter Schwächebeweis sei als ein Lift, und warum uns die Wissenschaft in dem einen Fall helfen dürfe, in dem anderen aber nicht.

»Das ist doch grundverschieden«, erklärte Pauline von oben herab. »Batterien und Motoren und solche Dinge sind Kennzeichen der männlichen Kraft – ja, und auch der weiblichen, Mr. Flambeau. All diese großen Kräfte, die Entfernungen überwinden und Zeit sparen, sollen wir ruhig benutzen. Das ist erhaben und herrlich – das ist wirkliche Wissenschaft. Aber diese ekelhaften Krücken und Pflaster, welche die Ärzte verschreiben – das sind doch nur Etiketten der Feigheit. Die Ärzte kleben uns Arme und Beine an, als wären wir alle Krüppel und kranke Sklaven. Aber ich bin frei geboren, Mr. Flambeau! Die Menschen halten diese Dinge nur deshalb für notwendig, weil sie zur Furcht erzogen sind und nicht zu Macht und Mut; den Kindern wird ja schon von törichten Kindermädchen verboten, in die Sonne zu starren, und so können sie es später nicht, ohne zu blinzeln. Aber weshalb sollte unter all den Sternen einer sein, den ich nicht ansehen darf? Die Sonne ist nicht mein Herr, und ich will sie mit offenen Augen anschauen, wann immer es mir paßt.«

»Ihre Augen werden die Sonne blenden«, sagte Flambeau mit einer fremdartigen Verbeugung. Es machte ihm immer aufs neue Spaß, dieser seltsamen, steifen Schönheit Komplimente zu sagen, zum Teil, weil es sie ein wenig aus dem Gleichgewicht brachte. Doch als er zu seinem Büro hinaufging, atmete er tief und pfiff vor sich hin, während er zu sich sagte: »Sie ist also diesem Taschenspieler mit dem vergoldeten Auge in die Hände gefallen.« Denn sowenig er auch von Kalons neuer Religion wußte oder sich darum kümmerte, von ihrem besonderen Merkmal des In-die-Sonne-Starrens hatte er schon gehört.

Bald entdeckte er, daß die geistigen Bande zwischen den Stockwerken über und unter ihm sehr fest waren und sich immer fester knüpften. Der Mann, der sich Kalon nannte, war ein herrliches Geschöpf, vom Körperlichen her durchaus wert, der Hohepriester Apolls zu heißen. Er war fast so groß wie Flambeau und sah viel besser aus mit seinem goldenen Bart, den mächtigen blauen Augen und der wehenden Löwenmähne. Der Gestalt nach war er die blonde Bestie Nietzsches, aber diese animalische Schönheit wurde durch echten Verstand und Geist erhöht, verklärt und gemildert. Wenn er schon einem der großen Sachsenkönige glich, so jedenfalls einem, der gleichzeitig ein Heiliger war. Und das alles trotz des Mißverhältnisses seiner alltäglichen Umgebung; trotz der Tatsache, daß sein Büro im mittleren Stockwerk eines Hauses in der Viktoriastraße lag; daß sein Schreiber, ein gewöhnlicher Jüngling mit Kragen und Manschetten, im Vorzimmer zwischen ihm und dem Flur saß; daß sein Name auf einem Messingschild prangte und das vergoldete Emblem seines Glaubens wie ein Optikerschild über der Straße hing. All diese Gewöhnlichkeiten konnten nichts von dem lebendigen Eindruck und der Begeisterung auslöschen, die von Kalons Seele und Körper ausgingen. Ja, diesen Marktschreier umwehte die Aura eines bedeutenden Mannes. Selbst in dem losen leinenen Jackenanzug, den er im Büro trug, war er eine faszinierende, gewaltige Erscheinung. Und wenn er, in weiße Gewänder gehüllt und mit einem Goldreif gekrönt, täglich die Sonne begrüßte, sah er so herrlich aus, daß den Leuten auf der Straße das Lachen auf den Lippen erstarb. Dreimal am Tag trat dieser neue Sonnenanbeter auf seinen kleinen Balkon hinaus, um dort im Angesicht von ganz Westminster seinem strahlenden

Herrn eine Litanei aufzusagen, einmal bei Tagesanbruch, einmal bei Sonnenuntergang und einmal um Punkt zwölf Uhr mittags. Und da es eben von den Türmen des Parlaments und der Pfarrkirche Mittag schlug, sah Pater Brown nach oben und erblickte zum erstenmal den weißen Priester Apolls.

Flambeau hatte dies Schauspiel oft genug gesehen und verschwand in der Vorhalle des großen Hauses, ohne sich darum zu kümmern, ob sein geistlicher Freund ihm folgte. Aber Pater Brown – sei es nun aus beruflichem Interesse am Rituellen oder aus einem mehr persönlichen Interesse an Narretei – blieb stehen und starrte zu dem Balkon des Sonnenanbeters hinauf, wie er es genauso bei einem Kasperltheater getan hätte. Der Prophet Kalon stand bereits mit silbernen Gewändern und hocherhobenen Händen da, und der Klang seiner merkwürdig durchdringenden Stimme, die pathetisch die Sonnenlitanei sprach, war bis auf die geräuschvolle Straße hinunter zu hören. Er war mitten im Gebet, die Augen fest auf die flammende Scheibe gerichtet. Es ist zweifelhaft, ob er irgend etwas oder irgend jemanden auf der Erde wahrnahm; ganz bestimmt nicht einen kümmerlichen Priester mit rundem Gesicht, der aus der Menge unten mit blinzelnden Augen zu ihm emporblickte. Darin bestand vielleicht sogar der auffallendste Unterschied zwischen diesen beiden so ungleichen Männern. Pater Brown konnte nichts ansehen, ohne zu blinzeln; aber der Priester Apolls konnte sogar in die Mittagssonne starren, ohne mit der Wimper zu zucken.

»O Sonne«, rief der Prophet, »du Stern, der du zu groß bist, um mit den anderen Sternen gemeinsam zu wandeln! O Quelle, die ruhig in jenen geheimnisvollen Ort fließt, den man Raum nennt. Weißer Vater aller unermüdlichen weißen Dinge, der weißen Flammen und der weißen Blumen und der weißen Gipfel! Vater, der du unschuldiger bist als die unschuldigsten und friedlichsten deiner Kinder; Urreinheit, in deren Frieden –«

Ein Stürzen und Krachen wie die umgekehrte Explosion einer Rakete wurde von einem langgezogenen, schrillen Schrei durchschnitten. Fünf Leute stürzten in die Haustür hinein, während drei herausstürzten, und einen Augenblick lang bildeten sie einen unentwirrbaren Knäuel. Das Gefühl eines plötzlich hereingebrochenen Schreckens schien die halbe Straße mit Unheilsnachrichten zu füllen, die um so schlimmer waren, als niemand wußte, was eigentlich geschehen war. Nur zwei Männer blieben bei diesem Aufruhr ruhig: der schöne Priester Apolls auf dem Balkon oben und der häßliche Priester Christi unter ihm.

Nun erschien in der Haustür die hohe Gestalt Flambeaus mit ihrer titanischen Energie; sofort beherrschte er die kleine Menschenansammlung. Mit einer Stimme, die wie ein Nebelhorn dröhnte, befahl er, einen Arzt zu holen; als er wieder in dem dunklen, dicht umdrängten Eingang verschwand, schlüpfte Pater Brown völlig unbeachtet mit hinein. Und während er sich durch die Menge schlängelte, konnte er noch immer die erhabene Melodie und Monotonie des Sonnenpriesters vernehmen, der weiterhin den glücklichen Gott anrief, den Freund der Quellen und Blumen.

Pater Brown fand Flambeau und sechs andere Leute um den Schacht versammelt, in dem der Lift herunterzukommen pflegte. Aber nicht der Lift war heruntergekommen, sondern etwas anderes; etwas, das mit dem Lift hätte kommen sollen.

Während der letzten vier Minuten hatte Flambeau darauf niedergestarrt, hatte er die blutende Gestalt und den zerschmetterten Schädel der schönen Frau angesehen, die das Tragische verneint hatte. Er bezweifelte nicht im geringsten, daß es Pauline Stacey war; und obwohl er nach dem Arzt geschickt hatte, zweifelte er nicht im geringsten an ihrem Tode.

Er konnte sich nicht recht erinnern, ob sie ihm gefallen oder mißfallen hatte; für beides gab es so viele Gründe. Jedenfalls war sie in seinen Augen eine Persönlichkeit gewesen, und ihr Verlust, der kleine, unwichtige Züge plötzlich mit unerträglicher Macht ins Gedächtnis rief, traf ihn wie mit Dolchstichen. Er erinnerte sich ihres hübschen Gesichts und ihrer jüngferlichen Reden mit jener unvermittelten, geheimnisvollen Lebendigkeit, welche die ganze Bitterkeit des Todes enthält. In einem Augenblick, wie ein Blitz aus heiterem Himmel, wie ein Donnerkeil aus dem Nichts, war dieser schöne, stolze Körper durch den offenen Liftschacht zu Tode gestürzt. War es Selbstmord? Bei einer so ausgesprochenen Optimistin schien das unmöglich. War es Mord? Aber wer in diesen fast unbewohnten Räumen konnte sie ermordet haben? Mit heiserem Wortschwall, den er für kraftvoll hielt und der ihm plötzlich sehr schwächlich vorkam, erkundigte er sich, wo denn jener Bursche Kalon steckte. Eine schwerfällige, ruhige Stimme versicherte ihm, daß Kalon während der letzten fünfzehn Minuten draußen auf dem Balkon gestanden und seinen Gott angebetet habe. Als Flambeau diese Stimme hörte und Pater Browns Hand fühlte, wandte er ihm sein dunkles Gesicht zu und fragte schroff:

»Aber wenn er die ganze Zeit über draußen war, wer soll es denn getan haben?«

»Vielleicht sollten wir hinaufgehen und es herausfinden«, sagte der andere. »Bis zum Eintreffen der Polizei haben wir noch eine Viertelstunde Zeit.«

Flambeau ließ den Leichnam in der Obhut der Ärzte und stürzte die Treppe hinauf zu dem Schreibbüro; da niemand darin war, rannte er weiter zu seinem eigenen. Kaum hatte er es betreten, als er mit weißem Gesicht wieder zu seinem Freund zurückkehrte. »Ihre Schwester«, sagte er mit bedrückendem Ernst, »ihre Schwester scheint ausgegangen zu sein.«

Pater Brown nickte. »Vielleicht ist sie auch zu jenem Sonnenmann hinaufgegangen. An Ihrer Stelle würde ich das feststellen, und dann wollen wir in Ihrem Büro darüber reden. Nein«, fügte er schnell hinzu, als wäre ihm plötzlich etwas eingefallen, »wann werde ich endlich klüger werden? Natürlich unten, in ihrem Büro.«

Flambeau starrte ihn verständnislos an; doch er folgte dem kleinen Pater hinunter zu den leeren Räumen der Staceys, wo sich dieser unergründliche Priester in einem großen, roten Ledersessel direkt am Eingang niederließ, so daß er bequem die ganze Treppe überblicken konnte. Er brauchte nicht lange zu warten. Innerhalb von vier Minuten kamen drei Gestalten herunter, denen nur ihr feierlicher Ernst etwas Gemeinsames verlieh. Die erste war Joan Stacey, die Schwester der Toten – augenscheinlich war sie oben in dem provisorischen Tempel des Apollopriesters gewesen; die zweite war der Priester Apolls persönlich, der seine Litanei beendet hatte und in voller Pracht die leeren Treppen herabschwebte – mit seinem weißen Gewand, dem Bart und dem gescheitelten Haar erinnerte er ein wenig an Dorés Christus beim Verlassen des Prätoriums; der dritte war der leicht verstörte Flambeau, dessen Brauen finster zusammengezogen waren.

Miss Joan Stacey, dunkel, mit schlaffen Zügen und zu früh ergrautem Haar, ging direkt zu ihrem Schreibtisch und legte mit geübten Bewegungen ihre Papiere zurecht. Diese mechanische Tätigkeit ließ die übrigen ihre Vernunft wiederfinden. Wenn Miss Joan Stacey eine Verbrecherin war, dann war sie jedenfalls eine sehr kaltbütige. Pater Brown betrachtete sie eine Weile mit seltsamem, leichtem Lächeln und sprach dann, ohne sie aus den Augen zu lassen, jemand anderen an.

»Prophet«, sagte er, womit er offenbar Kalon meinte, »ich wünschte, Sie würden mir etwas über Ihre Religion erzählen.«

»Es wäre mir eine Ehre«, sagte Kalon und neigte sein noch immer gekröntes Haupt, »aber ich bin nicht sicher, ob ich Sie richtig verstanden habe.«

»Nun, es ist so«, sagte Pater Brown in seiner offenen, aber zögernden Art. »Nach unserer Lehre ist ein Mann mit wirklich schlechten Grundsätzen zum Teil selbst daran schuld. Aber bei all dem erkennen wir doch, ob jemand sein reines Gewissen mit einem Haufen Sophistereien umnebelt hat. Also, halten Sie Mord überhaupt für etwas Böses?«

»Ist das eine Anklage?« fragte Kalon sehr ruhig.

»Nein«, antwortete Brown ebenso sanft, »es ist die Verteidigungsrede.«

Nach einer langen, überraschenden Stille erhob sich der Prophet Apolls langsam, und es war, als ob die Sonne aufginge. Er füllte das Zimmer so sehr mit Licht und Leben, daß er ebensogut die ganze Ebene von Salisbury hätte ausfüllen können. Seine von der Robe umwallte Figur schien den ganzen Raum mit klassischem Faltenwurf zu tapezieren; seine epischen Gesten schienen ihm größere Ausdehnung zu verleihen, bis die kleine, schwarze Gestalt des modernen Priesters völlig fehl am Platze schien, ein runder, schwarzer Fleck auf hellenischer Pracht.

»Endlich treffen wir uns, Kaiphas«, sagte der Prophet. »Ihre Kirche und meine sind die einzig realen auf dieser Erde. Ich bete die Sonne an, und Sie ihren Untergang; Sie sind der Priester des sterbenden, ich der des lebendigen Gottes. Ihr Gehaben, voll Verdacht und Verleumdung, ist Ihres Rockes und Ihres Glaubens würdig! Ihre ganze Kirche ist ja nichts wie eine schwarze Polizei; Ihr seid nichts wie Spitzel und Detektive, welche die Menschen durch Verrat und Folter zu Schuldbekenntnissen zwingen wollen. Ihr wollt die Menschen ihrer Verbrechen, ich sie ihrer Unschuld überführen. Ihr wollt sie von ihren Sünden überzeugen; ich überzeuge sie von ihrer Tugend!

Leser der Bücher des Bösen, nur noch ein Wort, ehe ich Eure grundlosen Spukgestalten für immer hinwegblase. Ihr habt nicht die geringste Vorstellung, wie gleichgültig es mir ist, ob Ihr mich überführen könnt oder nicht. Was Ihr Schande und schreckliches Henkerswerk nennt, bedeutet mir nicht mehr, als der Menschenfresser in einem Kinderbuch einem erwachsenen Mann bedeutet. Sie wollten die Verteidigungsrede halten. Mir liegt so wenig an dem Nebelland dieses Lebens, daß ich selbst die Anklagerede halten werde. In dieser ganzen Angelegenheit spricht nur eine Tatsache gegen mich, und die werde ich selbst vorbringen. Die tote Frau war meine Geliebte und meine Braut; nicht in dem Sinn, den Ihr Hohlköpfe rechtmäßig nennt, sondern nach einem reineren, strengeren Gesetz, als ihr es je begreifen könnt. Wir beide lebten in einer anderen Welt als Ihr, wir schritten durch Städte aus Kristall, während Ihr euch mühsam durch Tunnels und Gänge aus Backstein arbeitet. Natürlich weiß ich, daß theologische wie andre Polizisten sich immer einbilden werden, es gäbe keine Liebe ohne Haß; das also ist der erste Punkt für die Anklage. Der zweite Punkt wiegt schwerer, das verhehle ich nicht. Es ist nicht nur wahr, daß Pauline mich liebte, es ist ebenso wahr, daß sie heute morgen, bevor sie starb, an diesem Tisch ein Testament gemacht und mir und meiner Kirche eine halbe Million hinterlassen hat. Los, wo sind die Handschellen? Glaubt Ihr, es kümmert mich, was Ihr mit mir vorhabt? Zuchthausstrafe bedeutet mir nicht mehr, als an einer Zwischenstation auf sie zu warten. Der Galgen ist für mich nur ein durchgehender Wagen, um zu ihr zu gelangen.«

Er sprach mit der bezwingenden Überlegenheit eines Redners. Flambeau und Joan Stacey starrten ihn voll sprachloser Bewunderung an. In Pater Browns Gesicht malte sich äußerste Erschöpfung; mit schmerzhaft verzogener Stirn blickte er zu Boden. Der Sonnenprophet lehnte sich leicht an den Kaminsims und fuhr fort: »In ein paar Worten habe ich die ganze Anklage gegen mich vorgebracht – die einzig mögliche Anklage. Mit noch weniger Worten will ich sie zu Staub blasen, daß auch nicht eine Spur davon zurückbleibt. Was die Frage anlangt, ob ich das Verbrechen begangen habe, so besteht die Antwort in einem einzigen Satz: Ich kann dieses Verbrechen nicht begangen haben. Pauline Stacey stürzte fünf Minuten nach zwölf aus diesem Stockwerk in den Schacht. Hundert Leute können auf der Zeugenbank aussagen, daß ich zu jener Zeit auf meinem Balkon stand, von kurz vor zwölf bis fünfzehn Minuten danach – der üblichen Zeit meiner öffentlichen Gebete. Mein Schreiber, ein achtbarer Jüngling aus Clapham und ohne jede nähere Beziehung zu mir, wird beschwören, daß ich volle zehn Minuten vor zwölf eintraf, fünfzehn Minuten vor dem leisesten Anzeichen des Unfalls, und daß ich während der ganzen Zeit mein Büro oder meinen Balkon nicht verlassen habe. Niemand verfügt über ein so vollständiges Alibi: Ich könnte halb Westminster als Zeugen vorladen. Sie stecken die Handschellen besser wieder ein. Die Anklage ist hinfällig.

Damit aber auch kein Hauch dieses irrsinnigen Verdachts die Luft verpeste, will ich Ihnen noch mehr erzählen. Ich glaube zu wissen, wie meine unglückliche Freundin ums Leben kam. Wenn Sie wollen, können Sie mich oder meinen Glauben oder meine Philosophie dafür tadeln; aber Sie können mich nicht dafür ins Gefängnis bringen. Wer sich je mit dem Studium der höheren Wahrheiten befaßt hat, weiß, daß schon immer gewisse Eingeweihte und Erleuchtete die Gabe des Schwebens empfangen haben – daß sie sich also frei in der Luft halten konnten. Das ist nur ein Teil jener großen Eroberung der Materie, die das Hauptelement unserer Geheimwissenschaft bildet. Die arme Pauline besaß ein leicht erregbares, ehrgeiziges Naturell. Um die Wahrheit zu sagen, sie hielt sich für tiefer in die Geheimnisse eingedrungen, als sie wirklich war; und wenn wir gemeinsam den Lift benutzten, hat sie mir oft gesagt, daß man mit genügend festem Willen auch ohne Lift leicht wie eine Feder hinabschweben könne. Ich bin fest überzeugt, daß sie in einem Augenblick der Ekstase dieses Wunder versucht hat. Ihr Wille oder ihr Glaube müssen im entscheidenden Moment versagt haben, und das niedrige Gesetz der Materie rächte sich aufs grausamste. Das ist die ganze Geschichte, meine Herren, eine traurige, Ihrer Meinung nach wohl vermessene und gottlose Geschichte, doch bestimmt kein Verbrechen; und gewiß eine Geschichte, die nichts mit mir zu tun hat. In der Sprache der Polizeigerichte wird es wohl Selbstmord heißen. In meinen Augen wird es immer ein heroischer Fehlschlag bleiben, im Dienste des wissenschaftlichen Fortschritts und des langsamen Aufstiegs zum Himmel.«

Zum erstenmal seit ihrer Bekanntschaft sah Flambeau Pater Brown als Besiegten. Noch immer saß er da und blickte mit schmerzvoll verzogenen Brauen zu Boden, als wenn er sich schämte. Man konnte sich unmöglich dem Gefühl entziehen, das des Propheten beschwingte Worte geweckt hatten: Hier war ein mittelmäßiger Kopf, der von Berufs wegen seine Mitmenschen verdächtigte, durch einen stolzeren und reineren Geist von natürlicher Freiheit und Gesundheit überwältigt worden. Pater Brown blinzelte wie in körperlicher Qual und sagte endlich: »Ja, wenn es sich so verhält, mein Herr, müssen Sie nur noch das erwähnte Testament nehmen und damit verschwinden. Wo mag die Arme es nur gelassen haben?«

»Es wird wohl drüben auf ihrem Schreibtisch bei der Tür liegen«, sagte Kalon in jener überwältigend unschuldigen Art, die ihn völlig freizusprechen schien. »Sie sagte ausdrücklich, sie würde es heute morgen schreiben, und tatsächlich sah ich sie schreiben, als ich mit dem Lift zu meinen Räumen fuhr.«

»Stand ihre Tür denn offen?« fragte der Priester und betrachtete eine Ecke der Binsenmatte.

»Ja«, antwortete Kalon ruhig.

»Seitdem ist sie also offen gewesen«, sagte der andere und studierte weiter schweigend die Matte.

»Hier drüben liegt ein Blatt Papier«, sagte die grimmige

Miss Joan mit etwas merkwürdiger Stimme. Sie war zum Schreibtisch ihrer Schwester hinübergegangen und hielt einen Bogen blaues Kanzleipapier in der Hand. Auf ihrem Gesicht lag ein säuerliches Lächeln, das für diese Gelegenheit etwas unpassend schien, und Flambeau blickte sie finster an.

Der Prophet Kalon hielt sich mit derselben königlichen Selbstverständlichkeit, die er bisher zur Schau getragen hatte, von dem Papier fern. Aber Flambeau nahm es ihr aus der Hand und las es mit wachsender Verwirrung. Es begann wie ein gewöhnliches Testament, doch nach den Worten »Ich schenke und vermache alles, was ich bei meinem Tode besitze«, brach die Schrift plötzlich mit einem Gekritzel ab, und von dem Namen des Erben fehlte jede Spur. Verwundert gab es Flambeau seinem Freund, der nur einen Blick darauf warf und es schweigend dem Sonnenpriester reichte.

Einen Augenblick später hatte dieser Hohepriester in den glänzenden, wallenden Gewändern mit zwei großen Schritten den Raum durchmessen und sich vor Joan aufgepflanzt, wobei ihm die blauen Augen aus dem Kopf zu treten schienen.

»Welchen Gaunerstreich haben Sie hier verübt?« schrie er. »Das ist nicht alles, was Pauline geschrieben hat.«

Zu aller Erstaunen war es eine völlig neue Stimme, die da in schrillem Yankee-Englisch sprach; wie ein Mantel waren all seine Größe und seine gewählte Aussprache von ihm abgefallen.

»Sonst liegt nichts auf dem Schreibtisch«, sagte Joan, die ihn mit demselben mißgünstigen Lächeln fest ansah.

Plötzlich brach der Mann in Gotteslästerungen und einen Schwall von Flüchen aus. Es war erschütternd, zu sehen, wie er seine Maske fallen ließ – als ob das wirkliche Gesicht eines Menschen abfiele.

Als er vom Fluchen außer Atem war, schrie er in breitestem Amerikanisch: »Hören Sie! Ich mag ein Abenteurer sein, aber Sie sind eine Mörderin. Ja, Gentlemen, da haben Sie den Tod in Ihrem Sinne erklärt und ohne jedes Schweben. Das arme Ding schreibt sein Testament zu meinen Gunsten: da kommt ihre verfluchte Schwester herein, ringt mit ihr um die Feder, zerrt sie zum Schacht und wirft sie hinunter, ehe sie fertigschreiben kann. Verdammt! Wir werden die Handschellen doch noch brauchen.«

»Wie Sie richtig bemerkt haben«, entgegnete Joan mit verächtlicher Ruhe, »ist Ihr Schreiber ein sehr ehrbarer junger Mann, der die Bedeutung eines Eides kennt; er kann vor jedem Gerichtshof beschwören, daß ich in Ihrem Büro mit einer Schreibarbeit beschäftigt war, fünf Minuten bevor und fünf Minuten nachdem meine Schwester abstürzte. Mr. Flambeau wird Ihnen bestätigen, daß er mich dort fand.«

Alle schwiegen.

»Demnach«, rief Flambeau, »war Pauline allein, als sie hinabstürzte, und es war Selbstmord.«

»Sie war allein«, sagte Pater Brown, »aber es war kein Selbstmord.«

»Aber wie starb sie dann?« fragte Flambeau ungeduldig.

»Sie wurde ermordet.«

»Aber sie war doch ganz allein«, widersprach der Detektiv.

»Sie wurde ermordet, obwohl sie ganz allein war«, antwortete der Priester.

Alle starrten ihn an, doch er verharrte weiter in seiner niedergeschlagenen Haltung, mit einer Falte auf der runden Stirn und einem Ausdruck von unpersönlicher Scham und Sorge; seine Stimme klang farblos und traurig.

»Was ich wissen möchte«, rief Kalon mit einem Fluch, »wann kommt die Polizei, um diese blutbefleckte, gottlose Schwester zu holen! Sie hat ihr Fleisch und Blut umgebracht; sie hat mir eine halbe Million geraubt, die mir so rechtmäßig gehörte wie –«

»Komm, komm, Prophet«, unterbrach ihn Flambeau nicht ohne Hohn; »denke daran, daß die ganze Welt nur eine Nebelbank ist!«

Der Hierophant des Sonnengottes versuchte wieder seine alte Pose einzunehmen. »Es ist ja nicht nur des Geldes wegen«, rief er, »obwohl damit unsere Sache in der ganzen Welt auf eine sichere Grundlage gestellt würde. Es handelt sich auch um die Wünsche meiner Geliebten. Für Pauline war das alles heilig. In Paulines Augen –«

Pater Brown sprang so heftig auf, daß er seinen Stuhl umwarf. Er war totenblaß, schien aber von Hoffnung entflammt; seine Augen leuchteten.

»Das ist es«, rief er mit klarer Stimme. »Das ist der richtige Anfang. In Paulines Augen –«

In fast tödlicher Verwirrung wich der große Prophet vor dem kleinen Priester zurück. »Was meinen Sie? Wie können Sie es wagen?« rief er immer wieder.

»In Paulines Augen«, wiederholte der Priester, dessen eigene immer stärker leuchteten. »Reden Sie weiter – in Gottes Namen reden Sie weiter! Auch das gemeinste Verbrechen, das der Teufel je eingab, wird durch ein Geständnis leichter; ich flehe Sie an: bekennen Sie. Sprechen Sie weiter, sprechen Sie weiter – in Paulines Augen –«

»Laß mich fort, du Teufel«, brüllte Kalon, der sich wie ein gefesselter Riese wand. »Wer bist du, verdammter

Spion, der seine Spinnennetze um mich zieht und mir auflauert? Laß mich fort.«

»Soll ich ihn aufhalten?« fragte Flambeau und lief zur Tür, die Kalon bereits aufgerissen hatte.

»Nein, lassen Sie ihn laufen«, sagte Pater Brown mit einem seltsam tiefen Seufzer, der aus den Tiefen des Weltalls zu kommen schien. »Lassen Sie Kain laufen, denn er gehört Gott.«

Schweigen herrschte im Zimmer, als der Sonnenpriester gegangen war, ein Schweigen, das Flambeaus ungestümen Geist mit endloser Neugier quälte. Miss Joan Stacey ordnete völlig gelassen die Papiere auf ihrem Schreibtisch.

»Pater«, begann Flambeau endlich, »meine Pflicht, nicht nur meine Neugier, veranlaßt mich herauszufinden, wer das Verbrechen begangen hat.«

»Welches Verbrechen?« fragte Pater Brown.

»Natürlich das, mit dem wir es zu tun haben«, erwiderte sein ungeduldiger Freund.

»Wir haben es mit zwei Verbrechen zu tun«, sagte Pater Brown: »Verbrechen von völlig verschiedenem Gewicht – und mit völlig verschiedenen Verbrechern.«

Miss Joan Stacey, die ihre Papiere zusammengelegt und weggeräumt hatte, machte sich nun daran, den Aktenschrank zu verschließen. Pater Brown beachtete sie so wenig wie sie ihn und fuhr fort:

»Beide Verbrechen richteten sich gegen dieselbe Schwäche derselben Person, im Kampf um ihr Geld. Der Urheber des großen Verbrechens fand seinen Plan durch das kleinere Verbrechen durchkreuzt; der Urheber des kleinen Verbrechens bekam das Geld.«

»Oh, halten Sie keine Vorlesung«, stöhnte Flambeau, »sagen Sie es mit ein paar Worten.«

»Ich kann es mit einem Wort sagen«, antwortete sein Freund.

Miss Joan Stacey stülpte sich mit sachlich-düsterem Stirnrunzeln ihren sachlich-düsteren Hut auf den Kopf, und während die Unterhaltung weiterging, ergriff sie ohne Hast Handtasche und Schirm und verließ das Zimmer.

»Die Wahrheit liegt in einem einzigen Wort, sogar in einem sehr kurzen«, sagte Pater Brown. »Pauline Stacey war blind.«

»Blind?« wiederholte Flambeau und erhob sich langsam zu voller Höhe.

»Es lag in der Familie. Ihre Schwester wollte eine Brille tragen, aber Pauline erlaubte es nicht; sie hatte nun einmal die besondere Philosophie oder Schrulle, daß man solche Schwächen nicht durch Nachgeben ermutigen dürfe. Sie wollte die Trübung nicht zugeben und versuchte, sie durch ihren Willen zu vertreiben. Durch diese Anstrengung verschlechterten sich ihre Augen immer mehr; doch die größte Anstrengung sollte erst kommen. Sie kam durch diesen unbezahlbaren Propheten, oder wie er sich nennt, der sie lehrte, mit bloßem Auge in die heiße Sonne zu starren. Das hieß: Apoll empfangen. Oh, wären diese Neuheiden wenigstens Altheiden, dann wären sie ein wenig klüger! Die alten Heiden wußten, daß reine, nackte Naturverehrung ihre grausamen Seiten hat, daß das Auge Apolls versengen und blenden kann.«

Nach kurzer Pause fuhr der Priester mit leiser, fast gebrochener Stimme fort: »Ich weiß nicht, ob dieser Teufel sie vorsätzlich blind machte, aber es besteht kein Zweifel, daß er ihre Blindheit benutzte, um sie zu töten. Wie Sie wissen, fuhren die beiden mit diesen selbsttätigen Fahrstühlen; Sie wissen auch, wie sanft und geräuschlos die

Fahrstühle dahingleiten. Kalon ließ das Mädchen aussteigen und sah durch die offene Tür, wie sie in ihrer bedächtigen Blindenart das versprochene Testament schrieb. Fröhlich rief er ihr zu, daß er den Fahrstuhl für sie stehen lasse, und sie solle herauskommen, wenn sie fertig sei. Dann drückte er auf den Knopf und glitt lautlos zu seinem eigenen Stockwerk hinauf, trat durch das Büro hinaus auf den Balkon und betete in aller Sicherheit vor der belebten Straße, während das arme Mädchen, als es fertig war, froh hinauslief, wo ihr Liebhaber und der Fahrstuhl auf sie warteten, und stieg –«

»Hören Sie auf!« rief Flambeau.

»Der Druck auf jenen Knopf sollte ihm eine halbe Million einbringen«, fuhr der kleine Pater in dem farblosen Ton fort, mit dem er solche Scheußlichkeiten berichtete; »aber es ging schief. Es mißlang, weil zufällig eine andere Person da war, die ebenfalls das Geld wollte und die ebenfalls das Geheimnis von Paulines Blindheit kannte. Offenbar hat niemand bemerkt, daß mit diesem Testament etwas nicht stimmte: obwohl es unvollendet und ohne Unterschrift war, hatten die andere Miss Stacey und ein Dienstbote es bereits als Zeugen unterschrieben. Mit der typischen weiblichen Mißachtung gesetzlicher Formen hatte Joan es schon vorher unterschrieben und ihrer Schwester erklärt, sie könne es ja später fertigmachen. Also wollte Joan, daß ihre Schwester das Testament ohne die Anwesenheit von Zeugen unterschrieb. Warum das? Ich dachte an ihre Blindheit, und plötzlich begriff ich alles: Pauline sollte nur deshalb ohne Zeugen unterzeichnen, weil sie überhaupt nicht unterzeichnen sollte.

Leute wie die Staceys benutzen immer Füllfederhalter; aber bei Pauline war es besonders selbstverständlich.

Durch Gewohnheit, festen Willen und Gedächtnis konnte sie beinahe so gut wie früher schreiben; aber sie wußte nicht, wann die Tinte zu Ende war. Deshalb wurden ihre Füllfederhalter immer sorgfältig von ihrer Schwester gefüllt – alle mit Ausnahme dieses einen. Diesen füllte Joan vorsorglich nicht; die Tinte reichte gerade noch für ein paar Zeilen und versiegte dann völlig. Und der Prophet verlor fünfhunderttausend Pfund und beging einen der brutalsten und genialsten Morde in der menschlichen Geschichte um nichts.«

Flambeau ging zu der offenen Tür und hörte, wie die Polizeibeamten die Treppe heraufkamen. Er drehte sich um und sagte: »Sie müssen alles teuflisch genau verfolgt haben, um Kalon in zehn Minuten zu entlarven.«

Pater Brown blickte ihn erstaunt an.

»Oh, Kalon«, sagte er. »Nein; ich mußte ziemlich scharf überlegen, bis mir alles über Miss Joan und die Füllfeder klar wurde. Daß Kalon der Verbrecher war, wußte ich schon, bevor ich das Haus betrat.«

»Sie scherzen!« rief Flambeau.

»Nein, es ist mein Ernst«, antwortete der Priester. »Ich sage Ihnen, ich wußte, daß er es getan hatte, bevor ich überhaupt wußte, worum es sich handelte.«

»Aber wieso denn?«

»Diese heidnischen Stoiker«, sagte Brown nachdenklich, »versagen immer durch ihre Stärke. Der Krach und der Schrei waren auf der ganzen Straße zu hören, doch der Priester Apolls bekümmerte sich überhaupt nicht darum. Ich wußte nicht, was geschehen war; aber mir war klar, daß er, was immer es war, darauf gewartet hatte.«

Die Legende vom zerbrochenen Säbel

Die tausend Arme des Waldes waren grau und seine Millionen Finger silbern. In einem Himmel, der die grünlich-blaue Farbe von Schiefer hatte, glänzten die Sterne kalt wie Eissplitter. Die dicht bewaldete, kaum bewohnte Landschaft klirrte von bitterem, hartem Frost. Schwarze Löcher zwischen den Baumstämmen glichen den unergründlichen, finsteren Höhlen der herzlosen skandinavischen Hölle, einer Hölle von unermeßlicher Kälte. Selbst der viereckige, steinerne Kirchturm hatte etwas von nordischem Heidentum an sich, er sah aus wie ein Barbarenturm inmitten der seeumspülten Felsen Islands. Es war eine sonderbare Nacht, um einen Kirchhof zu erforschen. Aber andererseits war er vielleicht eine Untersuchung wert.

Aus dem aschgrauen Waldgelände stieg er steil zu einer Art Höcker oder Schulter grünen Rasens empor, der im Sternenlicht grau wirkte. Die meisten Gräber lagen auf dem Abhang, und der Weg zur Kirche hinauf stieg steil wie eine Treppe an. Das Denkmal, durch das der Ort seine Berühmtheit erlangt hatte, befand sich oben auf dem Hügel, der einzigen flachen, ins Auge fallenden Stelle. Es bildete einen merkwürdigen Gegensatz zu den eintönigen Gräbern ringsum, da es einer der größten Bildhauer des modernen Europa geschaffen hatte; dennoch war sein Ruhm sofort in Vergessenheit geraten durch den Ruhm des Mannes, den es darstellte. Der kleine Silberstift des Sternenlichts zeigte die massive Bronzegestalt eines am Boden liegenden Soldaten, die starken Hände zu ewiger Andacht verschlungen, das dunkle Haupt auf einer Kanone ruhend. Das ehrwürdige Antlitz trug einen Bart, oder genauer gesagt einen Backenbart, nach der altmodischen, schwerfälligen Art des Obersten Newcombe. Die Uniform, obgleich nur mit wenigen Strichen angedeutet, war die des modernen Kriegers. Zu seiner Rechten lag ein Säbel mit abgebrochener Spitze; zu seiner Linken eine Bibel. An heißen Sommernachmittagen kamen Kutschen voll von Amerikanern und gebildeten Kleinbürgern, um das Denkmal zu besichtigen; aber selbst dann empfanden sie das weite Waldgelände mit seiner einzigen, schwermütigen Kuppel, der Kirche und dem Friedhof als einen merkwürdig stummen und vernachlässigten Ort. In diesem Eisesdunkel tiefsten Winters jedoch hätte man meinen sollen, das Denkmal sei mit den Sternen allein gelassen. Dennoch kreischte in der Stille des erstarrten Waldes ein hölzernes Tor, und zwei schwarzgekleidete Gestalten stiegen den schmalen Pfad zu dem Grab empor.

Da beide schwarze Kleidung trugen, konnte man in dem schwachen Sternenlicht nur erkennen, daß der eine Mann ungewöhnlich groß war und der andere neben ihm auffallend klein. Sie stiegen zu dem Grabmal des historischen Kriegers hinauf und starrten es einige Minuten lang an. Im weiten Umkreis befand sich kein menschliches, vielleicht sogar kein lebendes Wesen; und jemand mit krankhafter Phantasie hätte sich leicht fragen können, ob sie selber Menschen seien. Jedenfalls wäre jedem Beobachter der Beginn ihrer Unterhaltung höchst befremdend erschienen. Nach dem ersten Schweigen sagte nämlich der kleinere Mann zu dem andern:

»Wo verbirgt der Weise einen Kiesel?«

Und der Große antwortete leise: »Am Strande.«

Der Kleine nickte und sagte, wieder nach kurzem Schweigen: »Wo verbirgt der Weise ein Blatt?«

Und der andere antwortete: »Im Walde.«

Abermals Schweigen. Dann begann der Große wieder: »Meinen Sie, es ist je vorgekommen, daß ein Weiser, der einen echten Diamanten verbergen will, ihn unter falsche legt?«

»Nein, nein«, sagte der Kleine lachend, »wir wollen das Vergangene ruhen lassen.«

Er stampfte ein paarmal mit seinen kalten Füßen auf und ab und sagte dann: »Daran denke ich überhaupt nicht, sondern an etwas anderes; an etwas ganz Besonderes. Zünden Sie doch bitte ein Streichholz an.«

Der Große suchte in seiner Tasche, und bald tauchte ein schwacher Lichtschimmer die flache Seite des Denkmals in Gold. Auf ihr waren in schwarzen Buchstaben die wohlbekannten Worte eingegraben, die so viele Amerikaner voll Ehrfurcht gelesen hatten: »Geweiht dem Andenken des Generals Sir Arthur St. Clare, Held und Märtyrer, der stets seine Feinde besiegte und sie stets verschonte, und der schließlich verräterisch von ihnen gemordet wurde. Möge Gott, auf den er vertraute, ihn belohnen und rächen.«

Das Streichholz verbrannte des großen Mannes Finger, erlosch und fiel zu Boden. Er wollte ein zweites anzünden, doch sein kleiner Gefährte hielt ihn ab. »Schon gut, Flambeau, alter Freund; ich habe gesehen, was ich wollte. Oder vielmehr, ich habe nicht gesehen, was ich nicht sehen wollte. Und nun müssen wir eineinhalb Meilen bis zum nächsten Gasthaus gehen, dort will ich versuchen, Ihnen die ganze Sache zu erklären. Denn weiß Gott, man braucht ein tröstliches Kaminfeuer und ein Bier, wenn man es wagt, eine solche Geschichte zu erzählen.«

Sie stiegen den steilen Pfad hinab, verschlossen das verrostete Schloß und stapften den gefrorenen Waldweg entlang. Schon eine gute Viertelmeile waren sie gegangen, ehe der Kleinere wieder zu sprechen begann. Er sagte: »Ja, der Weise verbirgt einen Kieselstein am Strand. Aber was tut er, wenn er keinen Strand hat? Haben Sie je von der großen St.-Clare-Affäre gehört?«

»Ich weiß gar nichts über englische Generäle, Pater Brown«, antwortete der Große lachend, »nur ein wenig über englische Polizisten. Ich weiß nur, daß Sie mich ein gutes Stück Wegs herumgeschleppt haben zu all den Altären dieses Burschen, wer immer er auch ist. Man könnte annehmen, er liege an sechserlei Plätzen begraben. In der Westminster-Abtei habe ich ein Grabmal des Generals St. Clare gesehen; am Themseufer habe ich ein Reiterstandbild des Generals St. Clare gesehen; ich habe ein Medaillonbild des Generals St. Clare in der Straße, wo er geboren wurde, gesehen; ein zweites in der, wo er lebte; und jetzt schleppen Sie mich noch im Dunkeln zu seinem Sarg auf einem Dorffriedhof. Langsam habe ich von seiner großartigen Persönlichkeit genug, vor allem, da ich nicht die leiseste Ahnung habe, wer er war. Worauf machen Sie denn Jagd bei all diesen Grabstätten und Denkmälern?«

»Ich suche nur ein einziges Wort«, sagte Pater Brown. »Ein Wort, das nirgends zu finden ist.«

»Nun«, fragte Flambeau, »wollen Sie mir nichts davon erzählen?«

»Ich muß Ihnen zwei Geschichten darüber erzählen«, bemerkte der Priester. »Die erste kennt alle Welt; die zweite nur ich allein. Was alle Welt weiß, ist einfach und klar genug. Und außerdem ist es vollkommen falsch.«

»Sie haben recht«, sagte fröhlich der Große, der Flambeau hieß. »Wir wollen am falschen Ende beginnen. Beginnen wir mit dem, was alle wissen und was nicht wahr ist.«

»Wenn schon nicht gänzlich unwahr, so jedenfalls sehr unvollständig«, fuhr Pater Brown fort; »denn tatsächlich läuft alles, was die Öffentlichkeit weiß, genau auf dies eine hinaus: Es ist allen bekannt, daß Arthur St. Clare ein großer und erfolgreicher englischer General war. Man weiß, daß er nach glänzenden, doch vorsichtigen Feldzügen in Indien und Afrika den Oberbefehl gegen Brasilien erhielt, als der große brasilianische Patriot Olivier sein Ultimatum stellte. Man weiß, daß St. Clare in diesem Kampfe Oliviers stark überlegene Truppen mit sehr geringen Kräften angriff und nach heldenmütigem Widerstand gefangengenommen wurde. Und man weiß, daß St. Clare nach seiner Gefangennahme zum Entsetzen der zivilisierten Welt am nächsten Baum aufgehängt wurde. Nach dem Rückzug der Brasilianer fand man ihn dort baumelnd, mit seinem zerbrochenen Säbel um den Hals.«

»Und diese allgemein verbreitete Geschichte ist unwahr?« fragte Flambeau.

»Nein«, sagte sein Freund ruhig, »so weit sie geht, ist diese Geschichte durchaus wahr.«

»Ich finde, sie geht weit genug!« sagte Flambeau, »aber wenn das, was man sich erzählt, wahr ist, wo liegt dann das Geheimnis?«

Sie kamen an vielen Hunderten grauer, gespenstischer

Bäume vorüber, bevor der kleine Priester antwortete. Nachdenklich kaute er an seinen Nägeln und begann: »Nun, es ist ein psychologisches Geheimnis. Oder vielmehr ein doppeltes psychologisches Geheimnis. Bei jenem brasilianischen Vorfall handeln nämlich die beiden berühmtesten Männer der modernen Geschichte völlig gegen ihren sonstigen Charakter. Bedenken Sie, Olivier und St. Clare waren beide Helden – darüber besteht kein Zweifel; es war wie der Kampf zwischen Hektor und Achilles. Was würden Sie aber zu einem Treffen sagen, bei dem sich Achilles furchtsam und Hektor verräterisch benimmt?«

»Erzählen Sie weiter!« sagte der Große ungeduldig, als der andere wieder an seinem Finger kaute.

»Sir Arthur St. Clare war ein Soldat vom alten, frommen Schlage, von jenem Schlage, der uns während des Aufstands rettete«, fuhr Pater Brown fort. »Sein Leben lang war er mehr dafür, seine Pflicht zu erfüllen, als irgendein Risiko einzugehen; und bei allem persönlichen Mut war er bestimmt ein vorsichtiger Befehlshaber, der kein Soldatenleben nutzlos verschwendete. Und doch unternahm er bei dieser letzten Schlacht etwas, dessen Sinnlosigkeit selbst ein Kind einsehen würde. Man braucht kein Stratege zu sein, um die völlige Zwecklosigkeit seiner Aktion zu begreifen; genausowenig wie man ein Stratege sein muß, um einem Omnibus auszuweichen. Das ist also das erste Geheimnis; was ging im Kopf des englischen Generals vor sich? Das zweite Rätsel ist, was ging im Herzen des brasilianischen Generals vor sich? Olivier mag als Präsident ein Schädling gewesen sein, aber selbst seine Feinde geben zu, daß er hochherzig wie ein fahrender Ritter war. Nahezu jeder seiner bisherigen Gefangenen war freigelassen, ja oft mit Wohltaten überschüttet worden. Selbst

Menschen, die ihm wirkliches Unrecht zugefügt hatten, verließen ihn gerührt von seiner schlichten Hochherzigkeit und Milde. Warum in aller Welt sollte er sich nur einmal in seinem Leben teuflisch rächen? Und gerade für diesen einen Schlag, der ihn gar nicht verletzt haben konnte? So liegt der Fall. Einer der klügsten Männer der Welt handelt ohne Grund wie ein Idiot. Einer der besten Männer der Welt handelt ohne Grund wie ein Schurke. Das ist der langen Rede kurzer Sinn; alles weitere überlasse ich Ihnen, mein Junge.«

»Nein, das tun Sie nicht!« sagte der andere knurrend. »Das ist Ihre Geschichte, und nun werden Sie sie mir, ob Sie wollen oder nicht, erzählen.«

»Gut«, fuhr Pater Brown fort. »Es wäre nicht fair, die öffentliche Meinung so darzustellen, wie ich es getan habe, ohne die beiden Vorfälle zu erwähnen, die inzwischen geschehen sind. Ich kann nicht behaupten, daß sie ein neues Licht verbreiten, denn niemand kann sie verstehen. Sie verbreiten eher eine neue Art von Dunkelheit; sie weisen der Finsternis neue Richtungen. Das erste Geschehnis war dies: Der Hausarzt der St. Clares überwarf sich mit der Familie und begann eine Serie scharfer Artikel zu veröffentlichen, in denen er behauptete, der verstorbene General habe an religiösem Wahnsinn gelitten; aber aus seinen Berichten konnte man höchstens entnehmen, daß der General ein besonders frommer Mann war. Auf alle Fälle hielt sich dies Gerücht nicht lange. Es war seit jeher allgemein bekannt gewesen, daß St. Clares puritanische Frömmigkeit etwas überspannt war. Der zweite Vorfall war wesentlich fesselnder. Bei jenem unglücklichen, auf verlorenem Posten kämpfenden Regiment, das den Überfall am Rio Negro unternahm, befand sich ein gewisser

Hauptmann Keith, der damals mit St. Clares Tochter verlobt war und sie später heiratete. Er war einer von denen, die von Olivier gefangengenommen wurden, und der offenbar wie alle übrigen, mit Ausnahme des Generals, gut behandelt und nachher freigelassen wurde. Etwa zwanzig Jahre später veröffentlichte dieser Mann, der inzwischen Oberstleutnant geworden war, eine Art Selbstbiographie mit dem Titel ›Ein britischer Offizier in Birma und Brasilien‹. An der Stelle nun, wo der gespannte Leser irgendeine Aufklärung über die geheimnisvolle Katastrophe des Todes von St. Clare erwartet, finden sich nur die Worte: ›Das ganze Buch hindurch habe ich die Dinge so sachlich und eindeutig erzählt, wie sie tatsächlich geschehen sind, da ich der altmodischen Meinung bin, Englands Ruhm sei festgefügt genug, um keiner Erklärung oder Entschuldigung zu bedürfen. Nur hinsichtlich der Niederlage am Rio Negro werde ich eine Ausnahme machen; meine Gründe hierfür sind zwar privat, aber völlig ehrenhaft und zwingend. Doch um dem Andenken zweier berühmter Männer Gerechtigkeit widerfahren zu lassen, will ich folgendes sagen: General St. Clare ist bei dieser Gelegenheit der Unfähigkeit beschuldigt worden. Ich kann nur bezeugen, daß dies Unternehmen, richtig verstanden, eines der glänzendsten und klügsten seines Lebens war. Dem Präsidenten Olivier wird grausame Ungerechtigkeit vorgeworfen. Ich glaube es der Ehre eines Feindes schuldig zu sein, wenn ich sage, daß er bei dieser Gelegenheit noch mehr als sonst die ihm eigene edle Gesinnung bewies. Um das Ganze verständlicher auszudrücken, kann ich meinen Landsleuten versichern, daß St. Clare keineswegs ein solcher Narr und Olivier keineswegs ein solcher Unmensch war, wie es den Anschein hatte. Mehr habe ich nicht zu sagen; und kein Beweggrund in der Welt wird mich je veranlassen, auch nur ein Wort mehr über den Fall zu sagen.‹«

Wie ein leuchtender Schneeball glänzte jetzt der große, frostige Mond durch das Gewirr der Zweige, und in seinem Schein hatte der Erzähler seine Erinnerung an Kapitän Keiths Worte mit Hilfe eines bedruckten Stück Papiers auffrischen können. Als er es zusammengefaltet und in seine Tasche zurückgesteckt hatte, hob Flambeau impulsiv mit einer typisch französischen Bewegung die Hand hoch.

»Warten Sie, warten Sie ein wenig«, rief er aufgeregt. »Ich glaube, ich kann die Lösung sofort erraten!«

Schwer atmend schritt er vorwärts, seinen schwarzen Kopf und den Stiernacken gebeugt, wie ein Mann, der ein Wettgehen gewinnt. Der kleine Priester, belustigt und interessiert, hatte es schwer, neben ihm herzutraben. Gerade vor ihnen traten die Bäume auf beiden Seiten ein wenig zurück, und der Weg senkte sich in ein klares, mondbeschienenes Tal, bis er wieder wie ein Kaninchen in der Wand eines anderen Waldes verschwand. Der Eingang schien klein und rund wie das schwarze Loch eines Eisenbahntunnels. Aber er war nur noch ein paar hundert Meter entfernt und gähnte sie wie eine Höhle an, ehe Flambeau wieder sprach.

»Ich hab's«, rief er endlich und schlug sich auf die Schenkel. »Nur vier Minuten hab' ich nachgedacht, und schon kann ich Ihnen die ganze Geschichte selbst erzählen.«

»Gut«, stimmte sein Freund zu. »Erzählen Sie.«

Flambeau hob den Kopf und senkte die Stimme.

»General Arthur St. Clare«, begann er, »entstammte einer Familie, in der Wahnsinn erblich war, und sein ganzes Streben ging dahin, dies vor seiner Tochter und möglichst auch vor seinem zukünftigen Schwiegersohn geheim zu halten. Mit Recht oder mit Unrecht glaubte er, der endgültige Zusammenbruch stehe nahe bevor, und er beschloß, sich umzubringen. Doch ein gewöhnlicher Selbstmord würde das, was er fürchtete, verraten. Mit dem Herannahen des Feldzuges verdichteten sich die Wolken über seinem Geist immer mehr, und in einem Augenblick des Irrsinns opferte er seine militärischen Pflichten seinen persönlichen. Er stürzte sich Hals über Kopf in die Schlacht und hoffte, durch die erste Kugel zu fallen. Als er aber einsah, daß er nur Gefangenschaft und Schande erreicht hatte, barst die in seinem Hirn versiegelte Bombe; er zerbrach seinen Säbel und erhängte sich.«

Fest starrte er auf die graue Waldmauer vor sich, deren einzige schwarze Öffnung dem Zugang zum Grabe glich, das auch am Ende ihres Weges lag. Vielleicht hatte dieser so plötzlich endende Pfad etwas Drohendes, was seine lebhafte Vision der Tragödie noch verstärkte, denn er schauderte.

»Eine entsetzliche Geschichte«, schloß er.

»Eine entsetzliche Geschichte«, wiederholte der Priester mit gesenktem Haupt; »doch nicht die wahre.«

Dann warf er in einer Art von Verzweiflung den Kopf zurück und rief: »Oh, ich wünschte, sie wäre wahr gewesen.«

Der große Flambeau wandte sich um und starrte ihn an.

»Ihre Geschichte ist sauber«, rief Pater Brown in tiefer Bewegung. »Eine freundliche, lautere, ehrliche Geschichte, so klar und weiß wie jener Mond. Wahnsinn und Verzweiflung sind etwas Unschuldiges. Es gibt Schlimmeres, Flambeau!«

Flambeau blickte wild zu dem so beschworenen Mond empor, über den sich gerade ein schwarzer Ast wie ein Teufelshorn krümmte.

»Vater – Vater«, rief er mit typisch französischer Geste und schritt noch schneller aus, »meinen Sie, es war schlimmer als das?«

»Schlimmer als das«, kam es wie ein Grabesecho zurück. Und sie verschwanden in dem schwarzen Kreuzgang des Waldes, der sich wie eine finstere Tapete aus Stämmen zu ihren Seiten entlangzog wie der dunkle Korridor aus einem Traum.

Bald waren sie im tiefsten Innern des Waldes und fühlten sich überall von Laubwerk umgeben, das sie nicht sahen, als der Priester wieder zu sprechen begann:

»Wo verbirgt der Weise ein Blatt? Im Walde. Aber was tut er, wenn er keinen Wald hat?«

»Schon gut«, rief Flambeau gereizt, »was tut er?«

»Er läßt einen Wald wachsen«, antwortete der Priester mit dunkler Stimme. »Eine furchtbare Sünde.«

»Hören Sie«, rief sein Freund ungeduldig, denn der dunkle Wald und die dunklen Reden gingen ihm etwas auf die Nerven. »Wollen Sie mir die Geschichte erzählen oder nicht? Was für andere Beweisstücke liegen noch vor?«

»Ich habe drei weitere Indizien gefunden«, sagte Pater Brown, »die ich in Löchern und Winkeln aufgestöbert habe, und ich will sie Ihnen lieber in logischer als in chronologischer Reihenfolge erzählen. Vor allem haben wir als Gewährsmann für den Verlauf und Ausgang der Schlacht natürlich die Meldungen Oliviers, die klar genug sind. Er hatte sich mit zwei oder drei Regimentern auf den Höhen über dem Rio Negro verschanzt, dessen anderes Ufer niedriges Sumpfgelände bildete. Dahinter stieg das Land wieder sanft aufwärts, und dort befand sich ein einziges englisches Regiment als Vorposten, hinter dem, jedoch erstaunlich weit entfernt, die Hauptmacht der Engländer lag. Die gesamten britischen Truppen waren an Zahl weit überlegen; aber dieses eine Regiment stand so weit vor seiner Basis, daß Olivier den Plan erwog, den Fluß zu überschreiten und es abzuschneiden. Bei Sonnenuntergang war er jedoch entschlossen, in seiner eigenen, starken Stellung zu bleiben. Am nächsten Morgen bei Tagesanbruch sah er zu seiner größten Verblüffung, daß diese Handvoll Engländer ohne jede Verbindung mit der Hauptmacht den Fluß überschritten hatte, die eine Hälfte auf einer Brücke zur Rechten und die andere Hälfte durch eine Furt weiter oben, und daß sie sich im Sumpfgelände unter ihm festgesetzt hatten.

Daß sie bei ihrer geringen Zahl und gegen eine solche Stellung einen Angriff wagen sollten, war schon unglaublich genug; doch Olivier bemerkte etwas noch Ungewöhnlicheres. Anstatt zu versuchen, festen Boden zu gewinnen, nachdem sie durch einen so unwahrscheinlichen Vorstoß nun den Fluß im Rücken hatten, verharrte das wahnsinnige Regiment einfach dort im Schlamm wie die Fliegen im Sirup. Selbstverständlich rissen die Brasilianer mit ihrer Artillerie große Lücken hinein, was jene nur mit schwachem Gewehrfeuer erwidern konnten. Doch sie hielten sich; und Oliviers kurzer Bericht schließt voller Bewunderung für die unvorstellbare Tapferkeit dieser Schwachsinnigen. ›Unsere Linien rückten dann endlich vor‹, schreibt Olivier, ›und trieben sie in den Fluß; wir nahmen General St. Clare und einige andere Offiziere gefangen. Der Oberst und der Major waren im Kampf gefallen. Ich kann nicht umhin auszusprechen, daß man in der

Geschichte selten etwas Schöneres erblicken konnte als den letzten Widerstand dieses außergewöhnlichen Regiments; verwundete Offiziere ergriffen die Gewehre gefallener Soldaten, und der General selbst stand uns zu Pferde gegenüber, barhäuptig und mit zerbrochenem Säbel.‹ Über das, was dem General später zustieß, schweigt sich Olivier genauso aus wie Hauptmann Keith.«

»Gut«, brummte Flambeau, »gehen wir zum nächsten Gewährsmann über.«

»Den nächsten zu finden«, sagte Pater Brown, »brauchte Zeit; um so schneller wird es gehen, davon zu erzählen. Im Armenhaus in Lincolnshire Moor fand ich endlich einen alten Soldaten, der nicht nur am Rio Negro verwundet worden war, sondern unmittelbar neben dem Oberst des Regiments gekniet hatte, als dieser starb. Dies war ein gewisser Oberst Clancy, ein Bulle von Irländer; und er scheint fast ebenso aus Wut wie an den feindlichen Kugeln gestorben zu sein. Jedenfalls war er für diesen lächerlichen Überfall nicht verantwortlich; der General muß ihn dazu gezwungen haben. Seine letzten Worte waren nach der Aussage meines Gewährsmannes: ›Da geht der verdammte alte Esel mit seinem abgehauenen Säbel! Wäre es doch lieber sein Schädel!‹ Sie werden sehen, daß jedermann die Tatsache des zerbrochenen Säbels erwähnt zu haben scheint, allerdings meistens ehrerbietiger als der verstorbene Oberst Clancy. Und nun zum dritten Fragment.«

Der Weg durch den Wald begann anzusteigen, und der Erzähler hielt einen Moment inne, um Atem zu schöpfen, ehe er weiterschritt. Dann fuhr er in dem gleichen nüchternen Tone fort: »Erst vor ein oder zwei Monaten starb in England ein brasilianischer Beamter, der mit Olivier in

Streit geraten war und seine Heimat verlassen hatte, ein Spanier namens Espado, der sowohl hier als auch auf dem Kontinent eine wohlbekannte Erscheinung war. Ich habe ihn auch gekannt; er war ein gelbgesichtiger, alter Weltmann mit einer Hakennase. Aus persönlichen Gründen erhielt ich die Erlaubnis, die von ihm hinterlassenen Dokumente durchzusehen; natürlich war er Katholik, und ich war während seiner letzten Stunde bei ihm. Nichts unter seinen Dokumenten warf neues Licht auf die dunkle St.-Clare-Affäre, außer fünf oder sechs gewöhnlichen Schreibheften mit den Aufzeichnungen eines englischen Soldaten. Vermutlich hatten die Brasilianer sie bei einem der Gefallenen gefunden. Jedenfalls brach das Tagebuch am Vorabend der Schlacht plötzlich ab.

Aber der Bericht über den letzten Tag im Leben dieses armen Burschen war lesenswert. Ich habe ihn bei mir, aber es ist zu dunkel, um ihn hier vorzulesen, und ich will Ihnen kurz den Inhalt erzählen. Der erste Teil der Eintragungen ist voller Scherze, die hauptsächlich einen der Männer, den man den Geier nannte, als Zielscheibe haben. Es sieht nicht so aus, als ob diese fragwürdige Person einer der Ihren gewesen ist; er scheint überhaupt kein Engländer gewesen zu sein, noch wird er ausdrücklich als Feind erwähnt. Er scheint eher ein dort ansässiger Mittelsmann gewesen zu sein, ein Nichtkämpfer, vielleicht ein Mann, der die Wege gut kannte, eine Art Führer, oder auch ein Journalist. Oft saß er mit dem alten Oberst Clancy in Beratungen zusammen; aber weit öfter hat man ihn im Gespräch mit dem Major gesehen. In der Tat spielte der Major in der Erzählung des Soldaten eine besondere Rolle; er war ein magerer, dunkelhaariger Mann und hieß Murray, offenbar ein Nordirländer und Puritaner. In dem Tagebuch finden sich immer wieder scherzhafte Bemerkungen über die Strenge des Ulstermannes auf der einen Seite und die joviale Fröhlichkeit des Oberst Clancy auf der andern. Auch einige Witze über den Geier stehen darin, der mit Vorliebe bunte Anzüge trug.

Doch all diese Späße werden sozusagen durch den Ton der Kriegstrompete verscheucht. Hinter dem englischen Lager und fast parallel zum Fluß führte eine der wenigen Hauptstraßen jener Gegend. Nach Westen bog sie zum Fluß ab, über den die bereits erwähnte Brücke geschlagen war. Ostwärts verschwand die Straße in der Wildnis, und in etwa zwei Meilen Entfernung stand hier der nächste englische Vorposten. Aus dieser Richtung kam an jenem Abend das Blitzen und Klirren leichter Kavallerie, an deren Spitze auch der einfache Tagebuchschreiber voll Erstaunen den General samt seinem Stab erkennen konnte. Er ritt den großen Schimmel, den Sie schon oft in Illustrierten und auf Bildern in Ausstellungen gesehen haben; und Sie können sicher sein, daß der Gruß, der ihm zuteil wurde, keine bloße Zeremonie war. Er indessen verschwendete keine Zeit auf Zeremonien. Er sprang sofort aus dem Sattel, trat zu einer Gruppe von Offizieren und begann ein eingehendes, doch vertrauliches Gespräch. Was unserem Freund, dem Tagebuchschreiber, am meisten auffiel, war sein besonderes Verlangen, sich mit Major Murray zu besprechen; dabei wirkte eine solche Bevorzugung, so lange sie nicht übertrieben war, keineswegs unnatürlich. Die beiden Männer waren für gemeinsame Sympathien wie geschaffen; beide waren Männer, die ›ihre Bibel lasen‹; beide waren Offiziere vom alten protestantischen Schlag. Wie dem auch sei, es steht fest, daß der General immer noch ernsthaft mit Murray sprach, als er wieder zu Pferde stieg; und als er sein Pferd langsam die Straße zum Fluß hinunterritt, schritt der große Ulstermann noch immer in eifrigem Gespräch neben dem Pferd des Generals einher. Die Soldaten beobachteten die beiden, bis sie hinter einer Baumgruppe verschwanden, dort, wo die Straße sich dem Fluß zuwandte. Der Oberst war zu seinem Zelt zurückgekehrt und die Männer zu ihrer Wache; der Tagebuchschreiber schrieb noch vier Minuten lang weiter und sah dann etwas ganz Erstaunliches.

Der große Schimmel, der langsam die Straße hinabgeschritten war, wie er das schon in vielen Umzügen getan hatte, kam plötzlich im Galopp zurück und eilte ihnen entgegen, als ob er ein Wettrennen gewinnen wollte. Anfangs glaubten sie, er sei mit seinem Reiter durchgegangen; doch bald erkannte man, daß der General, ein ausgezeichneter Reiter, das Pferd selbst zu vollem Galopp anspornte. Roß und Reiter stürmten wie der Wirbelwind auf sie los; dann zügelte der General das taumelnde Pferd und rief flammenden Gesichts nach dem Oberst, mit einer Stimme wie der Posaune des Jüngsten Gerichts.

Ich kann mir vorstellen, daß ein Erdbeben wie diese Katastrophe, die sich überstürzte, den Geist eines Menschen wie unseres Tagebuchschreibers völlig verwirrte. Mit der benommenen Erregung eines Traumes sahen sich die Soldaten in Reih und Glied fallen – buchstäblich fallen – und begriffen, daß sofort über den Fluß hinüber angegriffen werden sollte. Der General und der Major, so hieß es, hätten irgend etwas Bedrohliches an der Brücke festgestellt, und es war gerade noch Zeit, um das nackte Leben zu kämpfen. Der Major war sofort weitergegangen, um die Reserven von der hinteren Straße herbeizuholen; aber es war trotzdem fraglich, ob die Hilfe rechtzeitig eintreffen konnte. Noch in dieser Nacht mußte der Fluß überschritten und im Morgengrauen die Höhen gestürmt werden. Mit dem Wirrwarr und Durcheinander dieses romantischen Nachtmarsches bricht das Tagebuch plötzlich ab.«

Pater Brown war vorangeschritten, denn der Waldweg wurde schmaler, steiler und gewundener, bis sie das Gefühl hatten, eine Wendeltreppe hinaufzusteigen. Die Stimme des Priesters tönte von oben herab aus der Dunkelheit.

»Noch eine geringfügige Ungeheuerlichkeit geschah. Als der General sie zu ihrem ritterlichen Angriff drängte, zog er den Säbel zur Hälfte aus der Scheide; und wie beschämt von solchem Melodrama, stieß er ihn wieder zurück. Sie sehen, immer aufs neue der Säbel.«

Schwaches Licht fiel durch das Gewirr der Zweige und warf ein gespenstisches Schattennetz um ihre Füße; denn sie stiegen nun wieder zu dem blassen Licht der reinen Nacht hinauf. Flambeau fühlte die Wahrheit um sich wie eine Stimmung, aber nicht wie eine Realität. Er antwortete verwirrt: »Was ist denn eigentlich mit dem Säbel los? Offiziere tragen für gewöhnlich einen, oder nicht?«

»In modernen Kriegen werden sie nicht mehr oft erwähnt«, sagte der andere ruhig, »aber in dieser Geschichte stolpert man fortwährend über diesen Säbel.«

»Und was ist schon daran?« brummte Flambeau, »es war ein ganz gewöhnlicher Vorfall; der Säbel des alten Mannes zerbrach in der letzten Schlacht. Man konnte darauf wetten, daß die Zeitungen sich darauf stürzen würden. Das haben sie auch getan, und auf allen Grabmälern und dergleichen ist der Säbel mit seiner abgebrochenen Spitze abgebildet. Ich hoffe, Sie haben mich nicht auf diese Polarexpedition mitgeschleppt, weil zwei Männer mit geschultem Auge St. Clares zerbrochenen Säbel gesehen haben.«

»Nein«, rief Pater Brown mit einer Stimme, die wie ein Pistolenschuß klang; »aber wer sah seinen unzerbrochenen Säbel?«

»Was wollen Sie damit sagen?« rief der andere und blieb im Sternenlicht stehen. Unvermittelt waren sie aus dem grauen Waldestor herausgetreten.

»Ich sagte, wer sah seinen unzerbrochenen Säbel«, wiederholte Pater Brown hartnäckig. »Bestimmt nicht der Tagebuchschreiber; denn der General steckte ihn rechtzeitig in die Scheide.«

Flambeau starrte in das Mondlicht wie ein plötzlich Erblindeter in die Sonne; und sein Freund geriet zum erstenmal in Eifer.

»Flambeau«, rief er, »ich kann es nicht beweisen, obwohl ich all diese Gräber durchjagt habe. Aber ich bin ganz sicher. Lassen Sie mich nur noch eine winzige Tatsache hinzufügen, die der Angelegenheit ein völlig anderes Gesicht gibt. Durch einen merkwürdigen Zufall war der Oberst einer der ersten, der durch eine feindliche Kugel fiel, lange bevor die Truppen aufeinanderstießen. Dennoch sah er, daß St. Clares Säbel zerbrochen war. Weshalb war er zerbrochen? Wie wurde er zerbrochen? Mein Freund, er wurde *vor der Schlacht* zerbrochen.«

»Ach«, sagte sein Freund halb im Scherz, »und wo ist, bitte, das andere Stück?«

»Das kann ich Ihnen sagen«, erwiderte der Priester, ohne zu zögern. »In der Nordostecke des Friedhofs der protestantischen Kathedrale zu Belfast.«

»Wirklich?« forschte der andere. »Haben Sie es gesehen?«

»Ich konnte nicht«, gestand Brown mit offenkundigem Bedauern. »Es steht ein großes Marmormonument darüber; ein Denkmal des heldenhaften Major Murray, der ruhmvoll kämpfend in der berühmten Schlacht am Rio Negro fiel.«

Flambeau war mit einem Schlag wieder hellwach.

»Sie meinen«, rief er mit heiserer Stimme, »General St. Clare haßte Murray und ermordete ihn auf dem Schlachtfeld, weil –«

»Sie sind immer noch voll guter und reiner Gedanken«, sagte Pater Brown. »Es war schlimmer als das.«

»Nun«, gestand Flambeau, »mein Vorrat an teuflischer Phantasie ist erschöpft.«

Der Priester schien wirklich im Zweifel, wo er beginnen sollte, und schließlich fragte er wieder:

»Wo würde ein Weiser ein Blatt verbergen? Im Walde.«

Der andere antwortete nicht.

»Und wenn er keinen Wald hätte, würde er sich einen schaffen. Und wenn er ein welkes Blatt verbergen wollte, würde er sich einen welken Wald schaffen.«

Noch immer kam keine Antwort, und der Priester fügte noch freundlicher hinzu:

»Und wenn ein Mann einen Leichnam verbergen wollte, würde er ein Feld von Leichen schaffen, um ihn dort zu verbergen.«

Flambeau stampfte vorwärts, ungeduldig über die Verschwendung von Zeit und Raum. Doch Pater Brown erzählte ruhig weiter, als vollende er nur den vorangegangenen Satz.

»Sir Arthur St. Clare war, wie ich schon gesagt habe, ein Mann, der seine Bibel las. Daran krankte er. Wann werden die Menschen endlich begreifen, daß es einem Menschen nichts hilft, seine Bibel zu lesen, wenn er nicht auch die der anderen liest? Ein Buchdrucker liest die Bibel der Druckfehler wegen. Ein Mormone liest eine Bibel und findet darin Polygamie; ein Gesundbeter liest sie und findet, daß wir weder Arme noch Beine haben. St. Clare war ein alter anglo-indischer Soldat protestantischen Glaubens. Nun stellen Sie sich einmal vor, was das bedeuten kann; und lassen Sie um Himmels willen jede Scheinheiligkeit beiseite. Es kann einen Mann bedeuten, der körperlich ein wüstes Leben führt, unter tropischem Himmel und in orientalischer Gesellschaft, und der sich ohne Vernunft und Führung an ein orientalisches Buch verliert. Selbstverständlich las er das Alte Testament lieber als das Neue. Und selbstverständlich fand er alles darin, was er wünschte – Wollust, Tyrannei, Verrat. Oh, ich glaube schon, daß er das war, was man ehrbar nennt. Aber was hilft es, wenn ein Mann ehrbar ist im Dienste der Ehrlosigkeit?

In jedem der glühenden und verschwiegenen Länder, in die dieser Mann kam, hielt er sich einen Harem, folterte er Zeugen und häufte er auf schändliche Art Gold an; aber sicherlich hätte er ruhigen Herzens behauptet, er tue das zum Ruhme des Herrn. Meine eigene Theologie begnügt sich mit der Frage: welches Herrn? Jedenfalls öffnet diese Art von Gemeinheit eine Tür nach der anderen zur Hölle und führt dabei in immer kleinere Kammern. Das wahrhaft Schlimme am Verbrechen besteht ja darin, daß ein Mann nicht wilder und grausamer wird, sondern nur gemeiner und niederträchtiger. Bald erstickte St. Clare förmlich in Schwierigkeiten, die von Bestechungen und Erpressungen kamen; und er brauchte immer mehr Geld. Zur Zeit der Schlacht am Rio Negro war er immer tiefer gesunken, bis zu jener Stufe, welche Dante als die allerunterste des Universums schildert.«

»Sie meinen?« fragte sein Freund wieder.

»Die meine ich«, erwiderte der Geistliche und zeigte plötzlich auf eine zugefrorene Pfütze, die im Mondlicht glänzte. »Erinnern Sie sich, wen Dante in den letzten Höllenzirkel des Eises versetzte?«

»Die Verräter«, antwortete schaudernd Flambeau. Während er in der unmenschlichen Baumlandschaft umherblickte, deren Umrisse höhnisch und fast obszön wirkten, konnte er sich fast ausmalen, er wäre Dante, und der Priester mit dem erklärenden Fluß seiner Rede war in der Tat ein Vergil, der ihn durch das Land endloser Sünden führte.

Die Stimme fuhr fort: »Wie Sie wissen, war Olivier eine Don-Quixote-Natur, die weder Geheimdienst noch Spione zuließ. Dennoch wurde dies wie so vieles andere hinter seinem Rücken erledigt. Und zwar besorgte mein alter Freund Espado solche Dinge; er war der auffällig gekleidete Geck, dessen Hakennase ihm den Spitznamen ›der Geier‹ eingetragen hatte. Während er den Menschenfreund an der Front spielte, schlängelte er sich durch die englischen Reihen und traf so schließlich auf deren – Gott sei Dank – einzigen korrupten Mann, und das war der Mann an der Spitze. St. Clare brauchte dringend Geld, Berge von Geld. Der fallengelassene Hausarzt drohte mit jenen unvorstellbaren Enthüllungen, die später begannen, aber dann abgebrochen wurden, Geschichten von unerhörten und geradezu prähistorischen Geschehnissen in Park Lane; von Dingen, die ein englischer Protestant getan hatte und die nach Menschenopfern und Horden von Sklaven rochen. Außerdem brauchte er Geld als Mitgift für seine Tochter, da ihm ebensoviel daran lag, für reich gehalten zu werden wie es wirklich zu sein. Er griff nach dem letzten Strohhalm, verriet sein Land an Brasilien, und Reichtum strömte ihm von den Feinden Englands zu. Aber noch ein anderer hatte mit Espado, dem Geier, gesprochen. Irgendwie war der finstere, grimmige, junge Major aus Ulster dem schrecklichen Verrat auf die Spur gekommen; und als sie langsam zusammen jenen Weg zur Brücke hinabgingen, erklärte Murray dem General, er müsse den Oberbefehl sofort niederlegen oder er würde vor ein Kriegsgericht gestellt und erschossen. Der General hielt ihn hin, bis sie den Saum von Tropenbäumen an der Brücke erreichten, und dort, an dem plätschernden Fluß unter sonnigen Palmen (ich kann das Bild förmlich sehen), zog der General den Säbel und stieß ihn dem Major durch die Brust.«

Die winterliche Straße bog über eine schneidend kalte Höhe, die mit schwarzen Schreckgestalten von Gebüsch und Dickicht bedeckt war; doch dahinter glaubte Flambeau den schwachen Umriß eines Lichtscheins zu sehen, kein Sternen- oder Mondlicht, sondern ein Feuer, wie es die Menschen anzünden. Er beobachtete es, während die Erzählung ihrem Ende zueilte.

»St. Clare war ein Höllenhund, aber er besaß Rasse. Nie, das schwöre ich Ihnen, war er so klar bei Verstand und so tatkräftig wie damals, als der arme Murray kalt und starr zu seinen Füßen lag. Wie Hauptmann Keith ganz richtig sagt, war der große Mann in keinem seiner Triumphe so groß wie in dieser letzten, weltverachtenden Niederlage. Kühl betrachtete er seine Waffe und wischte das Blut ab; er bemerkte, daß die Spitze, die er seinem Opfer zwischen die Schultern gestoßen hatte, abgebrochen war. Ganz ruhig, als blicke er zum Fenster seines Klubs hinaus, sah er alles, was folgen mußte. Er sah, daß seine Männer diese unerklärliche Leiche finden mußten; daß sie die unerklärliche Säbelspitze herausziehen und den unerklärlichen, zerbrochenen Säbel oder sein Fehlen bemerken mußten. Er hatte wohl den Tod, aber nicht Schweigen herbeigeführt. Doch sein anmaßender Verstand lehnte sich gegen diese Schwierigkeiten auf. Es gab noch einen Weg. Er konnte diese Leiche weniger unerklärlich machen. Er konnte einen Berg von Leichen schaffen, um diese eine zu verdecken. Zwanzig Minuten später marschierten achthundert englische Soldaten in den Tod.«

Die warme Glut hinter dem schwarzen Winterwald wurde stärker und heller, und Flambeau schritt kräftig aus, um sie zu erreichen. Auch Pater Brown beschleunigte seinen Schritt; aber er schien völlig in seine Geschichte versunken zu sein.

»So groß war die Tapferkeit dieses englischen Häufleins und so gewaltig das Genie ihres Anführers, daß sogar der wahnsinnige Vormarsch noch glücklich hätte ausgehen können, wenn sie nur sofort den Hügel angegriffen hätten. Doch der böse Geist, der sie wie Schachfiguren benutzte, hatte andere Ziele und Beweggründe. Sie mußten wenigstens so lange im Sumpf bei der Brücke stehenbleiben, bis britische Leichen dort keinen ungewöhnlichen Anblick mehr boten. Dann kam die letzte großartige Szene: der silberhaarige Soldatenheilige händigte seinen zerbrochenen Säbel aus, um weiteres Blutvergießen zu verhindern. Oh, für ein Stegreifstück war es sehr gut gespielt. Aber ich glaube (beweisen kann ich es nicht), ich glaube, es geschah, während sie dort in dem verdammten Sumpf steckten, daß einer zweifelte – und einer ahnte.« Er schwieg einen Augenblick und fügte dann hinzu:

»Eine Stimme, ich weiß nicht woher sie kommt, sagt

mir, der Mann, der es ahnte, war der Liebende ... der Mann, der die Tochter des Alten heiraten sollte.«

»Aber wie steht es mit Olivier und dem Aufhängen?« fragte Flambeau.

»Olivier? Teils aus Ritterlichkeit, teils aus Klugheit beschwerte er seinen Marsch nur selten mit Gefangenen«, erklärte der Priester. »Meistens ließ er alle frei, und so tat er es auch in diesem Fall.«

»Alle außer dem General«, sagte Flambeau.

»Alle«, wiederholte der Priester.

Flambeau runzelte die dunklen Brauen. »Ich verstehe es noch immer nicht ganz«, sagte er.

»Es gibt noch ein anderes Bild«, sagte Pater Brown mit geheimnisvoller Stimme: »Ich kann es nicht beweisen; aber ich kann mehr – ich kann es sehen. Ich sehe, wie morgens ein Lager auf den kahlen, glühenden Hügeln abgebrochen wird und wie brasilianische Uniformen sich in Haufen und Reihen zum Abmarsch bereit machen. Ich sehe Oliviers rotes Hemd, ich sehe seinen langen, schwarzen Bart wehen, während er mit dem breitkrempigen Hut in der Hand dasteht. Er verabschiedet sich von dem großen Feind, den er freigibt – von dem schlichten, weißhaarigen englischen Veteranen, der ihm im Namen seiner Männer dankt. Die überlebenden Engländer stehen in Reih und Glied dahinter; neben ihnen Vorräte und Fahrzeuge für den Rückzug. Die Trommeln wirbeln; die Brasilianer ziehen ab; die Engländer stehen noch wie Statuen. Und so verharren sie, bis der letzte Laut und der letzte Schimmer des Feindes verschwunden ist. Und nun, plötzlich, ändern alle ihre Haltung, wie Tote, die zum Leben erwachen; ihre fünfzig Gesichter wenden sich dem General zu – Gesichter, die man nicht vergessen kann.«

Flambeau sprang vorwärts. »Oh«, rief er. »Sie meinen doch nicht –«

»Ja«, sagte Pater Brown mit tiefbewegter Stimme. »Es war eine englische Hand, die den Strick um St. Clares Nacken legte; ich glaube, die Hand, die den Ring an den Finger seiner Tochter steckte. Englische Hände zogen ihn auf den Baum der Schande hinauf; die Hände der Männer, die ihn angebetet hatten und ihm zum Sieg gefolgt waren. Und englische Seelen (Gott verzeihe uns und erbarme sich unser aller!) starrten ihn an, wie er unter fremdem Himmel am grünen Galgen einer Palme schaukelte, und beteten in ihrem Haß, er möge direkt zur Hölle fahren.«

Als die beiden den höchsten Punkt des Gipfels erreichten, flammte ihnen durch die roten Vorhänge eines englischen Gasthauses scharlachfarbenes Licht entgegen. Es erhob sich neben der Straße, als ob es in einem Übermaß von Gastlichkeit beiseitegetreten sei. Die drei Türen standen einladend offen; und sie konnten das Stimmengewirr und Gelächter der Menschen hören, die für eine Nacht glücklich waren.

»Mehr brauche ich Ihnen nicht zu erzählen«, schloß Pater Brown. »In der Wildnis verurteilten und richteten sie ihn; und dann schworen sie um der Ehre Englands und seiner Tochter willen einen Eid, die Geschichte vom Lohn des Verräters und dem Säbel des Mörders auf ewig in sich zu versiegeln. Vielleicht – Gott helfe ihnen – versuchten sie auch, sie zu vergessen. Versuchen wir es wenigstens, sie zu vergessen! Hier ist unser Gasthaus.«

»Von Herzen gern«, sagte Flambeau und wollte gerade in den hellen, geräuschvollen Raum treten, als er zurückprallte und fast zu Boden fiel.

»Sehen Sie doch, in Teufels Namen!« rief er und wies starr auf das viereckige hölzerne Wirtsschild über der Tür. Es zeigte verschwommen in der Dunkelheit die rohe Zeichnung einer Säbelscheide und einer zerbrochenen Klinge; und in kitschig altertümlicher Schrift die Worte: »Zum zerbrochenen Säbel«.

»Waren Sie nicht darauf vorbereitet?« fragte Pater Brown sanft. »Er ist der Gott dieses Landes; die Hälfte aller Gasthäuser und Parks und Straßen sind nach ihm und seiner Geschichte benannt.«

»Ich glaubte, wir wären mit diesem Ungeheuer fertig«, rief Flambeau und spuckte auf die Straße.

»Nie wird man in England mit ihm fertig sein«, sagte der Priester und blickte zu Boden, »solange Metall und Stein bestehen. Auf Jahrhunderte hinaus werden seine Marmorstatuen die Seelen stolzer, unschuldiger Knaben erheben, aus seiner ländlichen Grabstätte wird der Duft der Treue wie aus Lilien steigen. Millionen, die ihn nie gekannt haben, werden ihn wie einen Vater lieben – diesen Mann, den die wenigen, die ihn kannten, wie Dreck behandelt haben. Er soll ein Heiliger bleiben; und nie soll die Wahrheit über ihn bekannt werden, denn ich bin nun endlich zu einem Entschluß gekommen. Es liegt so viel Gutes und Böses im Enthüllen von Geheimnissen, daß ich mein Verhalten auf die Probe stellen will. All diese Zeitungen werden vergehen; die antibrasilianische Reklame ist schon vorbei; Olivier wird bereits überall geehrt. Wenn aber jemals in den Geschichtsbüchern oder in Metall und Marmor, die unvergänglich wie die Pyramiden sind, Oberst Clancy oder Hauptmann Keith oder Präsident Olivier oder sonst ein Unschuldiger zu Unrecht beschuldigt werden, dann würde ich sprechen. Solange es sich nur darum handelt, daß St. Clare zu Unrecht gerühmt wird, würde ich schweigen. Und das werde ich.«

Sie traten in die Schenke mit den roten Vorhängen, die nicht nur gemütlich, sondern fast elegant eingerichtet war. Auf einem Tisch stand ein silbernes Abbild von St. Clares Grabmal, das Silberhaupt war gebeugt, der silberne Säbel zerbrochen. An den Wänden hingen farbige Photographien des gleichen Schauplatzes und ein Fahrplan der Wagen, mit denen die Touristen hinfahren konnten. Pater Brown und Flambeau setzten sich auf die bequem gepolsterten Bänke.

»Kommen Sie, es ist kalt«, rief Pater Brown; »trinken wir ein Glas Wein oder Bier.«

»Oder Kognak«, sagte Flambeau.

Die drei Todeswerkzeuge

Von Berufs wegen wie aus Überzeugung wußte Pater Brown besser als die meisten von uns, daß jeden Toten eine gewisse Würde umgibt. Doch selbst ihn überkam ein paradoxes Gefühl, als man ihn bei Tagesanbruch herausklopfte und ihm berichtete, daß Sir Aaron Armstrong ermordet worden sei. Es lag etwas Sinnwidriges und Unpassendes in solch heimlicher Gewalttat gegen eine so restlos amüsante und populäre Figur. Denn Sir Aaron war amüsant bis zur Grenze des Komischen und seine Beliebtheit schon fast legendär. Ebensogut konnte Sunny Jim sich erhängt haben oder Mr. Pickwick in Hanwell gestorben sein. Denn obwohl Sir Aaron, als ein überzeugter Philanthrop, sich mit den Schattenseiten unserer Gesellschaftsordnung befaßte, war es sein Stolz, dies auf die fröhlichste Art zu tun. Seine politischen und sozialen Ansprachen waren Sturzbäche von Anekdoten und »lebhafter Heiterkeit«; er barst vor Gesundheit; seine Ethik war reiner Optimismus; und er nahm sich des Trinkerproblems – seines Lieblingsthemas – mit jener unsterblichen, ja eintönig guten Laune an, die so oft den erfolgreichen Abstinenzler kennzeichnet.

Auf den puritanischen Rednertribünen und Kanzeln kannte jeder die alte Geschichte seiner Wandlung: wie es ihn schon als Knaben von der schottischen Theologie zum schottischen Whisky gezogen hatte, wie er beidem entwuchs und zu dem wurde (wie er es bescheiden nannte), was er war. Freilich ließen es sein mächtiger weißer Bart, sein kindliches Gesicht und die glänzende Brille, die bei zahllosen Essen und Kongressen auftauchten, irgendwie kaum glaubhaft erscheinen, daß er je etwas so Krankhaftes war wie ein Schnapstrinker oder Calvinist. Er war, so fühlte man, die ernsteste Frohnatur unter allen Menschenkindern.

Er hatte am ländlichen Rand von Hampstead gelebt, in einem hübschen, hohen, aber schmalen Haus, einer Art von modernem prosaischem Turm. Die schmalste der vier schmalen Seiten lag über der steilen, grünen Böschung einer Eisenbahnlinie und wurde durch vorüberfahrende Züge erschüttert. Sir Aaron Armstrong hatte nämlich, wie er lärmend erklärte, überhaupt keine Nerven. Aber hatte der Zug früher oft das Haus erschüttert, so waren an jenem Morgen die Rollen vertauscht: das Haus erschütterte den Zug.

Die Lokomotive verlangsamte ihr Tempo und blieb genau vor der Stelle stehen, wo eine Ecke des Hauses auf die steile Rasenböschung stieß. Das Anhalten der meisten mechanischen Dinge geht zwangsläufig langsam vor sich; doch die lebende Ursache des Anhaltens hatte sich in diesem Fall sehr rasch bewegt. Ein ganz in Schwarz gekleideter Mann, sogar (wie man sich bis ins erschreckende Detail erinnerte) mit schwarzen Handschuhen, erschien auf der Böschung oberhalb der Lokomotive und schwang seine schwarzen Hände wie Windmühlenflügel. Dies allein hätte kaum auch nur einen langsamen Zug angehalten. Aber er stieß einen Schrei aus, der später als äußerst unnatürlich und ungewöhnlich beschrieben wurde. Es war einer jener Schreie, die entsetzlich deutlich sind, selbst wenn man nicht verstehen kann, was geschrien wird. In diesem Fall war es das Wort »Mord«!

Aber der Lokomotivführer schwört, er hätte genauso angehalten, wenn nur der schreckliche, klare Tonfall und nicht das Wort an sein Ohr gedrungen wäre.

Nachdem der Zug stand, konnte auch der oberflächlichste Blick viele Zeichen der Tragödie erkennen. Der Mann in Schwarz auf dem Grün war Sir Aaron Armstrongs Diener Magnus. Der Baronet hatte in seinem Optimismus oft über die schwarzen Handschuhe dieses düsteren Angestellten gelacht; aber im Augenblick zeigte niemand Lust, über ihn zu lachen.

Sobald ein oder zwei Neugierige die Geleise überschritten hatten und jenseits der rauchigen Hecke waren, sahen sie den Körper eines alten Mannes, der fast bis zum Fuß der Böschung hinabgerollt war: er trug einen gelben Morgenrock mit grellrotem Futter. Ein Stückchen Strick schien sich um sein Bein verwickelt zu haben, vermutlich bei einem Kampf. Auch ein paar Blutspritzer waren zu sehen, allerdings sehr klein; doch der ganze Körper war in eine Stellung verrenkt oder geknickt, in die ein lebendiges Wesen auf natürliche Art nicht geraten konnte. Es war Sir Aaron Armstrong. Nach einigen Augenblicken allgemeiner Ratlosigkeit kam ein großer Mann mit blondem Bart hinzu, in welchem einige der Reisenden Mr. Patrick Royce erkannten, den Sekretär des Toten, einen Herrn, der einst in Kreisen der Boheme wohlbekannt und in Künsten der Boheme sogar berühmt war. Auf eine unbestimmtere, doch beinahe noch eindringlichere Art spiegelte sich in ihm das Grauen des Dieners wider. Als schließlich die dritte Person jenes Haushalts, Alice Armstrong, die Tochter des Toten, wankend und zitternd in den Garten kam, hatte der Lokomotivführer bereits den Signalpfiff ertönen lassen, und der Zug war davongekeucht, um von der nächsten Station Hilfe zu holen. Daß Pater Brown so schnell hergebeten wurde, geschah auf Bitten von Patrick Royce, dem hünenhaften Sekretär und ausgedienten Bohemien. Royce war von Geburt Irländer und einer jener gelegentlichen Katholiken, die sich ihres Glaubens nur dann erinnern, wenn sie wirklich in einer Klemme stecken. Aber man hätte Royces Ersuchen wohl weniger prompt erfüllt, wenn nicht einer der amtlichen Detektive ein Freund und Bewunderer des nicht amtlichen Flambeau gewesen wäre; und man konnte unmöglich mit Flambeau befreundet sein, ohne zahllose Geschichten über Pater Brown gehört zu haben. Als daher der junge Detektiv, der Merton hieß, den kleinen Priester quer über die Felder zur Eisenbahnstrecke führte, war ihr Gespräch von Anfang an viel vertrauter, als man es bei zwei einander völlig Fremden erwarten konnte.

»Soweit ich sehen kann«, sagte Mr. Merton offen, »gibt das Ganze überhaupt keinen Sinn. Niemanden könnte man ernstlich verdächtigen. Magnus ist ein feierlicher alter Narr, ein viel zu großer Narr, um ein Mörder zu sein. Royce war seit Jahren der beste Freund des Baronets; und die Tochter betete den Ermordeten zweifellos an. Außerdem ist das alles zu albern. Wer würde einen so fröhlichen alten Burschen wie Armstrong töten? Wer könnte seine Hände mit dem Blut eines Tischredners beflecken? Genausogut könnte man den Weihnachtsmann umbringen.«

»Ja, es war ein fröhliches Haus«, sagte Pater Brown zustimmend. »Es war ein fröhliches Haus, solange er lebte. Meinen Sie, es wird fröhlich bleiben, nun, da er tot ist?«

Merton stutzte ein wenig und betrachtete seinen Begleiter mit interessiertem Blick.

»Nun, da er tot ist?« wiederholte er.

»Ja«, fuhr der Priester gleichmütig fort, »*er* war fröhlich. Aber übertrug er seine Fröhlichkeit? War, ehrlich gesagt, außer ihm selbst irgendwer in dem Haus fröhlich?«

Ein Fenster in Mertons Geist ließ jenes seltsam überraschende Licht ein, das uns zum erstenmal Dinge klar zeigt, die wir immer gekannt haben. Er war oft, in kleinen Polizeiangelegenheiten des Philanthropen, bei den Armstrongs gewesen; und nun, bei näherer Beleuchtung, erschien es ihm als ein bedrückendes Haus. Die Zimmer waren sehr hoch und sehr kalt; die Einrichtung durchschnittlich provinziell; das elektrische Licht in den zugigen Korridoren war trüber als Mondlicht. Und obwohl das rote Gesicht und der silberne Bart des alten Mannes abwechselnd jedes Zimmer und jeden Gang wie ein Freudenfeuer erhellt hatten, hinterließ die Glut keine Wärme. Zweifellos war diese erstaunliche Ungemütlichkeit des Hauses zum Teil gerade der Vitalität und Überschwenglichkeit seines Besitzers zuzuschreiben; er brauche weder Öfen noch Lampen, pflegte er zu sagen, weil er seine eigene Wärme mit sich führe. Aber als sich Merton der übrigen Bewohner erinnerte, mußte er zugeben, daß sie nur wie Schatten ihres Herrn wirkten.

Der melancholische Diener mit den gräßlichen schwarzen Handschuhen war beinahe ein Alptraum; Royce, der Sekretär, ein Bulle von Mann, in Tweed gekleidet und mit kurzem Bart, war real genug; aber der strohfarbene Bart war, gleich dem Tweed, auffallend grau gesprenkelt, und die breite Stirn war voll vorzeitiger Falten. Er war auch sicher gutmütig, aber es war eine traurige Art Gutmütigkeit, beinahe eine Gutmütigkeit des gebrochenen Herzens – ja, er sah nach Mißerfolg im Leben aus. Was Armstrongs Tochter anging, so schien es fast unglaublich, daß sie überhaupt seine Tochter war: so blasse Farben und zarte Konturen hatte sie. Sie war anmutig, aber in ihrer Gestalt lag das Zittern einer Espe. Merton hatte sich manchmal gefragt, ob dies Beben vielleicht vom Lärm der vorbeifahrenden Züge herrührte.

»Sie sehen«, sagte Pater Brown bescheiden blinzelnd, »ich bin nicht sicher, daß die Armstrong-Heiterkeit – für andere Leute – so sehr erheiternd ist. Sie sagen, daß niemand einen so glücklichen alten Mann töten könne, aber ich weiß nicht; *ne nos inducas in tentationem.* Wenn ich jemals jemanden ermorden würde«, fügte er ganz schlicht hinzu, »dann wahrscheinlich einen Optimisten.«

»Warum?« rief Merton belustigt. »Sind Sie der Ansicht, die Menschen lieben keine Heiterkeit?«

»Die Menschen lieben ein oft wiederkehrendes Lachen«, antwortete Pater Brown, »aber ich glaube nicht, daß sie ein ständiges Lächeln mögen. Heiterkeit ohne Humor geht sehr auf die Nerven.«

Schweigend gingen sie einen Teil der windigen, grasbewachsenen Eisenbahnböschung entlang, und gerade als sie in den weitreichenden Schatten des hohen Armstrong-Hauses kamen, sagte Pater Brown wie jemand, der einen störenden Gedanken eher wegwirft als ihn ernsthaft äußert: »Natürlich ist Trinken an sich weder gut noch schlecht. Aber manchmal kann ich nicht umhin zu fühlen, daß Männer wie Armstrong ab und zu ein Glas Wein brauchen, um traurig zu werden.«

Mertons offizieller Vorgesetzter, ein grauhaariger, fähiger Mann namens Gilder, stand auf der grünen Böschung und wartete auf den Leichenbeschauer. Er unterhielt sich gerade mit Patrick Royce, der sich mit breiten Schultern und gesträubtem Bart und Haar über ihm auftürmte. Das war um so auffallender, als Royce sonst immer nach vorne gebückt zu gehen pflegte und seine geringen schriftlichen und häuslichen Pflichten in einer schwerfälligen und demütigen Art zu verrichten schien, gleich einem Büffel, der einen Kinderwagen zieht. Beim Anblick des Priesters hob er mit sichtlicher Freude das Haupt und zog ihn ein paar Schritte beiseite. Inzwischen redete Merton den älteren Detektiv zwar höchst respektvoll, doch nicht ohne eine gewisse knabenhafte Ungeduld an. »Nun, Mr. Gilder, sind Sie mit dem Geheimnis um ein großes Stück weitergekommen?«

»Es gibt kein Geheimnis«, erwiderte Gilder und blickte mit verträumten Augen ins Weite.

»Für mich jedenfalls ist es eines«, sagte Merton lächelnd.

»Die Sache ist ganz einfach, mein Junge«, bemerkte der Vorgesetzte und strich seinen grauen Spitzbart. »Drei Minuten, nachdem Sie zu Mr. Royces Pfarrer gegangen waren, kam alles heraus. Sie erinnern sich an jenen schwarzbehandschuhten Diener mit dem Teiggesicht, der den Zug anhielt?«

»Ich werde mich immer an ihn erinnern. Irgendwie brachte er mir das Gruseln bei.«

»Nun«, sagte Gilder träge, »als der Zug wieder weg war, war auch der Mann weg. Ein kaltblütiger Verbrecher, meinen Sie nicht auch? Mit demselben Zug zu entfliehen, der nach der Polizei geschickt wird?«

»Sie sind also ziemlich sicher«, bemerkte der junge Mann, »daß er wirklich seinen Herrn umgebracht hat?«

»Ja, mein Sohn; ich bin ziemlich sicher«, erwiderte Gilder trocken; »und zwar aus dem unwichtigen Grund, daß er mit 20 000 Pfund in Banknoten durchgegangen ist, die im Schreibtisch seines Herrn lagen. Nein; die einzig nennenswerte Schwierigkeit ist herauszufinden, wie er ihn tötete. Der Schädel scheint mit einem schweren Gegenstand zertrümmert worden zu sein, aber es liegt nirgends eine Waffe herum, und sicher wäre es unhandlich für den Mörder, sie mitzunehmen, außer sie war zu klein, um bemerkt zu werden!«

»Vielleicht war die Waffe zu groß, um bemerkt zu werden«, sagte der Priester mit einem seltsamen, weisen Kichern.

Bei dieser phantastischen Bemerkung wandte Gilder sich um und fragte Brown ziemlich streng, was er meine.

»Dumme Art, es auszudrücken, ich weiß«, sagte Pater Brown entschuldigend. »Klingt wie ein Märchen. Aber der arme Armstrong wurde von der Keule eines Riesen getötet, einer großen, grünen Keule, zu groß, um gesehen zu werden, einer Keule, die wir die Erde nennen. Er wurde gegen diese grüne Böschung geschlagen, auf der wir stehen!«

»Was wollen Sie damit sagen?« fragte der Detektiv rasch.

Pater Brown wandte sein Mondgesicht der schmalen Fassade des Hauses zu und blinzelte armselig nach oben. Die andern folgten seinen Blicken und sahen, daß an der äußersten Spitze der sonst blinden Rückwand des Hauses ein Dachstubenfenster offenstand.

»Sehen Sie nicht«, erklärte er, indem er ein bißchen ungeschickt wie ein Kind hinzeigte, »daß er von dort heruntergeworfen wurde?«

Gilder prüfte stirnrunzelnd das Fenster und sagte dann: »Zugegeben, das wäre durchaus möglich. Aber ich verstehe nicht, wie Sie dessen so sicher sein können.«

Brown riß seine grauen Augen weit auf. »Nun«, sagte er, »am Bein des Toten hängt doch ein Stück Strick. Sehen Sie nicht jenes andere Ende Strick, das sich an der Ecke des Fensters verfangen hat?«

In jener Höhe sah das Ding wie ein ganz winziges Staubkorn oder Härchen aus, aber der kluge, alte Detektiv war überzeugt.

»Sie haben ganz recht, Sir«, sagte er zu Pater Brown, »diesmal waren Sie uns zweifellos eine Nasenlänge voraus.«

Noch während er sprach, nahm ein Sonderzug mit nur einem Wagen die Geleiskurve zu ihrer Linken und entlud beim Halten eine weitere Gruppe Polizisten, in deren Mitte das Armesündergesicht von Magnus, dem entflohenen Diener, erschien.

»Bei Gott! Sie haben ihn«, rief Gilder und lief mit neu erwachter Munterkeit der Gruppe entgegen.

»Haben Sie das Geld?« rief er dem ersten Polizisten zu.

Der Mann sah ihn mit recht seltsamem Ausdruck an und sagte: »Nein.« Dann fügte er hinzu: »Wenigstens nicht hier.«

»Welches ist der Inspektor, bitte?« fragte der Mann, der Magnus hieß.

Als er sprach, wurde jedem sofort verständlich, daß seine Stimme allein einen Zug hätte anhalten können. Er war ein langweilig aussehender Mann mit angeklatschtem, schwarzem Haar, farblosem Gesicht und einem leicht östlichen Einschlag in den waagrechten Schlitzen von Augen und Mund. Seine Abstammung und sein Name waren schon damals unbestimmt, als Sir Aaron ihn von einer Kellnerstelle in einem Londoner Restaurant »gerettet« hatte und (wie manche sagten) von schändlicheren Dingen. Doch so tot sein Gesicht war, so lebendig war seine Stimme. Ob infolge der Exaktheit einer fremden Sprache oder aus Rücksicht auf seinen Herrn (der etwas taub gewesen), jedenfalls waren Magnus' Töne von besonders klingender und durchdringender Beschaffenheit, und die ganze Gruppe zuckte förmlich zusammen, als er zu sprechen begann.

»Ich habe immer gewußt, daß es so kommen wird«, sagte er laut mit unverschämter Gelassenheit. »Mein armer alter Herr machte sich lustig, weil ich Schwarz trug; aber ich sagte immer, ich möchte nicht unvorbereitet sein für sein Begräbnis.«

Er bekräftigte seine Worte mit einer knappen Geste der schwarzumhüllten Hände.

»Sergeant«, rief Inspektor Gilder und blickte wütend auf die dunklen Finger, »wollen Sie dem Burschen keine Armbänder anlegen? Er sieht ziemlich gefährlich aus.«

»Well, Sir«, erwiderte der Sergeant wieder mit dem seltsam ratlosen Blick von vorher, »ich weiß nicht, ob wir das dürfen.«

»Wieso?« fragte der andere scharf. »Haben Sie ihn nicht verhaftet?«

Ein leichtes, verächtliches Lächeln spielte um den geschlitzten Mund, und der Pfiff eines nahenden Zuges klang wie spöttischer Widerhall.

»Wir nahmen ihn fest«, erwiderte der Sergeant gewichtig, »als er gerade aus der Polizeistation in Highgate kam, wo er das ganze Geld seines Herrn bei Inspektor Robinson hinterlegt hatte.«

Gilder sah den Diener mit äußerstem Erstaunen an. »Warum in aller Welt haben Sie das getan?« fragte er Magnus.

»Sehr einfach, um es vor dem Verbrecher zu sichern«, antwortete der andere ruhig.

»Sir Aarons Geld«, sagte Gilder, »dürfte doch wohl bei Sir Aarons Familie sicher genug sein.«

Der Schluß seines Satzes ertrank im Getöse des Zuges, der rüttelnd und rasselnd anfuhr; aber durch all den Höllenlärm, dem jenes Unglückshaus von Zeit zu Zeit ausgesetzt war, konnten sie jede Silbe von Magnus' Antwort in ihrer glockengleichen Klarheit hören:

»Ich habe keine Veranlassung, Sir Aarons Familie zu trauen.«

Plötzlich hatten die bewegungslos dastehenden Männer das unheimliche Gefühl der Gegenwart einer neuen Person; und Merton war kaum überrascht, als er aufsah und über Pater Browns Schulter hinweg das bleiche Gesicht von Armstrongs Tochter erblickte. Sie sah jung und schön aus wie ein Silberkunstwerk, doch ihr Haar war von so staubigem, farblosem Braun, daß es irgendwie schon völlig ergraut schien.

»Seien Sie vorsichtig mit Ihren Worten«, bemerkte Royce barsch, »Sie werden Miss Armstrong erschrecken.«

»Das hoffe ich«, sagte der Mann mit der klaren Stimme.

Als die Frau zu aller Erstaunen zusammenzuckte, fuhr er fort:

»Ich bin an Miss Armstrongs Zittern einigermaßen gewöhnt. Ich habe sie seit Jahren immer wieder zittern sehen. Einige glaubten, sie bebe vor Kälte, und andere, sie bebe vor Furcht; aber ich weiß, sie zitterte vor Haß und gottlosem Zorn – besessen von Teufeln, die heute morgen ihr Fest gefeiert haben. Sie wäre inzwischen mit ihrem Liebhaber und all dem Geld auf und davon gegangen, wäre ich nicht gewesen. Immer schon, seit mein armer alter

Herr sie hinderte, diesen betrunkenen Lumpen zu heiraten –«

»Halt!« sagte Gilder sehr entschieden; »Ihre phantastischen Verdächtigungen der Familie gehen uns nichts an. Wenn Sie keinen handgreiflichen Beweis haben, sind Ihre bloßen Ansichten –«

»Oh! Ich werde Ihnen handgreifliche Beweise liefern«, fiel ihm Magnus mit seinem trockenen Tonfall ins Wort. »Sie werden mich vorladen müssen, Herr Inspektor, und ich werde unter Eid die Wahrheit sagen. Die Wahrheit aber ist dies: Sofort, nachdem der alte Mann blutend aus dem Fenster geworfen wurde, lief ich in die Dachstube und fand seine Tochter ohnmächtig am Boden, einen Dolch in der Hand. Gestatten Sie mir, dies ebenfalls der zuständigen Behörde zu überreichen.«

Damit nahm er aus seiner hinteren Rocktasche ein langes, rotbeflecktes Messer mit Horngriff und überreichte es höflich dem Sergeanten. Dann trat er wieder zurück, und seine Schlitzaugen verschwanden fast völlig in einem breiten, chinesischen Grinsen. Merton wurde bei diesem Anblick fast übel, und er flüsterte Gilder zu: »Sicher werden Sie doch Miss Armstrongs Wort dem seinen vorziehen?«

Pater Brown hob plötzlich den Kopf, und sein Gesicht sah so unwahrscheinlich frisch aus, als hätte er es eben gewaschen.

»Ja«, sagte er voll strahlender Unschuld, »aber steht Miss Armstrongs Wort überhaupt gegen das seine?«

Das Mädchen stieß einen seltsam erschreckten, kurzen Schrei aus. Alle sahen sie an. Ihr Körper war starr, als wäre er gelähmt; nur das von mattbraunem Haar umrahmte Gesicht war lebendig vor furchtbarem Erstaunen. Sie stand da wie mit einem Lasso gefangen und gewürgt.

»Dieser Mann«, sagte Gilder ernst, »behauptet, daß Sie nach dem Mord bewußtlos gefunden wurden – mit einem Messer in der Hand.«

»Er spricht die Wahrheit«, erwiderte Alice.

Das nächste, dessen sie sich bewußt wurden, war, daß Royce mit seinem großen, gebeugten Kopf in ihrem Kreis auftauchte und die sonderbaren Worte murmelte:

»Nun, wenn ich schon mit muß, will ich vorher noch ein bißchen Spaß haben.«

Seine breiten Schultern hoben sich, seine Eisenfaust fuhr in Magnus' grinsendes Mongolengesicht und warf ihn flach wie einen Seestern auf den Rasen. Zwei oder drei Polizisten packten Royce auf der Stelle; den anderen aber war, als hätte die Welt allen Verstand verloren und sich in ein sinnloses Narrenspiel verwandelt.

»Lassen Sie das, Mr. Royce«, hatte Gilder gebieterisch gerufen.

»Ich werde Sie wegen Körperverletzung festnehmen.«

»Das werden Sie nicht«, erwiderte der Sekretär, und seine Stimme glich einem stählernen Gong. »Sie werden mich wegen Mordes festnehmen.«

Gilder warf einen unruhigen Blick auf den zu Boden geschlagenen Mann, aber da dieser bereits aufrecht saß und sich von dem kaum verletzten Gesicht ein bißchen Blut abwischte, sagte er nur kurz: »Was soll das heißen?«

»Es stimmt, was dieser Kerl behauptet«, erklärte Royce. »Miss Armstrong wurde mit einem Messer in der Hand ohnmächtig. Aber sie hatte das Messer nicht ergriffen, um ihren Vater anzugreifen, sondern um ihn zu verteidigen.«

»Ihn zu verteidigen«, wiederholte Gilder ernst. »Gegen wen?«

»Gegen mich«, antwortete der Sekretär.

Alice sah ihn erstaunt und bestürzt an; dann sagte sie mit leiser Stimme:

»Trotz allem bin ich froh, daß Sie so tapfer sind.«

»Kommen Sie mit hinauf«, sagte Royce mit schwerer Zunge, »und ich werde Ihnen die ganze verdammte Geschichte erklären.«

Die Dachstube, der Privatraum des Sekretärs (und für einen so umfangreichen Eremiten eine etwas kleine Zelle), zeigte in der Tat alle Spuren eines heftigen Dramas. Mitten auf dem Boden lag ein großer Revolver; eine offene, aber noch nicht ganz leere Whiskyflasche war weiter nach links gerollt. Die Decke des kleinen Tisches war herabgezerrt und zertrampelt, und ein Stück Schnur, wie jenes an der Leiche, war quer über das Fensterbrett geworfen. Zwei Vasen lagen zerbrochen auf dem Kaminsims und eine auf dem Teppich.

»Ich war betrunken«, sagte Royce. Und dies schlichte Bekenntnis des frühzeitig zerstörten Mannes wirkte irgendwie rührend wie die erste Sünde eines Babys.

»Sie alle wissen über mich Bescheid«, fuhr er mit heiserer Stimme fort. »Jeder weiß, wie meine Geschichte anfing, und so mag sie meinetwegen auch enden. Einst hatte ich den Ruf eines begabten Mannes, und ich hätte auch ein glücklicher werden können; Armstrong rettete die Reste meines Geistes und Körpers aus den Kneipen und war auf seine Art immer nett zu mir, der arme Kerl! Nur wollte er mich Alice nicht heiraten lassen, und immer wird es heißen: mit Recht. Nun, Sie können Ihre eigenen Schlüsse ziehen und werden keine Einzelheiten von mir verlangen. Dort in der Ecke liegt meine halbleere Whiskyflasche, hier auf dem Teppich mein völlig geleerter Revolver. Der

Strick, den man bei dem Toten fand, gehörte zu meinem Koffer, und der Leichnam wurde aus meinem Fenster geworfen. Sie brauchen keine Detektive, um meine Tragödie ans Licht zu bringen; sie ist in dieser Welt der schwachen Seelen recht gewöhnlich. Ich liefere mich selbst an den Galgen; und, bei Gott, das genügt.«

Auf ein entsprechend diskretes Zeichen umstellten Polizisten den kräftigen Mann, um ihn abzuführen; aber ihre Diskretion wurde beträchtlich durch das seltsame Gehaben Pater Browns gestört, der auf Händen und Knien auf dem Teppich lag, wie in eine Art erniedrigendes Gebet vertieft. Da ihm seine soziale Würde äußerst gleichgültig war, verharrte er in dieser Haltung. Er wandte der Gesellschaft nur sein strahlendes rundes Gesicht zu und bot so den Anblick eines Vierfüßlers mit höchst drolligem Menschenkopf.

»Hören Sie«, erklärte er freundlich, »so geht das wirklich nicht. Zuerst sagten Sie, wir hätten keine Waffe gefunden. Jetzt aber finden wir zu viele: das Messer zum Stechen, den Strick zum Erdrosseln und die Pistole zum Schießen; und dabei hat er sich das Genick bei einem Sturz aus dem Fenster gebrochen. Das geht nicht. Es ist unökonomisch.«

Und er schüttelte unten am Boden den Kopf wie ein weidendes Pferd.

Inspektor Gilder hatte den Mund zu einer ernsten Rede geöffnet, aber ehe er sprechen konnte, fuhr die groteske Gestalt am Boden geschwätzig fort:

»Und nun drei völlig unmögliche Dinge: Erstens diese Löcher im Teppich, wo sechs Kugeln eingedrungen sind. Warum in aller Welt sollte jemand auf einen Teppich schießen? Ein Betrunkener drückt auf den Kopf seines

Feindes ab, der ihn angrinst. Er fängt keinen Streit mit seinen Füßen an oder belagert seine Pantoffeln. Und dann der Strick –«

Nachdem Pater Brown mit dem Teppich fertig war, erhob er jetzt die Hände und steckte sie in die Taschen, kniete aber weiter ganz unbefangen auf dem Boden.

»– in welchem auch nur denkbaren Rausch würde jemand versuchen, einem anderen einen Strick um den Hals zu legen, und ihn dann um sein Bein binden? So betrunken war Royce bestimmt nicht, sonst schliefe er jetzt noch wie ein Klotz. Und dann, das Klarste von allem, die Whiskyflasche. Sie vermuten, daß sich ein Alkoholiker die Flasche erkämpft und sie dann in die Ecke rollt, eine Hälfte verschüttet und die andere drin läßt? Das ist das allerletzte, was ein Alkoholiker täte.«

Er stand unbeholfen auf und sagte zu dem geständigen Mörder im Tone tiefster Zerknirschung:

»Es tut mir schrecklich leid, mein Lieber, aber Ihre Geschichte ist reiner Unsinn.«

»Sir«, sagte Alice Armstrong leise zu dem Priester, »kann ich Sie einen Augenblick allein sprechen?«

Diese Bitte trieb den geschwätzigen Geistlichen auf den Flur hinaus, doch bevor er im nächsten Zimmer weiterreden konnte, sagte das Mädchen schon mit seltsamer Bestimmtheit:

»Sie sind ein kluger Mann, und ich weiß, Sie versuchen Patrick zu retten. Aber es ist aussichtslos. Je tiefer Sie dieser furchtbaren Sache auf den Grund gehen, um so mehr Belastendes werden Sie gegen den Unglücklichen entdecken, den ich liebe.«

»Warum?« fragte Pater Brown und sah Miss Armstrong fest an.

»Weil«, antwortete sie ebenso bestimmt, »ich selbst ihn das Verbrechen begehen sah.«

»Ah!« sagte Pater Brown ruhig, »und was tat er?«

»Ich befand mich im Zimmer nebenan«, erzählte sie; »beide Türen waren geschlossen, aber plötzlich hörte ich eine Stimme brüllen, wie ich nie zuvor eine gehört habe: ›Hölle! Hölle! Hölle!‹ immer und immer wieder – und dann erbebten die beiden Türen vom ersten Revolverschuß. Noch dreimal krachte es, bevor ich beide Türen offen hatte. Das Zimmer war voller Rauch, und er kam von der Pistole meines armen, wahnsinnigen Patrick; ich sah ihn mit eigenen Augen die letzte mörderische Salve abfeuern. Dann sprang er auf meinen Vater los, der sich entsetzt ans Fensterbrett klammerte, warf ihm einen Strick über den Kopf und versuchte ihn zu erwürgen; doch die Schnur glitt während des Ringens seinen Körper hinab und wickelte sich um sein Bein. Dann schleifte ihn Patrick wie ein Irrer im Zimmer herum. Ich ergriff ein Messer vom Teppich, warf mich zwischen die beiden und konnte den Strick gerade noch zerschneiden, ehe ich ohnmächtig wurde.«

»Ich verstehe«, sagte Pater Brown mit der gleichen steifen Höflichkeit. »Danke.«

Und während das Mädchen unter der Last ihrer Erinnerungen zusammenbrach, ging der Priester ruhigen Schrittes ins Nebenzimmer, wo er jetzt nur Gilder und Merton bei Patrick Royce fand, der mit gefesselten Händen auf einem Stuhl saß. Pater Brown wandte sich bescheiden an den Inspektor:

»Dürfte ich in Ihrem Beisein ein Wort an den Gefangenen richten? Und darf er eine Minute diese komischen Manschetten ablegen?«

»Er ist ein sehr kräftiger Mann«, sagte Merton mit gedämpfter Stimme. »Warum möchten Sie, daß er sie ablegt?«

»Nun, ich dachte«, erwiderte der Priester demütig, »ich dürfte vielleicht die besondere Ehre haben, ihm die Hand zu drücken.«

Beide Detektive starrten ihn an, und Pater Brown fügte hinzu:

»Wollen Sie ihnen nicht alles erzählen, Sir?«

Der Mann auf dem Stuhl schüttelte den zerzausten Kopf, und der Priester wandte sich ungeduldig ab.

»Dann werde ich es tun«, sagte er. »Das Privatleben des Einzelnen ist wichtiger als öffentliches Ansehen. Ich werde die Lebenden behüten und die Toten ihre Toten begraben lassen.«

Er trat an das verhängnisvolle Fenster und blickte hinaus, während er weitersprach.

»Ich sagte Ihnen, daß es bei diesem Fall zu viele Waffen und nur einen Toten gab. Jetzt sage ich Ihnen: Es gab überhaupt keine Waffen – sie wurden nicht zum Töten verwendet. – All diese schrecklichen Werkzeuge, die Schlinge, das blutbefleckte Messer, der Revolver, waren Werkzeuge einer seltsamen Barmherzigkeit. Sie dienten nicht dazu, Sir Aaron zu ermorden, sondern ihn zu retten.«

»Ihn zu retten!« rief Gilder. »Wovor?«

»Vor sich selbst«, sagte Pater Brown. »Er war ein Irrer, von Selbstmordgedanken besessen.«

»Was?« rief Merton ungläubig. »Und die Religion der Heiterkeit?«

»Ist eine grausame Religion«, sagte der Priester und sah aus dem Fenster. »Weshalb konnte man ihn nicht ein wenig weinen lassen, wie es seine Vorfahren taten? Seine Pläne erstarrten, seine großen Ideen erkalteten; hinter jener fröhlichen Maske verbarg sich das leergebrannte Gehirn des Atheisten. Um wenigstens den äußeren Schein aufrecht zu erhalten, verfiel er schließlich wieder dem Schnaps, den er einst aufgegeben hatte. Aber für den einsamen Abstinenzler ist Alkoholismus ein Schreckgespenst: Jene psychologische Hölle, vor der er andere gewarnt hat, malt er sich aus und erwartet sie. Es hat den armen Armstrong nur allzu früh gepackt. Und heute morgen war er in einem solchen Zustand, daß er dasaß und schrie, er sei in der Hölle, mit so irrer Stimme, daß seine Tochter sie nicht erkannte. Er verlangte um jeden Preis nach dem Tode, und mit der Affenschlauheit des Irren hatte er den Tod in den verschiedensten Formen um sich verstreut – einen Strick, den Revolver seines Freundes und ein Messer. Royce kam zufällig herein und griff auf der Stelle ein. Er warf das Messer hinter sich auf den Teppich, nahm den Revolver, und da er keine Zeit hatte, ihn anders zu entladen, gab er Schuß um Schuß auf den Fußboden ab. Der Selbstmörder entdeckte eine vierte Todesmöglichkeit und sprang zum Fenster. Der Retter tat das einzig Mögliche – lief ihm mit dem Strick nach und versuchte, ihm Hände und Füße zu fesseln. Da stürzte das unselige Mädchen herein und bemühte sich in völliger Verkennung der Sachlage, ihren Vater zu befreien. Zuerst ritzte sie nur die Hände des armen Patrick, und daher kommt das bißchen Blut in dieser kleinen Geschichte. Sie haben natürlich bemerkt, daß er zwar Blutspuren im Gesicht jenes Dieners hinterließ, aber keine Wunde. Und kurz bevor die arme Frau ohnmächtig wurde, schnitt sie ihren Vater los, so daß er krachend durch jenes Fenster in die Ewigkeit sauste.«

Ein langes Schweigen trat ein, nur unterbrochen durch das metallene Klirren der Handschellen, die Gilder Patrick Royce abnahm. Dann sagte er:

»Sie hätten lieber die Wahrheit enthüllen sollen, Sir. Sie und die junge Dame sind mehr wert als alle Nachrufe für Armstrong.«

»Zum Teufel mit Armstrongs Nachrufen!« rief Royce rauh. »Begreifen Sie nicht, daß ich schwieg, weil sie es nicht erfahren darf?«

»Was nicht erfahren darf?« fragte Merton.

»Daß sie ihren Vater getötet hat, Sie Narr!« brüllte der andere. »Ohne ihr Dazwischentreten wäre er jetzt noch am Leben! Sie würde den Verstand verlieren, wenn sie es wüßte!«

»Nein, das glaube ich nicht«, bemerkte Pater Brown und griff nach seinem Hut. »Ich wäre dafür, ihr alles zu erzählen. Selbst die blutigsten Irrtümer vergiften das Leben nicht so wie Sünden; jedenfalls könnten Sie jetzt beide glücklicher werden. Entschuldigen Sie, ich muß zur Taubstummenschule zurück.«

Als er auf den vom Wind umwehten Rasen hinaustrat, hielt ihn ein Bekannter aus Highgate an und sagte:

»Der Leichenbeschauer ist da; die Untersuchung dieses interessanten Falles wird gleich anfangen.«

»Ich muß zur Taubstummenschule zurück«, sagte Pater Brown. »Leider kann ich der Untersuchung nicht beiwohnen.«

G. K. Chesterton
im Diogenes Verlag

Pater Brown und
Das blaue Kreuz
Die besten Geschichten aus »Die Unschuld des Pater Brown«.
Deutsch von Heinrich Fischer
detebe 212/1

Pater Brown und
Der Fehler in der Maschine
Die besten Geschichten aus »Die Weisheit des Pater Brown« und
»Die Ungläubigkeit des Pater Brown«. Deutsch von Norbert Miller,
Alfons Rottmann und Dora Sophie Kellner
detebe 212/2

Pater Brown und
Das schlimmste Verbrechen der Welt
Die besten Geschichten aus »Das Geheimnis des Pater Brown« und
»Der Skandal um Pater Brown«. Deutsch von Alfred P. Zeller,
Kamilla Demmer und Alexander Schmitz
detebe 212/3

*Klassische und moderne
Kriminal-, Grusel- und
Abenteuergeschichten
in Diogenes Taschenbüchern*

● **Joan Aiken**
Die Kristallkrähe. Roman. detebe 76

● **Eric Ambler**
Die Maske des Dimitrios. Roman.
detebe 75/1
Der Fall Deltschev. Roman. detebe 75/2
Eine Art von Zorn. Roman. detebe 75/3
Schirmers Erbschaft. Roman. detebe 75/4
Die Angst reist mit. Roman. detebe 75/5
Der Levantiner. Roman. detebe 75/6
Waffenschmuggel. Roman. detebe 75/7
Topkapi. Roman. detebe 75/8
Schmutzige Geschichte. Roman. detebe 75/9
Das Intercom-Komplott. Roman.
detebe 75/10
Besuch bei Nacht. Roman. detebe 75/11
Der dunkle Grenzbezirk. Roman.
detebe 75/12
Ungewöhnliche Gefahr. Roman.
detebe 75/13
Anlaß zur Unruhe. Roman. detebe 75/14
Nachruf auf einen Spion. Roman.
detebe 75/15
Doktor Frigo. Roman. detebe 75/16
Weitere Werke in Vorbereitung

● **John Bellairs**
Das Haus das tickte. Roman. Mit
Zeichnungen von Edward Gorey. detebe 131

● **Marie Belloc Lowndes**
Jack the Ripper oder Der Untermieter.
Roman. detebe 68

● **Ambrose Bierce**
Die Spottdrossel. Erzählungen. detebe 106

● **Ray Bradbury**
Der illustrierte Mann. Science-fiction-
Geschichten. detebe 127

● **John Buchan**
Die neununddreißig Stufen. Roman.
detebe 93/1
Weitere Werke in Vorbereitung

● **Raymond Chandler**
Der große Schlaf. Roman. detebe 70/1
Die kleine Schwester. Roman. detebe 70/2
Das hohe Fenster. Roman. detebe 70/3
Der lange Abschied. Roman. detebe 70/4
Die simple Kunst des Mordes. Essays,
Briefe, Fragmente. detebe 70/5
Die Tote im See. Roman. detebe 70/6
Lebwohl, mein Liebling. Roman.
detebe 70/7
Playback. Roman. detebe 70/8
Mord im Regen. Frühe Stories. detebe 70/9
Weitere Werke in Vorbereitung

● **Erskine Childers**
Das Rätsel der Sandbank. Roman. detebe 92

● **Agatha Christie**
Villa Nachtigall. Kriminalgeschichten.
detebe 71
Weitere Werke in Vorbereitung

● **Joseph Conrad**
Lord Jim. Roman. detebe 66/1
Der Geheimagent. Roman. detebe 66/2
Herz der Finsternis. Erzählung. detebe 66/3
Weitere Werke in Vorbereitung

● **Guy Cullingford**
Post mortem. Roman. detebe 132

● **Dolly Dolittle's**
Crime Club. detebe 120/1–4
Weitere Bände in Vorbereitung

● **Alexandre Dumas, Père**
Horror in Fontenay. Roman. detebe 129

● **David Ely**
Aus! Eine Atomkatastrophengeschichte.
detebe 32

● **Erckmann-Chatrian**
Der Rekrut. Roman. detebe 12

● **William Faulkner**
Der Springer greift an. Kriminalgeschichten.
detebe 86

● **Egon Friedell**
Die Rückkehr der Zeitmaschine.
Phantastische Novelle. detebe 81

● **Felix Gasbarra**
Schule der Planeten. Roman. detebe 181

● **Eric Geen**
Tolstoi wohnt in 12N B9. Roman. detebe 89

● **Rider Haggard**
Sie. Roman. detebe 108
Weitere Werke in Vorbereitung

● **Dashiell Hammett**
Der Malteser Falke. Roman. detebe 69/1
Rote Ernte. Roman. detebe 69/2
Der Fluch des Hauses Dain. Roman.
detebe 69/3
Der gläserne Schlüssel. Roman. detebe 69/4
Der dünne Mann. Roman. detebe 69/5
Weitere Werke in Vorbereitung

● **Cyril Hare**
Mörderglück. Kriminalgeschichten.
detebe 88

● **Harry Hearson & J. C. Trewin**
Euer Gnaden haben geschossen?
Eine Geschichte. detebe 111

● **Frank Heller**
Herrn Collins Abenteuer. Roman. detebe 110
Weitere Werke in Vorbereitung

● **O. Henry**
Glück, Geld und Gauner. Ausgewählte
Geschichten. detebe 107

● **Patricia Highsmith**
Der Stümper. Roman. detebe 74/1
Zwei Fremde im Zug. Roman. detebe 74/2
Der Geschichtenerzähler. Roman.
detebe 74/3
Der süße Wahn. Roman. detebe 74/4
Die zwei Gesichter des Januars. Roman.
detebe 74/5
Der Schrei der Eule. Roman. detebe 74/6
Tiefe Wasser. Roman. detebe 74/7
Die gläserne Zelle. Roman. detebe 74/8
Das Zittern des Fälschers. Roman.
detebe 74/9
Lösegeld für einen Hund. Roman.
detebe 74/10
Der talentierte Mr. Ripley. Roman.
detebe 74/11
Ripley Under Ground. Roman.
detebe 74/12
Ripley's Game. Roman. detebe 74/13
Der Schneckenforscher. Geschichten.
detebe 74/14
Ein Spiel für die Lebenden. Roman.
detebe 74/15
Kleine Geschichten für Weiberfeinde.
detebe 74/16
Kleine Mordgeschichten für Tierfreunde.
detebe 74/17
Venedig kann sehr kalt sein. detebe 74/18
Weitere Werke in Vorbereitung

● **E. W. Hornung**
Raffles – Der Dieb in der Nacht.
Geschichten. detebe 109

● **Mary Hottinger**
Mord. Mehr Morde. Noch mehr Morde.
Kriminalgeschichten. detebe 25/1–3
Wahre Morde. detebe 185

● **Gerald Kersh**
Mann ohne Gesicht. Phantastische
Geschichten. detebe 128

● **Maurice Leblanc**
Arsène Lupin – Der Gentleman-Gauner.
Roman. detebe 65/1
*Die hohle Nadel oder Die Konkurrenten des
Arsène Lupin.* Roman. detebe 65/2
Weitere Werke in Vorbereitung

● Ross Macdonald
Dornröschen war ein schönes Kind. Roman. detebe 99/1
Unter Wasser stirbt man nicht. Roman. detebe 99/2
Ein Grinsen aus Elfenbein. Roman. detebe 99/3
Die Küste der Barbaren. Roman. detebe 99/4
Der Fall Galton. Roman. detebe 99/5
Gänsehaut. Roman. detebe 99/6
Der blaue Hammer. Roman. detebe 99/7
Weitere Werke in Vorbereitung

● Margaret Millar
Liebe Mutter, es geht mir gut ... Roman. detebe 98/1
Die Feindin. Roman. detebe 98/2
Fragt morgen nach mir. Roman. detebe 98/3

● Fanny Morweiser
Lalu lalula, arme kleine Ophelia. Roman. detebe 183/1
La vie en rose. Roman. detebe 183/2

● Edgar Allan Poe
Der Untergang des Hauses Usher. Geschichten. detebe 105

● Patrick Quentin
Bächleins Rauschen tönt so bang. Kriminalgeschichten. detebe 87
Weitere Werke in Vorbereitung

● Saki
Die offene Tür. Erzählungen. detebe 62

● Hermann Harry Schmitz
Buch der Katastrophen. detebe 179

● Georges Simenon
Maigrets erste Untersuchung. Roman. detebe 155/1
Maigret und Pietr der Lette. Roman. detebe 155/2
Maigret und die alte Dame. Roman. detebe 155/3
Maigret und der Mann auf der Bank. Roman. detebe 155/4
Maigret und der Minister. Roman. detebe 155/5
Mein Freund Maigret. Roman. detebe 155/6
Maigrets Memoiren. Roman. detebe 155/7
Maigret und die junge Tote. Roman. detebe 155/8
Maigret amüsiert sich. Roman. detebe 155/9
Hier irrt Maigret. Roman. detebe 155/10
Maigret und der gelbe Hund. Roman. detebe 155/11
Maigret vor dem Schwurgericht. Roman. detebe 155/12
Maigret als möblierter Herr. Roman. detebe 155/13
Madame Maigrets Freundin. Roman. detebe 155/14
Maigret kämpft um den Kopf eines Mannes. Roman. detebe 155/15
Weitere Werke in Vorbereitung

● Henry Slesar
Das graue distinguierte Leichentuch. Roman. detebe 77/1
Vorhang auf, wir spielen Mord. Roman. detebe 77/2
Erlesene Verbrechen und makellose Morde. Kriminalgeschichten. detebe 77/3
Ein Bündel Geschichten für lüsterne Leser. detebe 77/4
Hinter der Tür. Roman. detebe 77/5
Weitere Werke in Vorbereitung

● Bram Stoker
Draculas Gast. Gruselgeschichten. detebe 73

● Jules Verne
Reise um die Erde in achtzig Tagen. Roman. detebe 64/1
Fünf Wochen im Ballon. Roman. detebe 64/2
Von der Erde zum Mond. Roman. detebe 64/3
Reise um den Mond. Roman. detebe 64/4
Zwanzigtausend Meilen unter Meer. Roman in zwei Bänden. detebe 64/5–6
Reise zum Mittelpunkt der Erde. Roman. detebe 64/7
Der Kurier des Zaren. Roman in zwei Bänden. detebe 64/8–9
Die fünfhundert Millionen der Begum. Roman. detebe 64/10
Die Kinder des Kapitäns Grant. Roman in zwei Bänden. detebe 64/11–12
Die Erfindung des Verderbens. Roman. detebe 64/13
Die Leiden eines Chinesen in China. Roman. detebe 64/14
Das Karpathenschloß. Roman. detebe 64/15

Die Gestrandeten. Roman in zwei Bänden.
detebe 64/16−17
Der ewige Adam. Geschichten.
detebe 64/18
Robur der Eroberer. Roman.
detebe 64/19
Weitere Werke in Vorbereitung

● **Walter Vogt**
Husten. Erzählungen. detebe 182/1

Wüthrich. Roman. detebe 182/2
Melancholie. Erzählungen. detebe 182/3

● **H. G. Wells**
Der Unsichtbare. Roman. detebe 67/1
Der Krieg der Welten. Roman. detebe 67/2
Die Zeitmaschine. Roman. detebe 67/3
Das Land der Blinden. Geschichten.
detebe 67/5
Weitere Werke in Vorbereitung

*Spannende Geschichten
im Diogenes Verlag*

Ambrose Bierce
Die Spottdrossel

Ray Bradbury
Der illustrierte Mann

Fredric Brown
Flitterwochen in der Hölle

Raymond Chandler
Gesammelte Detektivstories

Agatha Christie
*Ausgewählte Geschichten
Villa Nachtigall*

Wilkie Collins
Ein schauerliches fremdes Bett

Dolly Dolittle's
Crime Club 1–4

Lord Dunsany
Geschichten um Jorkens und Smetters

William Faulkner
Der Springer greift an

Dashiell Hammett
*Das große Umlegen
Detektiv bei Continental's*

Cyril Hare
Mörderglück

W. F. Harvey
Die Bestie mit den fünf Fingern

Patricia Highsmith
Der Schneckenforscher

Mary Hottinger
Mord. Mehr Morde. Noch mehr Morde

Gerald Kersh
Mann ohne Gesicht

Jack London
Seefahrer- und Goldgräbergeschichten

Ross Macdonald
Sämtliche Detektivstories

Somerset Maugham
Meistererzählungen

Edgar Allan Poe
Der Untergang des Hauses Usher

Patrick Quentin
Bächleins Rauschen tönt so bang

Saki
Die offene Tür

Hermann Harry Schmitz
Buch der Katastrophen

Henry Slesar
*Ein Bündel Geschichten für lüsterne Leser
Erlesene Verbrechen und makellose Morde*

Bram Stoker
Draculas Gast

Julian Symons
Auf den Zahn gefühlt

B. Traven
Abenteuergeschichten

H. G. Wells
Im Land der Blinden

Die einschlägigen Diogenes Anthologien

Mord · Mehr Morde · Noch mehr Morde
Das dreibändige Standardwerk der angelsächsischen Kriminalstory von Edgar A. Poe bis Dashiell Hammett, von Conan Doyle bis Raymond Chandler, von G. K. Chesterton bis Agatha Christie. Herausgegeben und eingeleitet von Mary Hottinger. Zeichnungen von Paul Flora. detebe 25/1-3
Eine Auswahl aus allen drei Folgen auch in einem Diogenes Sonderband

Wahre Morde
Die berühmt-berüchtigtsten Kriminalfälle aus England. Zusammengebracht und vorgeführt von Mary Hottinger. detebe 185

Dolly Dolittle's Crime Club
Eine alljährlich erscheinende Blütenlese schrecklicher Geschichten – von Eric Ambler bis Patricia Highsmith – und schrecklicher Cartoons – von Loriot bis Ungerer. Bisher liegen vor detebe 120/1-4

Russische Kriminalgeschichten
Krimis von Klassikern, von Dostojewskij bis Tschechow. Herausgegeben und eingeleitet von Johannes von Guenther.
Ein Diogenes Sonderband

Spionagegeschichten
-fälle und -affären von Goethe bis Ambler. Herausgegeben von Graham Greene, Hugh Greene und Martin Beheim-Schwarzbach. Zeichnungen von Paul Flora.
Ein Diogenes Sonderband

Gruselgeschichten
aus England und Amerika, von Charles Dickens bis Ernest Hemingway. Herausgegeben und mit einem Vorwort von Mary Hottinger. Zeichnungen von Paul Flora.
Ein Diogenes Sonderband

Gespenster
Geschichten aus England, Schottland und Irland, von Wilkie Collins bis Algernon Blackwood. Herausgegeben und eingeleitet von Mary Hottinger.
Ein Diogenes Sonderband

Mehr Gespenster
Geschichten aus England, Schottland und Irland von Rudyard Kipling bis H. G. Wells. Herausgegeben von Mary Hottinger.
Ein Diogenes Sonderband

Science-Fiction-Geschichten
von Ray Bradbury bis Isaac Asimov. Herausgegeben und mit einem Nachwort von Peter Naujack. Zeichnungen von Peter Neugebauer. Ein Diogenes Sonderband

Klassische Science-Fiction-Geschichten
von Voltaire bis Conan Doyle.
Ein Diogenes Sonderband

Weltuntergangsgeschichten
von Jules Verne bis Arno Schmidt. Mit Weltuntergangszeichnungen von Dürer bis Topor. Ein Diogenes Sonderband

Geschichten für den Connaisseur
in sechs Bänden: Seltsame Geschichten – Haßgeschichten – Familiengeschichten – Geldgeschichten – Ehegeschichten – Kindergeschichten. Alle herausgegeben und mit einem Vorwort von Mary Hottinger. detebe 145/1-6

Liebesgeschichten aus Irland
von G. B. Shaw bis Frank O'Connor. Herausgegeben von Elisabeth Schnack

Liebesgeschichten aus Rußland
von Alexander Puschkin bis Anton Tschechow. Herausgegeben von Johannes von Guenther

Liebesgeschichten aus der Schweiz
von Jeremias Gotthelf bis Max Frisch.
Herausgegeben von Christian Strich und
Tobias Inderbitzin

Liebesgeschichten aus Österreich
von Adalbert Stifter bis Heimito von
Doderer. Herausgegeben von Maria und
Herbert Eisenreich

Liebesgeschichten aus Deutschland
von Goethe bis Alfred Andersch. Herausgegeben von Christian Strich und Fritz Eicken

Hundegeschichten
von Jack London bis Friedrich Dürrenmatt.
Mit ganzseitigen Illustrationen von Grand-
ville bis Sempé

Katzengeschichten
von Guy de Maupassant bis Alfred Andersch.
Mit ganzseitigen Illustrationen von Aubrey
Beardsley bis Maurice Sendak

Pferdegeschichten
von Mark Twain bis D. H. Lawrence. Mit
ganzseitigen Illustrationen von Henri de
Toulouse-Lautrec bis Roland Topor